Beatrix Gurian

Nixenrache

Weitere Bücher von Beatrix Gurian im Arena Verlag:
Stigmata
Der süße Kuss der Lüge
Dann fressen sie die Raben
Lügenherz
Liebesfluch
Höllenflirt
Prinzentod

Beatrix Gurian
studierte Theater- und Literaturwissenschaften und arbeitete dann als Redakteurin beim Fernsehen. Heute ist Beatrix Gurian freie Autorin und schreibt Romane für Jugendliche und Erwachsene. Außerdem unterrichtet sie an der *Münchner Schreibakademie* kreatives Schreiben für alle Altersstufen.

Mehr Infos unter *www.beatrix-mannel.de*

Beatrix Gurian

Nixenrache

Arena

FSC
www.fsc.org
MIX
Papier aus verantwortungsvollen Quellen
FSC® C110508

1. Auflage 2015

Covergestaltung: Frauke Schneider
Gesamtherstellung: Westermann Druck Zwickau GmbH
ISBN 978-3-401-06865-7

www.arena-verlag.de
Mitreden unter *forum.arena-verlag.de*

»Der Hölle Rache kocht in meinem Herzen ...«
Die Zauberflöte,
zweite Arie der Königin der Nacht

Arena ENTDECKEN

DAS BÖSE HAT SEINE GUTEN SEITEN

ARENA THRILLER

DIE X-THRILLER –
DAS BÖSE HAT JETZT NOCH MEHR GUTE SEITEN

Mehr Seiten, mehr Spannung, mehr Gefahr.

www.facebook.com/arenathriller

978-3-401-06679-0

€ 12,99 [D]

RÖSLEIN STACH

Toni ist einfach nur froh, von zu Hause auszuziehen. Endlich in den eigenen vier Wänden! Ralph, ihrem kontrollsüchtigen Stiefvater, ist sie ein für alle Mal entkommen. Doch die alte Villa, die sie mit drei Mitbewohnern teilt, birgt ein abscheuliches Geheimnis: Vor zwanzig Jahren wurde ein Mädchen auf brutale Weise darin ermordet. Und der verurteilte Täter ist seit Kurzem wieder auf freiem Fuß.

978-3-401-06683-7
€ 12,99 [D]

DANN FRESSEN SIE DIE RABEN

Nach dem vermeintlichen Selbstmord ihrer Schwester fühlt sich Ruby permanent beobachtet und verfolgt. Jemand steckt ihr das Foto eines toten schwarzen Jungen zu. Warum und was hat das mit den rätselhaften Andeutungen ihrer Schwester zu tun, die um ihr Leben kämpft? Die Polizei hält alles nur für einen schlechten fremdenfeindlichen Scherz. Doch dann steht Ruby plötzlich ihrem Verfolger gegenüber.

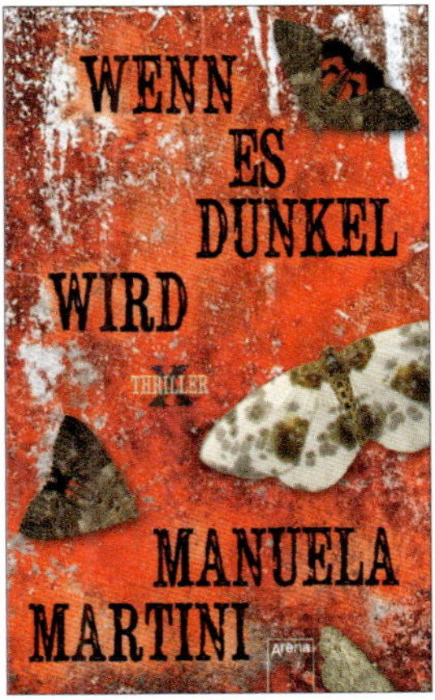

978-3-401-06608-0
€ 12,99 [D] • Herbst 12

WENN ES DUNKEL WIRD

Fesselnder, atemberaubender und unheimlicher haben Thrillerfans Manuela Martini noch nicht erlebt! Scheinbar harmlose Protagonisten und traumhafte Settings werden bei ihr zum wahren Albtraum. Einmal mehr und endlich auf noch mehr packenden Seiten beweist sie, wie genussvoll sie die Nerven ihrer Leser bis zum Zerreißen spannt.

DAS BÖSE HAT SEINE GUTEN SEITEN – DIE ARENA THRILLER

Als Hörbuch bei Arena audio

978-3-401-06385-0

€ 8,99 [D]

ASCHENPUTTELFLUCH

Idyllisch liegt das Internat Ravenhorst in einem Seitental. Doch als sich eine der Schülerinnen vom Glockenturm stürzt, wandelt sich die Idylle in einen Albtraum. Warum hat sich Kira in den Tod gestürzt? Jule, eine der Neuen im Internat, macht sich auf die Suche. Aber sie stößt bei ihren Mitschülern auf eine Mauer des Schweigens. Bis sich die Ereignisse zu wiederholen scheinen.

Als Hörbuch bei Arena audio

978-3-401-06264-8

€ 8,99 [D]

DORNRÖSCHENGIFT

Sophie kann es nicht fassen, dass ihr Bruder tot sein soll, gestorben bei einem Tauchunfall in Australien. Doch dann kommt Mikes Freund nach Deutschland und kann die Lücke ein wenig ausfüllen. Bis wieder etwas Entsetzliches passiert und Sophie misstrauisch wird …

Jeder Band:

Klappenbroschur • Format 13,5 x 20,5 cm

Als Hörbuch bei Arena audio

978-3-401-06087-3

€ 8,99 [D]

MÄRCHENMORD

Als Gina durch das Fenster im Nachbarhaus einen Mord beobachtet, steht ihre Welt kopf. Denn die Leiche ist auf mysteriöse Weise verschwunden und niemand glaubt ihr. Keine Leiche, kein Mörder, nur eine Zeugin. Die einzige Zeugin. Bildet sie sich die Schatten, die ihr folgen, nur ein?

Als Hörbuch bei Arena audio

978-3-401-06085-9

€ 8,99 [D]

SCHNEEWITTCHENFALLE

Stella und ihr Vater sind auf eine Nordseeinsel gezogen. Ihr Vater, um zu vergessen. Stella, um sich zu erinnern. Denn Stella hat bei dem Autounfall, bei dem ihre Mutter ums Leben kam, ihr Gedächtnis verloren. Doch dann geschehen Dinge, die Stellas schlimmste Alpträume wahr werden lassen …

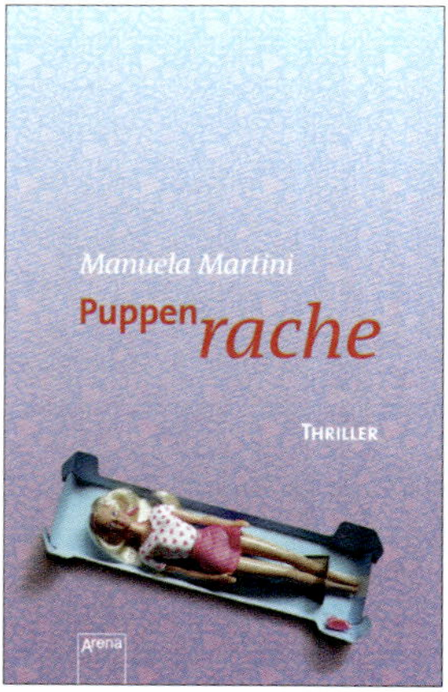

978-3-401-06551-9

€ 9,95 [D]

PUPPENRACHE

Sara glaubt sich in Sicherheit – bis sie eines Abends ihn sieht. Hals über Kopf verlässt sie die Stadt. Und tatsächlich: Er ist aus dem Gefängnis geflohen und hat nur ein Ziel: sich an Sara zu rächen. Als Stephen sich auf die Suche nach seiner plötzlich verschwundenen Freundin macht, kommt er Saras Vergangenheit auf die Spur. Und bringt dabei Dinge ans Licht, die besser für immer im Dunkeln geruht hätten.

Als Hörbuch bei Arena audio

978-3-401-06305-8

€ 8,99 [D]

SOMMERFROST

Es ist Sommer, die Hitze brütet über Marbella und Lyra genießt die Ferien. Doch dann geschieht etwas Schreckliches. Ein junges Mädchen wird tot aufgefunden. Plötzlich scheinen die verwinkelten Altstadtgässchen zur tödlichen Falle zu werden. Und Lyra hat das Gefühl, dass ihre Mutter ihr etwas verschweigt. Als Lyra auf ein düsteres Geheimnis stößt, weiß sie nicht, wem sie noch trauen kann.

978-3-401-06418-5
€ 9,99 [D]

SOMMERNACHTSSCHREI

Franziska kehrt an den Ort zurück, an dem das unfassbar Schreckliche geschehen ist. Vor einem Jahr hat sie während der Sommerparty am See ihren Freund umgebracht. Aber die entscheidenden Minuten sind in ihrer Erinnerung wie ausgelöscht. Warum nur ist dieser furchtbare Unfall passiert? Als Franziska Licht in das Dunkel bringen will, steht plötzlich ihr eigenes Leben auf dem Spiel.

Als Hörbuch bei Arena audio

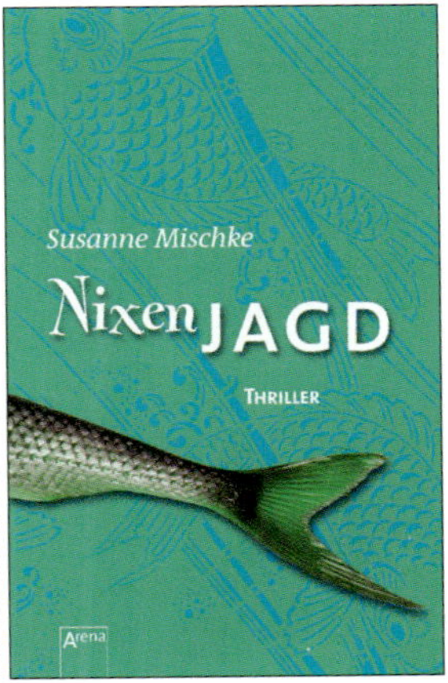

978-3-401-06088-0
€ 8,99 [D]

NIXENJAGD

Bei einem mitternächtlichen Badeausflug fehlt plötzlich eine aus der Clique. Katrin ist hinausgeschwommen und nicht zurückgekehrt. Ein Badeunfall? Auf der Suche nach der Wahrheit gerät Franziska, Katrins beste Freundin, in Gefahr und kann bald niemandem mehr trauen – nicht einmal sich selbst.

Jeder Band:
Klappenbroschur • Format 13,5 x 20,5 cm

DAS BÖSE HAT SEINE GUTEN SEITEN – DIE ARENA THRILLER

978-3-401-06601-1
€ 9,99 [D]

ROSENGIFT

Anfangs fühlt Matilda sich von Patricks kleinen Aufmerksamkeiten – Briefen, SMS, einer roten Rose vor der Haustür – geschmeichelt. Doch dann kommt es zu einem verhängnisvollen Kuss und die „Liebesbeweise" nehmen eine völlig neue, beunruhigende Form an. Irgendjemand scheint Matilda offensichtlich bis aufs Blut zu hassen. Schon bald weiß Matilda nicht mehr, wem sie eigentlich noch trauen kann.

Als Hörbuch bei Arena audio

978-3-401-06336-2
€ 8,95 [D]

WALDESRUH

Anderswo – so heißt das Häuschen, in dem Marie mit ihrer Großmutter wohnt. Doch als die Großmutter stirbt, fürchtet Marie, ins Heim zu müssen. Gemeinsam mit ihrer Freundin Emily schmiedet sie einen verzweifelten Plan: Was, wenn keiner vom Tod der alten Frau erfährt? Was als verrückte Idee begonnen hat, nimmt eine schreckliche und unerwartete Entwicklung.

978-3-401-06414-7

€ 9,99 [D]

ZICKENJAGD

Josy ist schön, klug und beliebt. Gemeinsam mit ihren drei Freundinnen gibt sie in ihrer Schule den Ton an. Wen die Clique nicht leiden kann, der hat nichts zu lachen. Ines dagegen hasst ihr Leben. Ihr unscheinbares, plumpes Äußeres. Den täglichen Spießrutenlauf in der Schule. Aber als ein tragischer Unfall geschieht, ändern sich die Rollen. Und Ines wird klar, dass sie ohne Josy nicht mehr leben kann.

Als Hörbuch bei Arena audio

978-3-401-06086-6

€ 8,95 [D]

LÜGENENGEL

Leonie und ihre Freundin Meike verbringen jede freie Minute in einem Berliner Club mit ihrem Hobby: Klettern. Bis sich eines Tages die geheimnisvolle Sonja zwischen die Freundinnen stellt. Leonie ahnt nicht, wer das Au-Pair-Mädchen wirklich ist. Und dann gerät ihre Familie in große Gefahr.

Jeder Band:

Klappenbroschur • Format 13,5 x 20,5 cm

DAS BÖSE HAT SEINE GUTEN SEITEN – DIE ARENA THRILLER

Als Hörbuch bei Arena audio

978-3-401-06386-7

€ 8,99 [D]

HÖLLENFLIRT

Toni ist unsterblich verliebt. Noch nie hat sie einen Menschen getroffen, der sie so fasziniert. Für Valle würde sie einfach alles tun – und das will sie ihm auch beweisen. Die kleine Mutprobe gerät jedoch außer Kontrolle und Toni gelangt an ihre Grenzen. Noch weiß sie nicht, dass dies erst der Anfang ist. Denn Valles Vergangenheit birgt ein düsteres Geheimnis …

Als Hörbuch bei Arena audio

978-3-401-06177-1

€ 8,99 [D]

SCHMETTERLINGSSCHATTEN

Im Wald hat man die Leiche eines Mädchens gefunden. Elena würde am liebsten davonrennen. Wieder kommt alles hoch, was sie zu vergessen versucht: Der Tod ihrer Schwester Laura vor einem Jahr. Ganz in der Nähe des Ortes, an dem man das tote Mädchen gefunden hat. Gibt es einen Zusammenhang? Und war Lauras Tod wirklich ein Unfall?

Jeder Band:
Klappenbroschur • Format 13,5 x 20,5 cm

978-3-401-06723-0
€ 8,99 [D]

EISROSENSOMMER

Pia, Richterin an einem Schülergericht, verliebt sich unsterblich in einen der Delinquenten – den charismatischen Jonas. Opfer einer Verleumdung sei er, behauptet Jonas, und Pia will ihm nur allzugern glauben. Doch es häufen sich unerklärliche Vorfälle. Pia hat einen furchtbaren Verdacht: Ist Jonas doch nicht so unschuldig? Was sie nicht ahnt: Je näher sie der schrecklichen Wahrheit kommt, desto mehr gerät sie selbst in tödliche Gefahr.

978-3-401-06479-6
€ 9,95 [D]

LIEBESFLUCH

Blue ist überglücklich – sie hat tatsächlich eine Stelle als Au-Pair-Mädchen bekommen! Kaum dass sie in Deutschland ist, taucht auch noch ein Junge auf, der ihr absoluter Traumtyp ist. Doch was als Traum anfängt, verwandelt sich schnell in einen grauenhaften Albtraum. Denn nicht nur ihr Leben ist in tödlicher Gefahr, sondern auch das der ihr anvertrauten Kinder.

DAS BÖSE HAT SEINE GUTEN SEITEN – DIE ARENA THRILLER

Als Hörbuch bei Arena audio

978-3-401-06215-0

€ 8,99 [D]

PRINZENTOD

Verbotene Liebe führt selten zu etwas Gutem. Das weiß Lissie, als sie Kai das erste Mal begegnet und doch schafft sie es nicht, ihm zu widerstehen. Bis ein entsetzlicher Unfall geschieht, der alles, was verborgen war, ans Licht bringt. Aber Lissie ahnt noch nicht, dass dies alles nur der Anfang ist.

978-3-401-06604-2

€ 9,99 [D]

LÜGENHERZ

Mila ist die Freundin, nach der Ally sich immer gesehnt hat. Als Mila sie bittet, ihr bei der Umsetzung eines Racheplans zu helfen, zögert Ally nicht lange. Schließlich handelt es sich dabei um Landgraf – einen ihrer Lehrer, den sie noch nie leiden konnte. Als Mila aber jedes Maß aus den Augen verliert, will Ally ihre Freundin stoppen. Ein tödlicher Wettlauf gegen die Zeit beginnt.

Jeder Band:

Klappenbroschur • Format 13,5 x 20,5 cm

978-3-401-06541-0

€ 9,99 [D]

SCHATTENKUSS

Lena hat eigentlich keine Lust, ihre Mutter in das verschlafene Dörfchen Altenbrunn zu begleiten. Doch dann taucht plötzlich immer öfter der Name Ulrike in den Gesprächen auf und Lena hört zum ersten Mal, dass sie eine Tante hat, die vor 20 Jahren spurlos verschwand. Als sie beginnt, Nachforschungen anzustellen, stößt Lena schnell auf eine Mauer aus Schweigen, Misstrauen, Aggression und Angst.

978-3-401-06602-8

€ 9,99 [D]

SCHERBENPARADIES

Sandra hat ein Geheimnis, von dem niemand erfahren darf: Seit ihre alkoholabhängige Mutter zu Hause ausgezogen ist, kümmert sie sich alleine um ihre kleine Schwester Vanessa. Alles geht gut, bis Sandra sich Hals über Kopf in ihren jungen Klassenlehrer verliebt. Ohne es zu ahnen, macht sie sich damit zur Konkurrentin und löst eine Welle des Hasses bei ihren Mitschülern aus, die immer unkontrollierbarer wird.

DAS BÖSE HAT SEINE GUTEN SEITEN – DIE ARENA THRILLER

978-3-401-06440-6

€ 9,99 [D]

HASSBLÜTE

Ein Junge meldet sich bei der Telefonseelsorge und kündigt einen Amoklauf an. Ein paar Tage später stürzt er vom Balkon eines Hochhauses und ist tot. Seine Freundin Michelle glaubt nicht an einen Unfall, denn Robin hatte vor irgendetwas fürchterliche Angst. Während Michelle versucht, hinter sein Geheimnis zu kommen, merkt sie nicht, wie sich die Schlinge um ihren eigenen Hals immer enger zieht.

978-3-401-06603-5

€ 9,99 [D]

RACHEKUSS

Als Flora aus Brasilien nach Deutschland übersiedelt, fühlt sie sich fremd und ausgeschlossen. Nur die zarte, blonde Carina freundet sich mit ihr an. Die beiden sind bald unzertrennlich. Dann sieht sich Flora plötzlich einer schmutzigen Verleumdungskampagne ausgesetzt. Und als sie schließlich sogar des Mordes bezichtigt wird, will niemand an ihre Unschuld glauben.

Jeder Band:

Klappenbroschur • Format 13,5 x 20,5 cm

978-3-401-06794-0

€ 9,99 [D]

SCHATTENFLÜGEL

Als Kim den mysteriösen Lukas kennenlernt, ahnt sie noch nicht, dass er der Freund ihrer älteren Schwester Nina war, die man vor zwei Jahre tot aufgefunden hat – mit einer schillernden Libelle auf dem Gesicht. Kim verliebt sich in ihn, auch wenn sie immer wieder zweifelt, ob sie ihm trauen kann. Gerade als sie beginnt, sich auf ihn einzulassen, verschwindet erneut ein Mädchen.

Als Hörbuch bei Arena audio

978-3-401-06605-9

€ 6,00 [D]

TOTENTÄNZE

Levke verschwindet auf der Klassenfahrt spurlos.
Klara verhält sich zunehmend seltsam.
Lina will den schweren Unfall ihres Bruders rächen.
Lena wird von einer unheimlichen Stimme verfolgt und zweifelt langsam an ihrem Verstand …
Vier packende Psychothriller in einem Band – Spannung, die unter die Haut geht!

www.arena-thriller.de

Prolog

Falls ihr gedacht habt, es gäbe im Leben immer eine zweite Chance, muss ich euch enttäuschen. Man hat nur eine einzige. Also nutzt sie. Ich würde viel darum geben, all denen, die meinem Sarg hier gerade die letzte Ehre vor der Einäscherung erweisen, noch etwas sagen zu können. Aber dafür ist es zu spät und deshalb muss ich damit jetzt wohl leben.

Kleiner Scherz.

Sehr unpassend.

Andererseits, was bleibt mir sonst noch, schließlich kann ich zwar alle sehen, doch mit niemandem mehr sprechen. Das war das einzige Zugeständnis, das meine Seele noch aushandeln konnte.

Meinen Eltern, die angesichts meines plötzlichen Todes zum ersten Mal seit zehn Jahren wieder Hand in Hand gehen, würde ich sagen, dass sie alles richtig gemacht haben. Dass ich sie liebe und dass ich es bereue, Pa so oft wegen nichts angebrüllt zu haben. Mam würde ich sagen, dass es nicht wegen der Scheidung passiert ist, dass sie keine Schuld trifft und ich weiß, dass sie mich immer geliebt hat, auch wenn sie uns verlassen hat.

Überhaupt muss ich beschämt feststellen, dass ich sehr geliebt worden bin, nicht nur von meinen Eltern, sondern auch von all den Mädchen, die nun nach meiner Familie ihre Blumen vor den Sarg legen. Sogar von einigen meiner Kumpels werde ich offensichtlich mehr als nur vermisst und ich schätze mal nicht nur weil ihnen mit mir der abenteuerlustigste Tauchbuddie abhandengekommen ist. Allerdings hat von denen keiner Blumen dabei, so wie die Mädels.

Die Erste, die gleich nach meiner Mum ihre rote Rose vor den Sarg legen wird, war die Einzige, die ein Jahr lang meine Freundin war. Mit keiner anderen habe ich es so lange ausgehalten, bei vielen reichte mir schon eine Nacht. Meine Rose war nicht nur meine feste Beziehung, sondern auch das Bollwerk gegen die anderen, die Rose war meine Ausrede für den Rückzug. Schließlich wollte ich nie ihre Gefühle verletzen. Ich war einfach jedes Mal so neugierig darauf, wie sie sich anfühlen, wie sie riechen und was sie sagen würden. Ich war eben in jeder Hinsicht ein Entdecker – Frauen, Wracks, Schätze –, und nachdem es mich so dermaßen früh erwischt hat, tut es mir erst recht kein bisschen leid. Meiner roten Rose würde ich gern sagen, sie soll nicht alles so ernst nehmen, soll auf keinen Fall Jahre damit verbringen, um mich zu trauern. So ein großartiger Kerl war ich dann doch nicht, auch wenn sie zum Glück nicht alles weiß. Ihre Augen sind geschwollen vom vielen Weinen und ihr Gesicht ist wie versteinert, ihre Beine jedoch zittern. Nicht aus Schwäche, sondern vor Zorn und Aufregung. Sie hadert mit dem, was sie für Schicksal hält. Empörung summt in ihrem Blut wie wütende Bienenvölker, die sich zum Kampf gegen feindliche Hornissen rüsten. Und ich spüre noch etwas, ich habe keine Ahnung, was, doch angesichts dieser Energiewellen fürchte ich, sie plant etwas Ungesetzliches, etwas Außergewöhnliches.

»Calm down« möchte ich ihr zuflüstern, sie in den Arm nehmen und ihre Haare streicheln und entgegen meinen Anweisungen tue ich das auch. Leider kann sie es nicht fühlen.

Trotzdem bilde ich mir ein, dass sie für einen Moment beinahe wie getröstet aussieht. Eigentlich müsste ich ein von Herzen kommendes, ihr zu Herzen gehendes »Entschuldige bitte« zu ihr sagen, doch nicht einmal jetzt, da ich tot bin, bringe ich das heraus, denn ich bereue nichts von dem, was ich getan habe, dafür habe ich zu gern gelebt.

Ach, was soll's, dann flüstere ich ihr eben ein halb aufrichtiges »Verzeih mir« ins Ohr, sie kann mich ja doch nicht hören und ich fühle mich besser.

Sie schaut sich verwundert um. Etwas scheint durch ihre Mauer aus Zorn zu dringen, für einen kaum wahrnehmbaren Moment werden ihre Augen so weich wie früher nach meinen Küssen. Doch gleich danach presst sie ihre Lippen nur noch fester aufeinander und ich fürchte, sie versinkt in ihrer hilflosen Wut wie in schwarzem Moor. Sie will da raus, aber je mehr sie strampelt, desto unerbittlicher wird sie verschluckt. Ich glaube, sie braucht Hilfe, noch sehr viel mehr als meine Eltern, denn die sind wenigstens nicht allein mit ihrer Trauer und sie hatten mehr Zeit zusammen mit mir.

Hinter ihr taucht Miss Sexy auf. Endlich wirken ihre schwarz umrandeten Augen mal ganz passend und ich hoffe sehr, dass sie die von mir verursachten Probleme bald in den Griff bekommt. Wenn man sie so ansieht, kommt man gar nicht auf die Idee, dass sie Probleme haben könnte, denn sogar hier und jetzt ist ihr Rock so kurz, dass alle Männer, selbst mein alter, trauernder Vater, einen Blick auf ihre Beine geworfen haben. Na ja, sie sind eben noch nicht tot. Aber das macht es mir irgendwie schwer, mich auch bei ihr zu entschuldigen, obwohl ich das unbedingt tun sollte. Sie tritt vor, eine dekorative Träne rollt ihre Wange herab – wie ich aus unserer schicksalhaften Begegnung weiß, trägt sie immer wasserfestes Make-up –, und legt mit dramatischer Geste eine weiße Calla vor meinen Sarg, dabei schubst sie unbeabsichtigt die rote Rose zur Seite. Obwohl ich tot bin, muss ich lachen, denn sie ist vielleicht die Einzige, die weiß, dass ich Callas gehasst habe. Wie elegant Frauen darin sein können, ihre Verachtung zu zeigen! Ich musste dank meiner Mutter ein Praktikum in einem schrecklich noblen Blumenladen machen, wo Miss Sexy mich öfter mal besucht hat. In Wahrheit hat mich aber immer nur eines interessiert: das Meer. Ich wollte Taucher werden, Wracktaucher oder Diamanttaucher vor der Skelettküste von Namibia. Aber davon wollten meine Eltern nichts wissen, weil es so verdammt gefährlich wäre. Sie hätten Landschaftsarchitektur gut gefunden. Eigentlich zum Lachen, oder?

Miss Sexy gibt den Weg frei für die Schöne mit den Sonnenblumen.

Oh, sie leidet und sie ist wütend! Ihre Schultern sind nach vorne gesenkt, aber ihre Füße treten auf, als wollten sie etwas unter sich zermahlen. Nicht, möchte ich sagen, nicht! Sie hat mir noch immer nicht verziehen, und das ist schlecht. Das alles sollte sie endlich vergessen! Ich flüstere auch ihr »Es tut mir so leid« ins Ohr. Sie stutzt, zuckt zusammen, als hätte sie einen Stromschlag erlitten, und dreht sich um, aber hinter ihr stehen nur noch meine Buddies und der alte Mann mit dem kleinen, dicken Mädchen, das an allem schuld ist. Aber kann man das überhaupt so sagen?

Schließlich war es eine ganze Reihe von Ereignissen, die mich um diese Uhrzeit an diesem Tag auf diese Straße geführt hat. Vielleicht war es ja doch nicht ihre Schuld, sondern ganz allein meine, dass ich jetzt tot bin. Kein Zufall, sondern Schicksal.

Trotzdem wünschte ich, das Kind wäre hübscher und würde nicht so verdrießlich dreinschauen. Ich fürchte, aus ihr wird eine Frau, die nie ohne Regenschirm das Haus verlässt, die sich das Beste auf dem Teller immer für den Schluss aufhebt und davon ausgeht, dass man niemandem vertrauen kann. Wie viel Freude wird so jemand in das Leben von anderen Menschen bringen? Aber es ist, wie es ist. Mein Leben für ihres.

Die Schöne hat sich längst wieder umgedreht, sie legt die Sonnenblumen vor den Sarg und ich glaube, sie murmelt etwas Hässliches, es hört sich an wie »Fahr zur Hölle!«. Das finde ich allerdings etwas übertrieben. Die Wütende kommt zurück und legt den Arm um ihre Taille und Miss Sexy gesellt sich zu ihnen, nicht ohne sich noch zwei dekorative Tränen abzuringen. Das gefällt mir, ja, Mädels, tröstet euch gegenseitig!

Nachdem die drei weitergegangen sind, treten meine Buddies an den Sarg und sehen angemessen ernst aus. Aber ich spüre, dass sie nicht ganz ehrlich sind, einer ist wütend, einer ist tieftraurig und einer schämt sich, und ich wüsste nur zu gern, warum. Schade, dass ich ihnen jetzt nie mehr das Wrack zeigen kann, dass ich letzten Sommer entdeckt habe. Überhaupt schade, dass ich nicht da draußen gestorben bin, sondern bei diesem lächerlichen Unfall. Die drei gehen weiter und machen Platz für das kleine Mädchen mit dem weißen Margeritenstrauß. Es schaut den alten Mann fragend an, und als er ihr zunickt, drapiert sie die Blumen vor meinen Sarg.

Und nun wird es auch für mich Zeit zu gehen.

Wohin auch immer.

1

Ich wünschte, wir wären nie
zusammen ins Kino gegangen.
Ja, das war 'ne blöde Idee,
aber ihre!
Du drehst dir schon alles
immer so, wie's dir passt, oder?
Breaking Bad
ist mein zweiter Vorname ;-)

Das türkisblaue Gurgeln in Hollys Ohren wurde zu einem schaumigen Gluggern und mit jedem Meter, den sie tiefer hinabsank, hörte sie, wie ihr Atem lauter und ihr Puls schneller wurde und die vertraute Panik aufstieg: Was, wenn sie die Orientierung verlöre, die Flasche leer wäre oder der Tauchcomputer kaputt? Doch nach ein paar Minuten gewöhnte sie sich an die Mundatmung und das laute Blubbern und fing an, ihre schwerelosen Bewegungen zielstrebig durch das Wasser zu steuern.

Während sie sich auf der Suche nach Ju weiter nach unten sinken ließ, fragte Holly sich zum wiederholten Male, warum zum Teufel sie immer noch so viel Angst hatte. Das fing schon beim Zusammenbauen der Tauchausrüstung an, wurde stärker beim Anlegen des schwarzen Neoprenanzugs und erreichte seinen Höhepunkt, wenn sie das Mundstück des Schlauchs zwischen die Lippen nahm. Erst wenn sie im Wasser war, sich austariert und ihr Gleichgewicht gefunden hatte und stetig weiter nach unten sank, beruhigte sich ihr Körper wieder.

Von alleine wäre sie nie auf die Idee gekommen, einen Tauchschein zu machen, aber Sam hatte sie dazu überredet. Was nicht sonderlich schwierig gewesen war, denn für Sam wäre Holly sogar einbeinig auf einem Seil über die Niagarafälle balanciert, wäre nackt auf fahrende S-Bahnen geklettert und hätte sich als Kanonenkugel zum Mond schießen lassen. So war Holly, wenn sie jemanden liebte.

Dicke Luftblasen vor ihr erinnerten sie daran, dass sie nicht alleine hier unten war, sie hatten eine Mission zu erfüllen! Suchend sah sie sich nach Ju und Sam um, entdeckte aber nur einen silbrigen Fischschwarm, der gerade durch einen Wald von Braunalgen schwamm, die vom Meer sanft hin und her geströmt wurden. Während sie sich noch tiefer Richtung Meeresboden absinken ließ, schwebte ein einsames Seepferdchen an ihr vorbei. Einsam wie sie selbst. Seit Sam sie verlassen hatte. Einfach so, ohne Vorwarnung.

Sie verkniff sich ein Seufzen wegen des Atemgeräts, verlagerte ihr kaum noch spürbares Gewicht langsam in die Horizontale und fragte sich, wo Ju und Sam nur steckten. Jetzt vermisste sie Nick, der sie beim Tauchen niemals allein gelassen hätte. Obwohl er so ein Abenteurer gewesen war.

Soweit sie sehen konnte, waren da nur mit Muscheln, Algen, Nacktschnecken und mit Seeanemonen bewachsene Felsen und vereinzelte Fische.

Sie paddelte zu dem steilen Felshang der Insel, neben der die Segeljacht ankerte. Nina hatte ihnen beim Abendessen verkündet, hier irgendwo müsse das Wrack sein, das Nick letzten Sommer als Erster entdeckt hatte und von dem er so fasziniert gewesen war. Ju war vor lauter Aufregung rot geworden und hatte sofort eine Tauchgruppe zusammengestellt, um gleich nach dem Essen runterzugehen.

Bis zu diesem Moment hatte Holly den ganzen Plan für total absurd gehalten. Vor der kroatischen Küste lagen zwar mehr als zweitausend Wracks, weil hier vor hunderttausend Jahren eine wichtige Handelsstraße der Griechen und Römer verlaufen war, aber Holly hatte nicht daran geglaubt, dass sie Nicks Wrack wirklich finden würden.

Holly legte an Tempo zu und entdeckte hinter einem dicken Felsbrocken einen Abgrund, in dem gerade etwas Grellbuntes verschwand. Das mussten die Flossen von Ju sein, er hatte sie als Einziger kunstvoll mit Hip-Hop-Motiven in Neonfarben bemalt. Sein Markenzeichen.

Als sie den Abgrund erreicht hatte, erkannte sie weit unten im dunkelblauen Nichts wieder nur das Schimmern von Jus Flossen. Wieso warteten die beiden nicht auf sie? Holly durfte zwar bis maximal vierzig Meter tief tauchen, aber sie hatte höllischen Respekt davor.

Bisher hatten die beiden sie beim Tauchen auch nie aus den Augen gelassen und sie mit Handzeichen und dem ständigen Fragen nach ihrem Befinden geradezu genervt.

Holly hatte große Lust, zum Boot zurückzuschwimmen, aber sie war auch neugierig. Was, wenn da unten tatsächlich Nicks Wrack lag? Würden sie dann wirklich tun, was Nina geplant hatte? Vielleicht waren deshalb alle so aufgeregt, hofften wie kleine Jungs auf einen großen Schatz und hatten Holly schlicht und einfach vergessen.

Sie gab sich einen Ruck, tauchte tiefer und tiefer durch das zuerst noch sonnendurchflutete und erstaunlich klare Wasser. Schon nach kurzer Zeit erkannte sie weit unten einen dunklen Umriss. Doch ein Wrack? Während sie sich etwas schneller dorthin bewegte, fragte sie sich, ob Ju beim Programmieren ihres Tauchcomputers auch alles bedacht hatte. Er war zwar ein Technikfreak, aber in letzter Zeit auch ungewöhnlich chaotisch. Als ob er mit dem Kopf ganz woanders wäre. Nur im Wasser lief bei ihm alles glatt. »Jede Wette, in meinem früheren Leben war ich ein Fisch«, verkündete Ju jedes Mal, wenn er mit dem allerletzten Rest Sauerstoff wieder an Bord kam. Sam grinste dann und sagte, zumindest würde er stinken wie ein toter Fisch. So war Sam auch. Witzig.

Holly beschleunigte ihren Flossenschlag und konzentrierte sich darauf, trotzdem weiter regelmäßig zu atmen. Ein Blick auf den Tauchcomputer zeigte ihr, dass sie schon zwanzig Meter tief war. Nun wurde es mit jedem Meter, den sie sich weiter von der Meeresoberfläche entfernte, dunkler und sie schaltete ihre Taucherlampe ein. Kurze Zeit später entpuppte sich der dunkle Fleck wirklich als der Umriss eines alten Schiffes.

Ihr erstes Wrack!

Staunend richtete sie den Strahl ihrer Lampe auf den Rumpf, der kaum noch als Schiffsteil zu erkennen war, weil er über und über mit Muscheln und Meeresschnecken bedeckt war und wie ein natürliches Riff wirkte. Bei der Größe war es kaum zu glauben, dass noch niemand vor ihnen das Wrack gefunden haben sollte. Sie umkreiste den Rumpf auf der Suche nach ihren Buddies, konnte sie aber nicht entdecken und paddelte hoch zum Deck, wo seltsam schwebende Umrisse ihre Aufmerksamkeit auf sich zogen.

In der Strömung bewegte sich eine diffuse, weiche, teilweise lichtdurchlässige hellbraune Materie hin und her, die ihr Angst machte. Was zum Teufel war das? Ein exotischer Fischschwarm, und wenn ja, ein gefährlicher? Hatten die vielleicht ihre Buddies schon mit Haut und Haaren aufgefressen? Unwillkürlich atmete sie schneller, versuchte es aber, sofort zu unterdrücken. Unsinn, alles Unsinn, kein Fisch der Welt fraß Sauerstoffflaschen! Ruhe bewahren, oberstes Gebot beim Tauchen. Ruhe bewahren, ermahnte sie sich, während sie auf das unheimliche Gebilde zuschwamm.

Es entpuppte sich als die ehemalige Kommandobrücke, an deren hoch aufragenden Stahlstreben unzählige Fischernetze hängen geblieben waren. Die Netze hatten sich ineinander verheddert und wirkten wie ein kunstvoller Bühnenvorhang, konnten aber zu einer tödlichen Bedrohung für jeden Taucher werden, der sich darin verfing.

Das hatte Nick nicht erwähnt. Ob das wirklich »sein« Wrack war? Obwohl sie nun wusste, was sich da vor ihr bewegte, wurde es Holly ständig mulmiger. Vorsichtig paddelte sie um die Netze herum, glitt weiter nach unten, sah in ein Bullauge und hielt Ausschau nach ihren Buddies. Nichts.

Plötzlich schoss etwas auf sie zu, ihr Herzschlag setzte aus, sie wich entsetzt zur Seite und dieses pfeilschnelle Ding glitt nur um Haaresbreite an ihr vorbei. Jetzt erst erkannte sie, was es war: ein Conger, ein Monster von einem Aal.

Ein Riesenaal und kein weißer Hai, kein Grund zur Panik, versuchte sie, sich zu beruhigen. Sie schwamm über das Deck, das an vielen Stellen eingebrochen war und den Blick auf die unteren zerstörten Decks freigab. Nirgends eine Spur von den beiden. Ihre seltsame Beklemmung wuchs.

Holly war am Heck des Wracks angelangt, wo ihr Blick auf eine Luke im Boden fiel, deren Klappe geöffnet war. Und es sah nicht so aus, als ob diese Luke schon jahrelang offen stünde, denn an den Kanten der Klappe waren keine Rostpartikel, Sandkörner oder Muscheln, die sich mit der Zeit abgelagert und dann einen festen Belag gebildet hätten.

Holly zögerte. Ein Blick auf ihren Tauchcomputer verriet ihr, dass es allerhöchste Zeit war, den Rückweg anzutreten, aber wenn das für sie galt, dann erst recht für die Jungs.

Es musste etwas passiert sein. Was, wenn sie irgendwo feststeckten und ihre Hilfe brauchten?

Ich tu's nur für Nick und für Nina, sagte sie sich, Sam konnte von ihr aus hier unten verrotten.

Sie gab sich einen Ruck und schlüpfte in die Luke, wo sie sofort von schwarzem Wasser begraben wurde. Hastig leuchtete sie den Gang aus, der zum Glück nicht lang war, und dann erkannte sie, wohin er sie geführt hatte. Sie befand sich in der erstaunlich winzigen Kombüse. Gespenstisch wirkende zerbrochene Teller und Tassen lagen auf dem Boden, die Verkrustungen durch Muscheln und Schnecken wirkten, als ob man gerade Essen darauf angerichtet hätte.

Ein dumpfer Laut erschreckte sie und die nachfolgende Erschütterung, die den Sand auf dem Boden der Kombüse aufwirbelte und das Wasser in einen undurchdringlichen Nebel verwandelte, versetzte sie in Panik. Sie war gefangen! Die Lampe fiel ihr aus der Hand und das Atemgerät aus dem Mund. Sie zitterte am ganzen Körper und bemühte sich, ruhiger zu werden, tastete nach dem Mundstück, schob es mit bebenden Händen zwischen ihre Lippen, saugte die Luft ein wie eine Ertrinkende, sie suchte nach ihrer Lampe und schwamm, am ganzen Körper zitternd, zurück. Tatsächlich, jemand hatte den Deckel der Luke geschlossen.

Ganz sicher war das kein Fisch gewesen, das konnte nur ein Mensch getan haben.

Aber warum sollte man sie einsperren? Schnell leuchtete sie mit der Lampe alles ab, dann stemmte sie sich mit ganzer Kraft gegen den Lukendeckel. Nichts, er bewegte sich keinen Millimeter. Es war unmöglich, sie war hier drinnen eingeschlossen. Verdammt, Holly, du musst hier raus! Hektisch kontrollierte sie die Sauerstoffanzeige auf ihrem Tauchcomputer, die Luft reichte noch für eine Viertelstunde. Inklusive der Dekompressionsstopps, die sie beim Auftauchen einlegen musste, wenn sie so tief unten gewesen war.

Nicht verzweifeln. Atmen. Du bist nicht dumm, du kommst hier raus, Holly! Es muss noch einen anderen Ausgang geben, eine Kombüse ist schließlich kein Klo, man musste das Essen an die Mannschaft bringen. Hektisch sah sie sich um und suchte den Raum nach einer Tür ab, nichts.

Oder doch, dort drüben war etwas, blitzte etwas. An der einen Außenwand schimmerte Licht durch. Licht war gut. Licht! Sie schwamm dorthin. Nimm dich zusammen, nicht auch noch irgendwo verheddern, ermahnte sie sich.

Dann wurde ihr klar, dass dieses Licht hier unten unmöglich Sonnenlicht sein konnte, nein, jemand leuchtete mit einer Lampe durch den Spalt. Das war ihre Chance!

Sie klopfte mit ihrer Lampe an die Wand, hämmerte dagegen. Das brachte eine gewaltige Unruhe in die Kombüse, Rostteilchen lösten sich von der Decke, Sandkörner stiegen empor, alles vermischte sich und vernebelte ihr die Sicht.

Morsezeichen, sie sollte Morsezeichen klopfen! Aber wie war das noch, dreimal lang, dreimal kurz, dreimal lang war SOS oder war es andersrum?

Gerade als sie mit der Lampe erneut an die Wand schlagen wollte, bohrte sich direkt vor ihr eine Klinge durch die Ritze. Entsetzt wich sie zurück, ihr Blut schoss jetzt heiß und donnernd durch ihren Körper und gleichzeitig fühlte sie sich wie gelähmt.

Nie wieder tauchen! Scheiß auf Wracks, scheiß auf Fische und Korallen, scheiß auf den ganzen Plan!

Nachdem sie sich beruhigt hatte, erkannte sie, dass niemand sie erstechen wollte. Vielmehr hatte jemand mit dem Messer einen handbreiten Spalt in die Wand gebohrt, man wollte ihr helfen!

Sie spähte durch das Loch und sah direkt in Sams Augen, die hinter seiner Taucherbrille noch größer und dunkelblauer wirkten als sonst, und wie immer versetzte ihr dieser Anblick einen Schlag in den Magen und brachte sie vollends durcheinander.

Er machte ihr wie wild Zeichen, aber sie verstand ihn nicht, erinnerte sich an nichts mehr.

Was war das Zeichen für: Du hast mir das Herz gebrochen?

Was war das Zeichen für: Du hast unsere Liebe verraten?

Was war das Zeichen für: Holt mich sofort hier raus?

Ihr Herz hämmerte und sie saugte ihre Luft viel zu flach und zu schnell ein. Warum war die Luke zu? Hatte Sam das getan oder Ju und warum? Sie waren doch alle nur wegen des Plans hier, was sollte das? Die Gedanken wirbelten durch ihren Kopf ähnlich wie die winzigen Luftblasen, die sich um sie herum zu weißlichem Schaum aufstauten.

Plötzlich hörte Sam auf, ihr Zeichen zu geben, und verschwand.

»Nein!«, schrie sie, aber es wurde nur ein Gurgeln und das Atemgerät fiel ihr aus dem Mund. Nicht hysterisch werden, langsam nach dem Mundstück angeln, es wieder einsetzen und kontrolliert atmen.

Das war das Geheimnis.

Kontrolle.

Sie vergewisserte sich, dass alles wieder an seinem Platz war, und vermied es, auf ihren Tauchcomputer zu schauen. Atmen und diesen Spalt weiter aufbrechen, mit einem der zerbrochenen Teller.

Kontrolliert atmen.

Muscheln waren höllisch scharf und man konnte sie sicher so gut wie ein Messer dafür benutzen, ein Loch in diese morsche Holzwand zu schnitzen. Holly beugte sich hinunter, um eine der Porzellanscherben aufzuheben. Mit der rechten Hand griff sie nach dem Tellerstück und war froh um ihre Neoprenhandschuhe. Doch die wie auf den Boden hingeworfene Scherbe war fest mit dem Untergrund verwachsen. Holly zerrte stärker. Atmung im Blick haben, ermahnte sie sich unablässig, während sie eine Ecke der Scherbe umklammerte und mit aller Kraft wieder und wieder daran zog.

Nichts – stattdessen durchtrennte die scharfe Muschelkante ihren Handschuh und drang tief in ihre Haut ein. Blut vermischte sich mit dem Wasser, sie starrte ihre Hand an und wunderte sich, dass sie keinen Schmerz fühlte. Ihr Atem ging stoßweise.

In diesem Moment hört sie wieder ein Geräusch und Sekunden später war Sam bei ihr und zog sie aus der Kombüse durch die Luke nach draußen, wo Ju den Deckel aufhielt.

Das Letzte, was Holly dachte, war: Sam, ausgerechnet.

Lions Whistle, 13. Juni 2015

Was ist Schicksal? Fragt euch der Whistleblower vom Lion-Feuchtwanger-Gym und: Jaaa, ich kann euer fett schmatzendes Grinsen bis hierher hören. Ihr denkt, was für ein armes Würstchen, was für ein Honk!

Hey, ihr müsst das nicht lesen!

Ihr seid ja immer noch da, ihr hofft also, dass ich interessante Infos für euch habe ...

Dann nutze ich eure Aufmerksamkeit.

Was ist Schicksal? Diese Frage stellt man sich meistens erst dann, wenn man gerade einen schweren Schlag abbekommen hat, aber das ist dumm, denn wenn ihr mich fragt, ist alles Schicksal. Alles, was wir tun, jeder Furz, den wir ins All pesten, hat eine Konsequenz und ich meine damit nicht nur die, dass es stinkt.

Das Tragische daran ist, dass wir niemals wissen werden, was eine Entscheidung von uns in letzter Konsequenz anrichten wird. Nehmen wir mal etwas, das besser riecht und reichlich harmlos klingt. Also wenn wir uns zum Beispiel morgens aus dem Bett wälzen und Lust auf einen Tee haben, anstatt wie sonst auf Kaffee. Mal angenommen, der Schmacht ist dermaßen groß, dass wir den hundert Jahre alten Kamillentee nicht trinken wollen und wir beschließen, einen Tee einkaufen zu gehen. Okay, ich hätte doch lieber Bier nehmen sollen,

Bier, Bier ...

Hab ich eure Aufmerksamkeit wieder? Also ihr geht in den Supermarkt.

Klar, wenn ihr dort an der Kasse die Braut oder den Bräutigam eures Lebens trefft, dann würdet ihr sicher von Schicksal reden, aber falls ihr nach Hause zurücklatscht und es passiert nichts dergleichen, dann glaubt ihr, eure Aktion wäre belanglos.

Aber das ist nicht so. Es könnte auch so sein: Weil ihr den Tee gekauft habt, standet ihr in der Schlange vor einem Mann, der es eilig hatte, und weil ihr mal wieder kein Bargeld hattet, musstet ihr mit Karte zahlen, der Automat hat rumgezickt und alles hat ewig gedauert. Hinter euch entstand eine lange Schlange und der Mann, der es so eilig hatte, rannte, um Zeit zu sparen, aus dem Supermarkt auf die andere Straßenseite, dabei wurde er von einem Auto angefahren, in dem auch jemand saß, der es eilig hatte, weil wiederum der noch schnell einen Kaffee kaufen musste, weil ihn sein Chef lynchen würde, wenn er den zum dritten Mal vergessen würde.

Versteht ihr, in aller Regel geht man einen Tee kaufen oder meinetwegen Bier oder Hundefutter und hat keine Ahnung, was man damit in der Welt anrichten kann.

Und weil niemand von uns weiß, wie sein Leben mit dem der anderen verknüpft ist, wäre es also nur gut und richtig, sich immer anständig zu benehmen, denn wenn es schon falsch sein kann, morgens statt Kaffee einen Tee zu trinken, dann denkt doch mal drüber nach, wie mies es ist, wissentlich Scheiße zu bauen und sich dann noch nicht mal den Konsequenzen zu stellen. Und genau darum geht es hier.

Bei uns im Lions fordern für meinen Geschmack zu viele ständig ihr Schicksal heraus. Nehmen wir mal jemanden, der einen Blog hat und dort lustige Challenges veranstaltet. Nehmen wir doch was Harmloses wie einen Beautyblog, nehmen wir einfach den von Amy. Ich bin sicher, sie glaubt, solange niemand merkt, dass sie viele Ideen von der *Jessica-Joystick*-Seite klaut oder von *Pimp-my-face*, wäre die Welt in Ordnung. Schließlich geht es ja nicht um weltbewegende Geheimnisse. Aber ich frage euch: Ist das fair, anderen die Ideen zu stehlen und sich dann damit zu brüsten? Und vor allem, wo führt das hin? Denkt doch mal drüber nach ...

Es grüßt der Whistleblower vom Lion-Feuchtwanger-Gymnasium.

Kommentare:

Mordserkenntnis, das Schicksal ist also ein mieser Verräter, lol, lol, lol.

suncrasher@web.de

Ein Whistleblower im Lion, wow!!! Beautyblogs ... echt brisant! Du solltest dir jetzt schon überlegen, ob sie dir in Russland Asyl gewähren werden.

lolwthfck77@gmail.de

Super, dann hoffe ich, nächstes Mal servierst du uns Beweise dafür, dass der Direx im Keller ein Guantanamolager für Legastheniker betreibt.

123bandleader@cookies.com

Du bist wie das Loch im Schweizer Käse,
ohne das Drumrum,
also unsere Schule,
wärst du nur 'ne dämliche Null.

Blabartiger@t.online.de

Endlich checkt mal einer, was hier alles abläuft. Danke.
War66flower@google.de

Whistleblower sind nichts anderes als blöde Wichser, die sich viel zu wichtig nehmen.
schillertrauma@gmx.de

2

Hi, wie geht's deinen Murmeln?
Blödmann, ich glaube,
wir sollten das lieber lassen!
Ich hab gehört, man
bereut später nur das,
was man nicht gemacht hat …
willst du das?

Das Erste, was zu Holly durchdrang, als sie langsam wieder zu sich kam, war lautes Schimpfen, aber dann überlagerte der Schmerz in ihrer rechten Hand die übrigen Wahrnehmungen und alles andere verschwamm.

»Holly!« Sie erkannte Astrids Stimme fast nicht wieder, weil sie so aufgebracht klang. »Holly, was ist los, sprich mit uns! Was hast du getan?«

Holly schlug die Augen auf. Ihre Lehrer waren wütend. Astrid kniete kopfschüttelnd und mit streng zusammengepressten Lippen neben ihr. Selbst jetzt sah sie viel zu hübsch aus für eine Lehrerin. Was man vom dicken Martin, der vor Sam und Ju stand, nicht behaupten konnte. Sein Bierbauch schwabbelte über seiner viel zu langen Hawaiiblumenbadehose im Takt seiner Worte. Dieses Spektakel lockte nach und nach auch alle anderen Mitschüler an das Deck und es bildete sich ein Ring um die vier.

»Unverantwortlich!«, tönte Martin und Astrid nickte zustimmend.

»Wenn ihr einen Tauchgang plant, müsst ihr euch den von Martin oder mir genehmigen lassen! Ich hole den Notfallkoffer!« Astrid erhob sich und verschwand aus Hollys Blickfeld. Dafür hockte sich ihr Halbbruder Jason neben sie und blaffte sie auch noch an. »Was zur Hölle ist denn in dich gefahren? Warum hast du das getan?«

Holly hätte ihm gern den Vogel gezeigt, aber sie war zu schlapp. Er wusste doch ganz genau, warum sie unten gewesen waren.

»Astrid«, rief Martin seiner Kollegin hinterher, »wir brechen diese Reise ab. So geht das nicht, das können wir nicht verantworten! Was, wenn Holly dabei draufgegangen wäre?« Martin wandte sich nun auch an die Umstehenden. »Jeder, der jetzt ein Handyfoto von Holly macht, wird für den Rest der Fahrt zum Latrinenschrubben verdonnert!« Empörtes Gemurmel machte sich breit.

»Sie ist doch nicht draufgegangen, sie lebt«, sagte Sam und Ju nickte dazu wie eine ferngesteuerte Marionette.

»Ihr habt euch unseren Anweisungen widersetzt. Als ich euch nach dem Abendessen bis zum Sonnenuntergang freigegeben habe, war damit ganz sicher nicht ein Tauchgang auf eigene Faust gemeint!«

»Nicht nach Hause«, bat Sam, mit dieser sanften Stimme, bei der es Holly schlagartig heiß im Magen wurde. Immer noch. Und wie jedes Mal durchzog ihr Hirn sogar jetzt ein Schwall von *Warum, warum, warum*-Fragen. Warum in aller Welt hatte er sie nur verlassen?

»Es wäre doch unfair«, redete Sam weiter, »wenn alle anderen wegen unseres Fehlers leiden müssten!«

»Fehler?«, schnaufte Martin und zog energisch den Bund

seiner geblümten Badehose hoch. »Eklatanter Ungehorsam, Meuterei!«

»Nein, das war doch keine Meuterei, das war einfach nur kindliche Neugier.« Jason, der als zweiter Skipper dabei war, versuchte, die Wogen zu glätten. »Außerdem haben wir dieses herrliche Schiff für fünf Tage gechartert und es wäre rausgeworfenes Geld, die Reise nach einem Tag schon zu beenden.« Jetzt wurde er laut und dröhnend. »Wie wollen Sie das den Eltern von denjenigen Schülern erklären, die sich absolut korrekt benommen haben und außerdem den Segelschein machen sollen? Nur weil meine kleine Schwester Mist gebaut hat?«

Jason hatte sie wohl nicht mehr alle! Er war nicht mit unten gewesen und hatte keine Ahnung. Sie hatte keinen Mist gebaut, sondern die anderen hatten sie allein gelassen.

»Dann gibt es für mich nur eine Möglichkeit.« Martin klang beinhart. »Ab sofort wird nur noch getaucht, wenn Astrid dabei sein kann. Und ihr drei kassiert eine harte Strafe!«

»Gute Idee.« Jason zwinkerte Holly kaum merklich zu und flüsterte: »Und ihr geht auch nicht über Los, zieht keine tausend Euro ein, sondern landet direkt im Gefängnis ...«

Jason, Ju und Sam grinsten sich an.

»Wüsste nicht, was es da zu grinsen gibt, wir werden uns von nun an auf das Segeln konzentrieren«, sagte Martin. »Alle Tauchutensilien werden eingeschlossen. Jason und ich verwalten den Schlüssel, noch Fragen?«

In diesem Moment drängelte sich jemand durch den Kreis, der sich um Holly gebildet hatte.

»Oh Gott, Sweetie, was ist denn passiert?« Nina kniete

sich völlig außer Atem neben Holly, strich sich die nassen braunen Haare hinter die Ohren, küsste Holly auf die Stirn und musterte ihre beste Freundin besorgt. Nina, die sowieso immer blass und wie ein verhungertes Kätzchen aussah, wirkte nun geradezu gespenstisch bleich. Holly zwinkerte ihr zu, um sie zu beruhigen.

Da entdeckte Nina Hollys blutende Hand. »Oh Gott, was habt ihr denn mit Holly gemacht?« Sie drehte sich zu Ju und Sam um, sprang hoch und baute sich vor den beiden auf. »Und ihr wollt Tauchprofis sein, ja?«

Auf Jus Hals breiteten sich hektische rote Flecken aus. »Mach mal halblang, wir können nichts dafür, dass Holly in diese Luke eingestiegen ist und sich der Deckel verklemmt hat!«

»Aber wieso seid ihr nicht zusammengeblieben, das macht man doch so, oder nicht?« Nina drehte sich Beifall heischend zu Martin und Jason um.

»Ist ja nichts passiert!«, murmelte Holly, der das Aufsehen langsam peinlich wurde. Auch wenn Nina recht hatte, wollte sie das lieber direkt mit Ju und Sam klären.

Astrid kam mit dem Koffer zurück, verscheuchte Nina, hockte sich neben Holly und klappte den Deckel auf.

Dann versuchte sie, Holly den Handschuh auszuziehen, doch der klebte wie eine zweite Haut an ihr, sodass Astrid ihn mit der Verbandsschere aufschneiden musste. Holly sah erst genauer hin, als sie hörte, wie Astrid und die Umstehenden entsetzt die Luft durch die Zähne zogen. Zwischen Daumen und Zeigefinger klaffte ein sehr tiefer Schnitt, gespickt mit abgebrochenen Muschelschalen. Astrid desinfizierte die Wunde, zupfte die Muschelstücke heraus, klammerte den Schnitt mit Spezialpflastern und verband dann Hollys Hand. Dabei murmelte sie unentwegt vor sich hin. »Leichtsinn … wir müssen besser auf sie aufpassen, die Leine kürzen, was, wenn jemand zu Tode gekommen wäre …«

Astrid wirkte ungewohnt verstört und das wunderte Holly, denn sonst war ihre Schulpsychologin viel tougher als Martin, der immer gleich laut wurde, wie ein bellender Hund, der nie zubiss. Astrid hingegen sah zwar süß und zart aus wie Anne Hathaway in *Der Teufel trägt Prada,* aber normalerweise war sie strenger als der Teufel selbst.

Die Menge um sie herum hatte sich längst wieder verstreut, die meisten waren müde und wollten schlafen, denn morgen würde Martin sie wieder erbarmungslos früh wecken.

Astrid fragte, ob sie aufstehen könne, und als Holly nickte, halfen Jason und Nina ihr auf dem Weg nach unten in ihre Kabine, die sie mit Nina teilte. Zu dritt schlichen sie über den Niedergang zum unteren Deck.

»Und Holly, war es das Wrack, von dem Nick erzählt hat?«, fragte ihr Bruder. »Nick war so versessen darauf, es wiederzufinden und es mir zu zeigen. Er war davon überzeugt, wir würden dort einen Schatz entdecken. Wirklich beschissen ungerecht, dass er schon tot ist.« Jason klang plötzlich auffallend heiser.

»Ja, das ist furchtbar«, stimmte Nina ihm zu, »so sinnlos und furchtbar. Immerhin können wir noch eine einzige Sache für ihn tun, und das werden wir auch.« Sie klopfte ihm tröstend auf den Arm.

»Ich bin sicher, dass es das Wrack war«, sagte Holly, »so viele Schiffe werden dort unten ja nicht herumliegen und das bedeutet, wir haben den richtigen Ort gefunden, oder?«

Nina fiel ihr ins Wort. »Schschsch, man könnte dich hören. Das alles soll doch unser Geheimnis bleiben.«

Sie waren in ihrer Kajüte angekommen. Jason blieb stehen und deutete unvermittelt auf den Boden. Eine rot schimmernde Lache. Blut, direkt vor Hollys Bett. Sie warf Jason einen entsetzten Blick zu.

»Wie zum Teufel kommt das dahin?«, fragte sie.

»Tut mir leid, Sweetie, ist doch bloß mein nasser Badeanzug.« Nina tätschelte Hollys unverletzte Hand. »Hey, was ist da unten bloß mit deinem Kopf passiert? Du bist doch sonst nicht so eine Ordnungsfanatikerin?«, wunderte sich Nina. »Ich hatte es vorhin so eilig, zu dir zu kommen, dass ich ihn noch nicht weggeräumt habe.« Sie bückte sich nach dem kirschroten Retrobadeanzug, hob ihn auf und ignorierte, wie sehr er tropfte.

Jason deutete auf den Badeanzug und die Pfütze, die sich gerade unter ihm bildete, und sah Nina auffordernd an. Als Assistent des Skippers fühlte er sich für alles verantwortlich.

»Ist ja gut, ich geh ja schon!« Sie streckte ihm die Zunge raus, während sie zur Tür lief.

»Sehr sexy, Nina! Darauf komme ich später noch zurück«, sagte Jason mit betont verführerischer Stimme, woraufhin Nina sich an die Stirn tippte und die Kajüte verließ.

Es machte Holly nichts aus, von Nina bemuttert zu werden, aber es beunruhigte sie, dass Jason neuerdings versuchte, mit ihrer Freundin zu flirten. Einerseits wäre es ganz gut, weil es Nina auf andere Gedanken bringen könnte, aber andererseits wäre damit nur eine neue Katastrophe vorprogrammiert. Sie setzte sich auf ihre Koje und betrachtete ihren Halbbruder, der sich auf Ninas Bett gegenüber fallen ließ.

Jason sah aus, als wäre er einer coolen amerikanischen Serie aus den Fünfzigern entsprungen. Doch er interessierte sich nicht für Mädchen, was sie Nina aber nicht verraten durfte, denn ihr Halbbruder wollte selbst entscheiden, wann die Zeit für sein Coming-out reif war. Er war zu ihnen nach Deutschland gekommen, weil er hier in Ruhe über alles nachdenken wollte. Nachdem er sich mit Nick und Ju angefreundet hatte, war Holly voller Zuversicht gewesen, dass er sich outen würde. Leider war genau das Gegenteil der Fall, er hatte Holly beschworen, ihn nicht zu verraten, wollte nicht, dass seine Tauchbuddies ihn schräg von der Seite ansahen. Dabei wäre es so viel einfacher, er würde offen dazu stehen. Holly seufzte unwillkürlich.

Sie würde Nina eben erzählen, dass Jason eine Freundin in den USA hatte, damit sie seine Flirtversuche auf keinen Fall ernst nahm. Nina hatte wirklich genug durchgemacht.

»Leg dich lieber hin, Sweetie!« Nina war schon wieder zurück, leicht außer Atem.

»Nina hat recht, immerhin warst du ohnmächtig!«, pflichtete Jason ihr bei. »Wer weiß, was dein Gehirn für einen Schaden erlitten hat ... das kann für Blondinen besonders schlimm enden! Du weißt ja, warum das Tauchen für Blondinen so schwer ist.« Jason grinste jetzt.

»Weil sie wegen der ganzen Luft im Kopf nur schwer runterkommen ...«, antworteten Nina und Holly im Chor, weil sie diesen Witz schon hundertmal gehört hatten.

»Jason, komm mit, Holly braucht Ruhe!« Zusammen

verließen die beiden die Kajüte und Holly blieb mit der quälenden Frage allein zurück, wer diese verdammte Luke hinter ihrem Rücken zugemacht hatte.

3

Und bereust du's schon?
Blödmann.
Ich weiß, ich bin unwiderstehlich ;-)

Holly streckte sich auf der schmalen Längskoje aus und merkte, wie erledigt sie wirklich war. Nicht so sehr von der Wunde an der Hand, sondern vielmehr von der Angst, es nicht mehr rechtzeitig an die Wasseroberfläche zu schaffen. Sie schloss die Augen und fand es schrecklich, dass sie sich nicht mehr daran erinnern konnte, wie Sam sie gerettet hatte. Er hatte seinen Sauerstoff mit ihr geteilt und diese Aufgabe hätte er auch Ju überlassen können. Sie waren schließlich getrennt, er hatte sie abserviert. Einfach so. Na ja, nicht ganz. Es hatte ein Gespräch gegeben, in dem er endlos über Ehrlichkeit und Vertrauen geredet hatte und wie wichtig das für ihn wäre. Holly hatte nicht verstanden, was er damit sagen wollte. Daraufhin hatte er den Kopf geschüttelt und behauptet, sie hätte alles kaputt gemacht. Kryptisch. Das Mysterium von Stonehenge war sicher leichter zu knacken als Sams Gehirn. Nina hatte sie damit getröstet, dass Sam sich längst eine Neue geangelt und dann einfach irgendwas gelabert hatte, um die Schuld von sich zu wälzen. Denn nach allem, was sie vor Nick erlebt hatte und was sie von ihren Freundinnen wusste, würden Typen ihre Freundin erst dann verlassen, wenn die nächste schon in der Pipeline stünde. Diese Tatsache würden Jungs allerdings lieber verheimlichen, weil sie keine Lust auf endlose Konflikte mit der Ex hätten. Nina hatte zwar meistens recht, aber bisher hatte Holly beim besten Willen keine andere in Sams Leben entdecken können.

Also warum kümmerte Sam sich um sie, wenn er schon eine neue Freundin hatte? Du wirst dir keine Hoffnungen mehr machen, ermahnte sie sich, lass das. Denk lieber drüber nach, wer die andere sein könnte! Wahrscheinlich würde sie erst dann aufhören zu hoffen. Bestimmt war seine neue auch an Bord, denn warum sonst war Sam mitgekommen? Das Lion-Feuchtwanger-Gymnasium bot immerhin drei verschiedene Q12-Fahrten an und er hätte viel billiger und ohne andauernd seine Ex ertragen oder gar retten zu müssen, nach Rom oder Oslo fahren können.

Also, wenn ich frisch verliebt wäre, würde ich nur die Reise antreten, auf der ich mit meinem neuen Freund zusammen sein kann, dachte Holly. Obwohl sie sich dafür verachtete, beobachtete sie Sam ständig, natürlich so diskret wie möglich, damit er nicht glaubte, sie würde ihm nachspionieren. Trotzdem war sie immer noch nicht dahintergekommen, in wen er sich verliebt hatte, was hartnäckig in ihr die Hoffnung am Leben hielt, dass Nina sich irrte und es keine andere gab. Schließlich war Nina keine Psychologin so wie Astrid.

Sam war Nina gegenüber jedenfalls immer eher distanziert. Klar, denn Nina würde nie etwas mit ihm anfangen. Never! Schließlich war Nina ihre beste Freundin!

Mit Amy flachste er viel rum. Doch obwohl Amy unbestreitbar sexy auf jeden wirkte, hatte Holly den Eindruck, dass Amy die Schnauze von Jungs voll hatte und sich nur noch für ihren Beautyblog interessierte. Und warum sollten Sam und Amy das überhaupt vor ihr verheimlichen? Auf dem Schiff gab es noch zwei andere Mädchencliquen, aber Violetta, Leonie und Verena hatten einen Freund. Zoe, Mariana und Lisa benahmen sich so zickig, dass nur Aliens daran denken würden, sich mit ihnen ernsthaft anzufreunden. Samuel war zwar irgendwie nicht von dieser Welt, doch er war bestimmt kein Alien. Im Gegenteil, er war einfach überirdisch. Wirklich überirdisch, dachte Holly und erinnerte sich an den Tag, an dem sie ihm zum ersten Mal begegnet war.

Er schneite an einem viel zu kalten Apriltag in ihre Klasse und erlöste sie aus dem komatösen Zustand, in den *Wilhelm Meisters Lehr- und Wanderjahre* sie versetzt hatten, nix von wegen Spaß mit *Fack ju Göhte*.

Alle starrten ihn an wie ein Phantom, sogar den Jungs verschlug es den Atem, er war einfach zu schön. Und als er dann verlegen lächelte, mit der Hand seine kurzen schwarzen Haare verstrubbelte und seine unverschämt O_2-blauen Augen in Hollys versenkte, da war sie schon rettungslos verloren gewesen. Gegen ihren Willen. Trotzdem hatte sie ihn noch genauer gemustert. Seine viel zu großen Kleider betonten nur den durchtrainierten Körper und wirkten wie lächerliche Lappen, unter denen man vergeblich die Schönheit einer Statue verbergen wollte. Und die ganze Zeit über hatte er *sie* angestarrt, nicht Nina, nicht sexy Amy, nein, sie, als würde er etwas Besonderes in ihr sehen.

Holly schüttelte den Kopf und ermahnte sich, mit dem Erinnerungsgesülze aufzuhören, es war sinnlos, sich die drei schönsten Monate ihres Lebens immer und immer wieder vor Augen zu führen.

Er hatte sie verlassen.

Einfach so.

Punkt.

Trotzdem schob sich nun auch noch ihr erster Kuss vor Hollys inneres Auge, offensichtlich war ihr Kopf von dem Tauchgang immer noch ziemlich durcheinander. Es war bei ihr zu Hause in der Küche passiert, bei einem Bioreferat über Formen der Aggressionskontrolle. Gerade hatten sie den Begriff »Territorialität« durchgearbeitet.

»So wie ich das verstehe, also das mit der Territorialität, ist es eigentlich ganz einfach.« Ohne ihre Augen aus seinem Blick zu lassen, rutschte er mitsamt dem wackligen Küchenstuhl immer näher zu ihr hin. »Ich zeige dir das mal.«

Jetzt war er so nah, dass sie seine Wärme durch ihre Strickjacke fühlen und seinen Körper riechen konnte. Eine kaum definierbare Mischung aus Waldpilzen und Zahnpasta, Apfelblüten und Benzin. Sie musste sich zwingen, nicht an ihm zu schnuppern, musste sich zwingen, wie erstarrt neben ihm sitzen zu bleiben.

»So, jetzt überschreite ich deine Grenze ...«, murmelte er, wandte den Blick ab, legte seine warme Hand auf ihre, ohne sie anzuschauen, und räusperte sich dann ein paarmal trocken. »Ich kann nicht anders, ich hab mich so was von in dich verknallt.«

Seine Worte traten zusammen mit den sanft streichelnden Fingerkuppen auf ihrem Handrücken eine Lawine in ihr los. Widerstreitende Gefühle umschwirrten sie wie Schneeflocken in einem Wintersturm, ihr wurde kalt, dann heiß und etwas in ihrer Brust fühlte sich wie geschmolzen an. Sie wollte nichts mehr, als ihn zu küssen, sich an ihn zu schmiegen, aber sie traute sich nicht.

Er zog sie an sich und sah ihr direkt in die Augen. Fragend. Sie konnte seinem Blick nicht standhalten und senkte ihre Lider.

»Ich spüre doch, dass du das auch möchtest, warum weichst du mir aus?«, fragte er und seine Stimme klang verwundert.

Das war der Moment, in dem sie schwach geworden war. Sie drehte sich ganz zu ihm, daraufhin zog er sie auf seinen Schoß und hielt sie fest umschlungen.

Holly holte tief Luft, zog seinen Kopf zu sich heran, legte ihre Hände um seine kratzigen Wangen und presste endlich ihre Lippen auf seine. Auch wenn sie in diesem Moment keine Engel singen hörte, raste ihr Puls wie eine La-Ola-Welle durch ihren Körper und sie wünschte sich nichts mehr, als in Sams Umarmung zu versinken.

Leider war sie auch heute noch wie süchtig nach ihm. Und sie hätte für ihr Leben gern wenigstens ihr Tagebuch wieder, in das sie all diese ersten Eindrücke und Gefühle und auch peinlich überschwänglichen Gedichte geschrieben hatte. Und in dieser App waren auch ihre ersten gemeinsamen Selfies drin gewesen. Aber das war weg, alles weg, weil man ihr das Handy geklaut oder sie es verloren hatte. Egal, es war weg, genauso wie Sam, den ihr auch jemand gestohlen hatte.

Tränen stiegen ihr in die Augen, wie jedes Mal, wenn sie nur an ihn dachte. Manchmal aus Wut, manchmal aus Trauer. Sie schniefte laut und suchte ein Taschentuch.

»Tut deine Hand so weh?«, fragte Ju, der wie aus dem Nichts neben ihrem Bett aufgetaucht war.

Holly schrak zusammen, wischte sich dann mit dem Handrücken über ihr Gesicht und versuchte, ihre Fassung zurückzugewinnen.

»Geht so«, nuschelte sie. »Was viel mehr wehtut, ist die Erkenntnis, dass ihr mich da unten ganz allein gelassen habt, was war da los, Ju?«

Er fiel in sich zusammen und setzte sich neben Holly auf die Koje. »Tut mir echt leid, aber ich war so versessen auf das Wrack. Und als ich es dann wirklich entdeckt habe, wollte ich den optimalen Platz für unseren Plan finden. Ich dachte, Sam bleibt bei dir.« Er rang sich ein reumütiges Lächeln ab.

»Wieso hängst du dich eigentlich in den ganzen Plan so rein, du mochtest doch Nick nicht besonders, oder?«

Ju wurde rot wie zerquetschte Himbeeren. »Quatsch! Das siehst du falsch. Egal, was Nick sonst so getrieben hat, er und ich waren Tauchbuddies und das bedeutet viel mehr, als bloß Kumpels zu sein. Deshalb war mir in dem Moment, in dem ich das Wrack gewittert habe, alles andere egal. Sorry. Ich hab euch einfach beide abgehängt.« Zerknirscht senkte Ju den Kopf. »Ich schwöre, das wird nie wieder vorkommen. Verpfeif mich bloß nicht, sonst zieht Martin mein Brevet ein.«

»Was fasziniert euch eigentlich an Wracks? Ich fand es nur unheimlich.« Holly stellte ihm die Frage bloß, um davon abzulenken, wie sehr es sie beunruhigte, dass Ju und Sam nicht zusammen gewesen waren. Fragen ploppten ungebeten in ihrem Kopf auf, Fragen, die schwarze Löcher in ihren Bauch brannten und in ihrem Mund den Geschmack von Asche hinterließen. Hatte Sam die Luke hinter ihr zugemacht? Wollte er sie so dringend loswerden? Aber dann hätte er sie ja nicht gerettet oder hatte er das nur deshalb tun müssen, weil Ju dazugekommen war?

»Wracktauchen ist wie eine Sucht. Nick hat das verstanden.« Ju strahlte sie an und stand auf. »Diese Fischernetze waren wie der Vorhang vor dem Tor in eine andere Welt. Und das Tor zu einer anderen Welt, das passt doch perfekt zu unserm Plan, findest du nicht? Warte mal einen Moment ... ich muss dir was zeigen.«

Er stürmte aus der Kajüte, dabei rannte er beinahe Amy über den Haufen, die gerade mit einem Tablett in der Hand Hollys Kabine betrat. Amy, was wollte die denn hier? Seit Nicks Beerdigung hatten sie kein Wort mehr miteinander gesprochen. Ob Astrid sie zu ihr abkommandiert hatte?

Kopfschüttelnd sah Amy Ju hinterher, dann trat sie zu Holly und suchte nach einem Ort, wo sie das Tablett abstellen könnte. Aber die fensterlose Kajüte war zu klein, es gab nur die beiden Kojen und in den Seitenwänden waren winzige Einbauschränke untergebracht. Für einen Stuhl oder Tisch war gar kein Platz. Schließlich bat sie Holly, etwas zu rutschen, stellte das Tablett mit einem Teller und einem Becher neben Holly auf dem Bett ab und setzte sich gegenüber auf die Koje von Nina.

Das fühlte sich reichlich merkwürdig an. Zum ersten Mal seit Nicks Tod war Holly mit Amy allein. Amy war ihr nicht nur aus dem Weg gegangen, sondern hatte jeden Kontakt mit ihr vermieden und Holly hatte das ganz gut gepasst. So ersparten sie sich eine Menge Peinlichkeiten.

»Kleines Trostpflaster mit Grüßen von deinem Bruder«, erklärte Amy, als wären sie beste Freundinnen.

»Und du sollst viel trinken, lässt dir Astrid ausrichten. Hast du's gut, dass du dir nicht diesen unsäglichen Ermahnungssermon anhören musstest. Gott, war die sauer! Die haben euren Ausflug zum Anlass genommen, uns allen die Leviten zu lesen.« Sie schüttelte ihre Amy-Winehouse-

Mähne und deutete auf das Schokocroissant auf Hollys Teller. »Ich hatte heute Abend keinen Nachtisch, ist es okay, wenn ich ein Stückchen davon nehme?« Sie brach, ohne auf eine Antwort zu warten, eine Ecke von dem Schokocroissant ab.

Nachdenklich betrachtete Holly Amys lange meergrünsilbern lackierte Fingernägel, die das Croissant irgendwie verdorben aussehen ließen. Es war offensichtlich, dass Amy wieder mit ihr reden und einen Strich unter alles, was passiert war, ziehen wollte. Gut, dachte Holly, wird auch Zeit. Trotzdem verstand sie nicht, warum Amy bei Ninas Plan auch dabei sein wollte, doch sie traute sich noch nicht, sie ganz direkt zu fragen. Sie mussten sich erst wieder annähern.

In den letzten Monaten hatte es für Amy immer nur ein einziges Thema gegeben, ihren Beautyblog. Eigentlich hieß Amy Amelia, aber weil sie immer mit einer schwarzen Turmfrisur à la Amy Winehouse herumrannte und sie die aktuellen Top Five der »Beauty-No-Gos« auf ihrem Blog immer mit dem *»Nonono!«* aus dem Winehouse-Song *Rehab* unterlegte, nannte sie jeder nur Amy und ihr Blog hieß demzufolge völlig logisch auch *Amys*. Obwohl Holly solche Blogs meistens nur öde fand, hatte sie den von Amy manchmal zusammen mit Nina angeschaut, natürlich nur, um sich über ihre sogenannten Beauty-Challenges lustig zu machen. *Wie viele Gummibärchen kleben in einem Gesicht? Kann man sich blind schminken? Kann man Lipliner auch als Kajal benutzen? Welcher Fruchtlipstick bist du und was sagt das über dich ...*

Nicht nur sie beide, auch alle anderen aus der Schule hatten sich gewundert, als Amy verkündete, dass sie zum

Segeln mitkommen würde. Warum? Wo sie doch in Oslo oder Rom ein anständiges Bad, Ganzkörperspiegel und schnelles Internet zur Verfügung gehabt hätte, auf der *Minerva* jedoch nichts von alldem.

Erst unterwegs war Holly klar geworden, dass Amy nicht nur wegen Ninas Plan mitsegeln wollte, was sie zuerst vermutet hatte. Vielmehr nutzte Amy diese Q12-Fahrt für eine extrem aufregende Beautychallenge. Während die meisten nur in der Sonne liegen, segeln, tauchen, faulenzen und feiern wollten, hatte Amy jede Menge Ideen. Mit ihrer Unterwasserkamera begann sie, für den Blog eine Modenschau unter Wasser zu filmen, und sie hatte allen – sogar den Jungs, die nicht schnell genug geflüchtet waren – Nagellack auf die Zehen gemalt, um den ultimativen Salzwasser-Lacktest zu machen. Sie probierte praktische Wasserfrisuren aus, testete gewissenhaft Sonnenschutzcreme und jedes Mal, wenn sie an Land gingen, rannte sie ins nächste Internetcafé, um die Texte und Bilder auf ihrem Blog hochzuladen. Danach kam sie begeistert zurück, weil sich die Klicks auf ihrem Blog seit dem Beginn der Fahrt vervierfacht hatten, was Holly sehr wunderte, die Ferien waren schließlich überall schon vorbei.

Amy zupfte noch ein Stück von Hollys Croissant ab, stopfte es sich in den Mund und beendete die mittlerweile unerträglich lange Gesprächspause.

»Was war da unten vorhin eigentlich los?« Sie leckte ihre Fingerspitzen ab, bevor sie sich das nächste Stückchen abbrach. »Stimmt es, dass du nur deshalb Mist gebaut hast, weil du so gern von Sam gerettet werden wolltest?«

Holly war sprachlos, wer hatte denn diesen Schwachsinn in die Welt gesetzt?

Lions Whistle, 20. Juni 2015
Unzucht mit Minderjährigen

Sorry, der Direx hat kein Guantanamolager im Keller, tut mir leid. Aber wusstet ihr, dass es in unserer Schule das gibt, was man Unzucht mit Minderjährigen nennt?

Wow, jetzt hab ich ganz sicher eure Aufmerksamkeit, ich hätte beim ersten Mal einfach nur Sex und Lügen oder Sex und Drugs in die Headline schreiben sollen, das hätte mich auch bei Google weiter nach oben gebracht.

Also dann fang ich mal an, auf meiner Pfeife zu blasen ...

Die gute Nachricht ist, wir haben hier keinen Lehrer, der mit einer Schülerin rummacht, nee ... wir haben hier mitten unter uns etwas viel Ausgefalleneres ... es ist nämlich 'ne Lehrerin, die es – und Achtung, das ist jetzt das richtig Pikante an der Nummer, mit einer *Schülerin* treibt.

Natürlich kann ich hier keine Namen nennen, da schließen sie mir den Blog, bevor ich die richtig heißen Details enthüllt habe.

Und wie ich das sonst beweisen will?

Mit Telefonprotokollen ...

Kleiner Scherz, ich bin natürlich nicht die NSA.

Da müsst ihr mir schon vertrauen. Denn ich kann leider auch keine Beweisfotos hier posten, auch wenn ich welche gemacht habe. Aber die beiden sind keine Promis, von denen man ja sogar Nacktfotos zeigen darf, ohne bestraft zu werden. Auch wenn sie aussieht wie eine berühmte Schauspielerin, die gerne mal Prada trägt. Nur, dass sie kein Prada trägt, überhaupt bräuchte sie mal ein komplettes Make-over, sie sollte sich von Amys Blog beraten lassen. Noch ein kleiner Scherz. Na, ihr werdet es auch so kapieren. Wir reden hier von der einzigen Französischlehrerin, die auch Mathe und Geschichte unterrichtet und die ein bisschen lispelt, wenn sie *Bonjour* sagt, sodass es wie *Bonsssur* klingt. Und noch ein Extratipp, sie ist ein bisschen Psycho ...

Ach ja und sie hat – schwer vorstellbar – offensichtlich wirklich mal 'ne Medaille für Deutschland geholt im Rudern. Über ihr Opfer verrate ich nichts, das ist ja noch minderjährig.

Beobachtet sie, macht ihr einfach nur das Leben schwer ... Solche Lügnerinnen haben das wirklich verdient, finde ich!

Kommentare:

Von wegen kleiner Scherz, du bist sooo ekelhaft.
Misssternen88staubfee@bugloo.de

Und gibt die Schlampe ihr denn auch gute Noten?
Könnten wir die nicht alle bei der nächsten Matheprobe erpressen?
jaykay@blabla.de

Du Zwerg solltest aufhören, solche Verleumdungen zu verbreiten, nie davon gehört, dass alles zu einem zurückkommt? Ich mein ja nur von wegen Schicksal, Karma und so ...
lolwthfck77@gmail.de

Wie geil ist das denn, eine echt coole Nummer, wir haben die in Mathe und heute gleich mal ordentlich ins Schwitzen gebracht ...
War66flower@google.de

Ich frag mich gerade, wieso euch Spießer das so aufregt, soll sie doch ihren Spaß haben. Schließlich wird sie ihre Schülerin ja wohl nicht vergewaltigt haben.

bugaloodance@webmail.de

4

Kannst du vorbeikommen?
Ich brauch jemanden,
der mich anhimmelt.
Hab Wichtigeres zu tun.
Du verpasst einen einmaligen Abend.
Ich mag keine Angeber,
wer den Mund zu voll nimmt,
kann nicht gut küssen.

Holly fühlte sich, als hätte Amy ihr mit dem Hammer auf den Kopf gehauen. Benebelt, und gleichzeitig raste ihr Puls. »Du meinst also, ich bringe mich fast um, um mich dann von Sam retten zu lassen? Wie kommst du denn auf einen so schwachmatischen Gedanken?«

»Man hört so manches ...« Amys Wangen färbten sich rosa. »Aber glaub mir, kein Typ auf diesem Planeten ist es wert, dass man sich wegen ihm in so große Gefahr bringt.«

»So was Bescheuertes würde ich nie tun, allein schon deshalb nicht, weil ich noch nicht sterben möchte.« Holly versuchte ein Grinsen, aber Amy ging nicht darauf ein.

»Sterben?«, fragte Ju, der außer Atem wieder zurück war und sich mit einer Meereskarte Luft zufächelte. Wie immer in Amys Gegenwart wirkte er plötzlich wie getunt. Er atmete schneller, riss seine Augen, die er sonst immer wie ein träges Krokodil auf halbmast trug, weit auf und bekam rote Flecken auf seiner bleichen, schuppigen Haut.

»Holly wäre gestorben, wenn Sam sie nicht gerettet hätte. Wo warst du eigentlich, als das passiert ist?«, fragte Amy und musterte Ju so intensiv, dass er rot wurde.

»Ich war auf der Suche nach dem richtigen Platz! Für Ninas Plan.« Verunsichert zeigte Ju auf die Karte. »Wir haben nämlich das richtige Wrack gefunden, das von Nick«, erklärte er Amy. »Schaut mal, hier sind alle Wracks eingetragen, die man bis heute an der kroatischen Küste gefunden hat.« Begeistert deutete er auf die vielen schwarzen Kreuze.

»Da ist die *Baron Gautsch,* hier liegt die *Cesare Rossarol,* hier die *Coriolanus,* die *Flamingo,* die *John Gilmore,* die *Klapeta,* die *La Bella,* die *Maona,* die *Numidia,* die *Pelagosa* und hier drüben die *Varese.* Aber das Wrack, das wir gefunden haben, ist wirklich nicht drauf! Mann, Nick hatte also recht, das ist so, sooo cool! Wir sind Entdecker!«

»Was ist so spannend an gesunkenen Klapperkästen?«, fragte Amy und leckte wieder ihre fettigen Fingerspitzen ab. Diesmal so lasziv, dass sie Ju damit völlig aus dem Konzept brachte.

»Na weil ...«, stotterte er prompt, »manchmal kann man noch genau sehen, wie sie eingerichtet waren, manche haben Schätze an Bord.«

»Aber wir reden hier doch nicht von der *Titanic?* Das sind doch bloß irgendwelche Schoner. Und wenn die Wracks auf einer Karte eingezeichnet sind, dann wimmelt es doch nur so von Tauchtouristen! Wie kann denn das noch aufregend sein?« Amy wischte ihre feuchten Hände ausgiebig an ihren ultrakurzen Hotpants ab.

»Es geht um ...« Ju starrte auf ihre Beine und fuhr dann grinsend fort. »... Eindrücke, Amy, es ist wie lebendige Geschichte. Diese Schiffe erzählen so viel und sie sind zum

Teil Hunderte von Jahre alt! Das Schiff, das wir heute entdeckt haben, steht noch auf keiner Karte. Wer weiß also schon, was es geladen hatte. Da gibt es noch viel zu entdecken!«

»Mit Verlaub, aber das ist ziemlich grob gesponnenes Seemannsgarn, was du da verzapfst.« Amy schob eine Strähne zurück in ihren Haarturm.

»Wenn Nick das zufällig gefunden hat, kann es doch gar nicht sein, dass es nicht längst jemand anders vor euch entdeckt hat!«

Holly dachte daran, wie versteckt das Wrack in dem Abgrund hinter diesem Felsriff gelegen hatte, von oben war nichts davon zu sehen gewesen.

»Ich widerspreche dir nur ungern, Amy«, Ju wurde wieder rot, »aber du hast keine Ahnung! Selbstverständlich können wir die Ersten sein, es tauchen immer wieder neue Schiffe auf. Das liegt an der Dünung des Meeres, an Strömungen, sogar an Erdbeben oder Vulkanausbrüchen. Der Meeresboden bewegt sich und dann können Schiffe zum Vorschein kommen, von denen niemand etwas wusste. Erst vor ein paar Jahren haben sie vor der Insel Pag ein Wrack mit einer Riesenladung antiker Amphoren gefunden.«

»Amphoren ...« Amy tippte sich an die Stirn. »Und wen bitte interessiert dieses alte Zeug?«

»Ich gehe jede Wette ein, dass dich das doch interessiert!« Ju zwinkerte Holly zu, ignorierte Amys demonstratives Stöhnen und redete voller Begeisterung weiter. »In der Antike wurden Cremes und so ein Zeugs in genau solchen Amphoren verkauft.«

»Du willst mich doch verarschen?« Ungläubig sah Amy von Ju zu Holly.

Ju lächelte schüchtern und Holly war sicher, dass er das von langer Hand vorbereitet hatte. Er wollte darüber reden. Man sollte ihn besser nicht unterschätzen, dachte sie plötzlich.

»Schon in Ovids Gedicht *Medicamina faciei feminae*, zu Deutsch: *Die Mittel der weiblichen Gesichtspflege*, findet man Tipps zur Gesichts- und Körperpflege der Frau. Der Typ war quasi ein Kollege von dir, der hatte schon um Christi Geburt rum den ersten Beautyblog. Übrigens ging's da nicht nur um Cremes und Parfüms, nee, die Römer hatten es auch schon mit dem Enthaaren.« Er warf sich in die Brust und grinste jetzt ausgesprochen selbstbewusst. »Irgendwo in dem Abschnitt *ars amatoria* steht so in etwa: ›Lasst den Geruch des trotzigen Bockes nicht unter die Achselhöhlen kommen und die Beine nicht von borstigen Härchen rau sein.‹«

Amy und Holly starrten ihn an wie einen Alien, dann prusteten sie laut los. Deshalb entging es ihnen, dass Nina im Türrahmen aufgetaucht war.

»Ovid? Du liest Ovid?« Holly hätte ihren Hintern darauf verwettet, dass Ju bis vor Kurzem noch nie von Ovid gehört hatte.

»Ovid hatte also einen Beautyblog?« Amy gluckste in sich hinein. »Kannst du das noch mal sagen ... das mit dem trotzigen Bock? Das werde ich in meinen Blog einbauen! Das verleiht *Amys* noch mehr IQ.«

»Mehr IQ kann ja nichts schaden, oder?« Ninas graugrüne Stachelbeeraugen zwinkerten Holly amüsiert zu, schließlich hatten sie sich mehr als einmal darüber lustig gemacht, wie hirnlos Amys Blog war. Holly merkte, dass sie rot wurde, sie nahm sich vor, in Zukunft weniger hart zu urteilen, und hoffte, dass Nina nicht noch mehr zum Besten gab. Sie schüttelte den Kopf zu Nina hin und wünschte sich, dass ihre beste Freundin sie wie immer auch wortlos verstehen würde. Nina zuckte mit den Schultern und wechselte zu Hollys Erleichterung das Thema.

»Ju, du sollst zu Martin kommen. Irgendeine Strafe ableisten. Was macht ihr hier eigentlich? Holly sollte sich ausruhen und keine Party feiern!«

»Wir brüten neue Ideen für Amys Blog aus.« Ju lächelte und lud Nina mit einer Handbewegung ein, sich zu ihnen zu setzen.

»Finde ich gut«, sagte Nina und applaudierte den beiden, »dann muss Amy die Ideen nicht mehr von anderen aus dem Netz klauen.«

Nina drehte sich um und verschwand so plötzlich, wie sie gekommen war. Holly fühlte sich mies, weil sie ganz am Anfang den Fantastereien des Whistlers auch geglaubt hatte. Aber nachdem er dann etwas Abwertendes über Schwule, die sich nicht outen, gepostet hatte, war ihr der Whistler nur noch zuwider. Das war einer der ganz wenigen Streitpunkte zwischen Nina und ihr, denn Nina fand den Whistler mutig und stark, Holly hielt ihn für verlogen und feige.

»Diesen elenden *Lions Blog* soll doch der Teufel holen!« Amy war ganz weiß im Gesicht.

»Das hat sie bestimmt nicht so gemeint, wir wissen doch alle, dass dieser Blogger ein Vollidiot ist.« Holly bewegte die flache Hand vor ihren Augen zu einer verächtlichen Wischbewegung, um das zu unterstreichen.

»Aber ist es nicht besser, in der Presse aufzutauchen, auch mit miesen Schlagzeilen, als gar nicht beachtet zu werden?« Ju ging näher zu Amy und es sah aus, als würde er sie am liebsten in den Arm nehmen, aber Amy rückte ein Stück weg. Über Jus eben noch so fröhliches Gesicht wanderte ein Schatten. Ein böser Schatten, dachte Holly und sie fragte sich, ob ihr Hirn nicht doch zu Schaden gekommen war bei dem viel zu schnellen Auftauchen. Es gab keine bösen Schatten.

»Amy«, sagte sie, »vergiss das doch einfach.«

»Wie denn? Alle quatschen mich immer und immer wieder darauf an. Ständig muss ich erklären, dass ich sehr wohl selbst Ideen habe!« Amy seufzte. »Das war mies von Nina!«

»Sie hat das nicht so gemeint!«, verteidigte Holly ihre Freundin.

Amy seufzte. »Vielleicht hast du recht«, stimmte sie gutmütig zu, »denn vorhin war Nina noch total nett. Möglicherweise ist ihr beim Tauchen eine Krabbe über die Leber gelaufen.« Amy grinste und zuckte mit den Schultern. Verblüfft sahen sich Ju und Holly an. »Beim Tauchen?«, fragten sie wie aus einem Mund.

»Ja, sie hatte mir wegen des schönen Lichts angeboten, noch ein bisschen Filmmaterial für meinen Blog zu drehen.« Amy schüttelte den Kopf. »Pah, und jetzt redet sie wieder so. Eigentlich doch ganz schön heuchlerisch, oder?«

»Sie ist keine Heuchlerin«, widersprach Holly, »das hat sie nicht so gemeint.« Und Amy sollte mal lieber nicht mit Steinen werfen, dachte sie, wer im Glashaus sitzt ...

»Seht ihr denn nicht, wie ich mir hier den Arsch aufreiße, um tolles Material für meinen Blog zu kriegen?«

»Aber es geht nicht, dass du Nina unbegleitet tauchen lässt!«

Ju tippte sich mit dem Zeigefinger an die Stirn. »Amy, mir ist klar, dass du keine Ahnung vom Tauchen hast, aber du weißt doch, dass alleine tauchen gefährlich ist! Das hättest du verhindern müssen!«

»Hey, jetzt chill deine Basis, Mann, Nina ist nicht tief getaucht, nur unter die Wasseroberfläche, hat ein paar Schüsse gegen das Abendsonnenlicht gemacht, ihr wisst schon, so 'n hübsches türkisblaues Geblubber vor orangerotem Himmel.«

»Wie kannst du so sicher sein? Hast du sie die ganze Zeit beobachtet?«, fragte Ju immer noch verärgert, denn er war offiziell für die Tauchgruppe verantwortlich.

Amy warf Holly einen aufrichtig Hilfe suchenden Blick zu, der Holly mitten ins Herz traf. Vielleicht konnten sie beide wirklich alles begraben und neu anfangen.

»Hallo-o-o ... seid ihr taub oder was?«

Sie drehten sich zur Tür, wo Sam stand und gegen die Wand aus poliertem Mahagoniholz klopfte. Hinter ihm tauchte lächelnd Nina auf und hatte offensichtlich keine Ahnung, welche Diskussionen sie gerade ausgelöst hatte.

»Ihr sollt endlich ins Bett gehen und Ruhe geben, unser Lieblingsskipper, der dicke Martin, ist immer noch stocksauer und hat angedroht, er lässt euch jeden Zentimeter vom Deck schrubben, wenn ihr nicht sofort in euren Kojen verschwindet!«

Sam klatschte in die Hände und scheuchte alle bis auf Nina und Holly nach draußen. Im Türrahmen blieb er stehen und zögerte einen Moment, dann wünschte er ihnen eine gute Nacht.

»Ich werde einfach nicht schlau aus Sam!«, sagte Nina, nachdem er weg war.

»Was heißt aus ihm schlau werden? Er hat uns doch nur Gute Nacht gesagt«, verteidigte ihn Holly.

»Sweetie, ich verstehe nicht, warum du überhaupt noch mit dem redest. Er hat dich verlassen, einfach so, ohne irgendeine Begründung. So einem glaubt man doch kein Wort mehr. Es ist einfach feige, nicht zu sagen, was los ist.«

Holly biss sich auf die Lippen, ihre Freundin wollte sie beschützen und sie liebte es auch, wenn Nina sich für sie aufregte, aber manchmal gingen die Pferde mit ihr durch.

»Mein Gott, Nina, Sam wollte doch nur nett sein.«

»Nett ist die kleine Schwester vom Arschloch ... Vergiss ihn endlich und schaff Platz für etwas Neues in deinem Leben!« Nina griff sich an die Stirn. »Oh Gott, ich höre mich schon an wie Astrid. Sorry, Sweetie, tut mir wirklich leid, so habe ich das nicht gemeint. Das ist natürlich Blödsinn und genau diese Art Schwachmaten-Kommentar von Astrid hat mich immer fertiggemacht. Also, ich verstehe ja, dass du ihn noch liebst, aber er hat dich verlassen. Das ist schlimm, wirklich. Immerhin lebt er, hat das für sich so entschieden, er wurde nicht durch einen Unfall für immer von dir getrennt.« Plötzlich hatte Nina Tränen in den Augen und Holly fühlte sich mies. Nicks Tod war erst ein Vierteljahr her. Kein Wunder, wenn ihre Freundin abwechselnd wütend und traurig war, ganz normale Trauerreaktionen, hatte Astrid ihr erklärt. Holly setzte sich neben Nina und drückte sie fest an sich. »Hey, du hast ja recht. Sam ist ein Blödmann. Denk lieber an unseren tollen Plan, ja?« Holly war sicher, dass auch die anderen nur deshalb dabei waren, um Nina zu trösten. Sie jedenfalls würde für sonst niemanden so was Abgefahrenes tun. Sie nahm das Tablett von ihrer Koje und suchte nach einem anderen Platz, aber den gab es einfach nicht.

»Geht schon wieder, ich bringe das hoch«, bot Nina jetzt wieder ganz ruhig und fürsorglich an. »Sweetie, du solltest den Saft noch austrinken, Astrid hat gesagt, man braucht viel Flüssigkeit, wenn man auf einige Dekostopps beim Auftauchen verzichtet hat.«

Holly war zu müde für Diskussionen und spülte den Orangensaft in einem Zug herunter. Dann nahm Nina das Tablett, verschwand aus der Koje und schon wenige Minuten später fielen Holly die Augen zu. Leider war das letzte Bild, das sie vor sich sah, die Messerklinge, die sich brutal durch die Wand des Wracks bohrte. Und das Letzte, was sie dachte, war: Böse Schatten, es gibt keine bösen Schatten.

Lions Whistle, 27. Juni 2015

Tzzzzz

Der Provider musste leider einige Kommentare von letzter Woche löschen und hätte mich beinahe gesperrt. Leute, so geht das nicht. Ihr könnt nicht zu solchen Straftaten aufhetzen wie »Sprayt ihr Nutte aufs Auto« – das ist ja voll das Mittelalter! Pranger geht heute anders, subtiler. *Dabei* solltet ihr mich lieber unterstützen.

Ihr habt es immer noch nicht raus, wer das Mädchen ist. Klar, ihr habt euch auf die Lehrerin geworfen, deshalb haben sie sich eben nicht mehr getroffen. Ihr habt also damit etwas Gutes getan. Und genau darum geht es mir ja. Ich möchte die Welt besser machen. Befreien von Lügen und Lügnern!

Dazu habe ich eine Frage an euch und möchte etwas zur Diskussion stellen. Findet ihr, man sollte Schwule outen, wenn sie es nicht selbst tun? Oder ist das reine Privatsache? Sollte ich das für jemanden, der zu schwach ist, es selbst zu machen, erledigen oder muss man warten, bis der Typ es endlich anpackt? Ich finde, man sollte es tun, aber wie seht ihr das? Wie wäre es, wenn ihr rausfinden würdet, dass euch ein guter Freund darüber belogen hat?

Kommentare:

Was soll das? Kommst du uns dann damit, dass der Direx schwul ist oder was? Für diese unfassbar dramatische Enthüllung verurteile ich dich zum Tod durch Hirnabsaugung.

Mann, Alter, komm runter von deinem Steigbügel und erzähl

entweder was Interessantes oder behalt deine Finger in der Hose und spiel weiter mit dir selbst.

lolwthfck77@gmail.de

Jemanden outen? Du bist doch völlig durchgeknallt, für wen hältst du dich, für Jesus oder sonst einen Propheten, den die Welt dringend nötig hat? Was glaubst du, warum es Grundrechte gibt, warum man ein Recht darauf hat, selbst über sich und seinen Körper zu entscheiden?

Eigentlich könnte so ein Blog was Großes sein, aber du enthüllst nicht wirklich Wichtiges, du beschmutzt nur alles mit dem Dreck, den du selbst aufwirbelst. Schade.

Lonelythinkr@web.de

Es scheint dir nur um Sex zu gehen, erst das mit der angeblichen Unzucht mit Minderjährigen und jetzt das über Schwule, die du zwangsouten willst. Ich glaube, du hast ein Problem und solltest dir Hilfe suchen ...

annonymmus@online.de

Antwort vom Lions Whistler:

Da liegst du völlig falsch, ich hab kein voyeuristisches Interesse an abartigem Sex, mich interessiert nur, ob jemand lügt. Mich interessiert, wem man vertrauen kann, nur darum geht es mir. Wie sollen Menschen miteinander leben, wenn sie immer lügen?

Antwort von annonymmus@online.de

Du machst dir was vor. Du kannst nicht anderen Menschen deine angeblichen Standards aufzwingen, du bist du und kannst nur für dich beschließen, nicht zu lügen. Du kannst andere nicht ändern, indem du sie bloßstellst.

Antwort vom Lions Whistler:

Das ist genau die feige Einschätzung, die während der Nazizeit dazu geführt hat, dass so viele nichts getan haben.

Antwort von annonymmus@online.de

Blödsinn, du verhältst dich wie die Blockwarte, die alle verraten haben, die nicht systemkonform waren. Solche Leute finde ich widerlich. Ich werde deinen Blog nicht mehr lesen.

5

Schade, dass so viele da waren,
wäre lieber mit dir allein gewesen.
Von mir aus hätten auch
ein paar zu Hause bleiben können ...
Du zum Beispiel.
Du bist undankbar
und wirst immer frecher,
nächstes Mal knote ich
einen Palstek aus deiner Zunge!

Mitten in der Nacht wachte Holly schweißgebadet und hektisch atmend aus einem Albtraum auf. Sie versuchte, sich zu beruhigen, aber alles war so real gewesen, als ob sie das wirklich erleben würde. Sie war ins Meer gestürzt, wo zwei wunderschöne, blau schillernde Delfine aufgetaucht waren, die sie in ihre Mitte nahmen und mit ihr zusammen tiefer und tiefer nach unten zu dem Wrack tauchten, was sich sehr angenehm angefühlt hatte, denn sie konnte unter Wasser atmen und die Delfine waren ihre Freunde. Doch plötzlich verschwanden die Delfine und sie sank durch eine offene Luke in einen Gang, der nicht in einen Raum führte, sondern in den Rachen eines weißen Hais, der seine Zähne gierig in ihre Hand schlug.

Zum Glück war sie aufgewacht, bevor er sie ganz verschlingen konnte. Ihre verletzte Hand klopfte und brannte. Bestimmt hatte der Schmerz diesen bösen Traum ausgelöst.

Jetzt erst bemerkte sie, dass ein Geräusch die Stille der Kajüte durchschnitt. Sie konnte nicht sofort einordnen, was es war und wo es herkam, aber als sie genauer hinhörte, wurde ihr klar, dass es ein Wimmern war, das ab und zu von einem Aufschluchzen abgelöst wurde. Nina. Sie spähte zu ihrer Freundin hinüber.

»Nina?«, flüsterte sie, aber es kam keine Antwort, nur das traurige Weinen blieb. Nina weinte im Schlaf.

Holly wünschte, sie könnte Nick wieder lebendig machen, aber das konnte niemand.

Vor Nicks plötzlichem Unfalltod hatten Nina und sie immer so viel Spaß gehabt. Eigentlich von dem Moment an, in dem sie sich das erste Mal in dem Wahlpflichtkurs Badminton getroffen hatten. Außer ihnen waren wirklich nur alberne Zicken da gewesen. Mit Violetta, Leonie und Verena konnte man zwar schon noch reden, aber die anderen hielten *Instyle* für die Bibel und träumten davon, bei Heidi Klum entdeckt zu werden.

Ihre erste Unterhaltung hatte in der nach ranzigem Schweiß, Staub und Sprühdeo miefenden Mädchenumkleide stattgefunden und bei der Erinnerung an das, was Nina sie damals gefragt hatte, breitete sich immer noch ein Lächeln auf Hollys Gesicht aus.

Hast du schon mal drüber nachgedacht, was mit der Luft passiert, die von dem Netz des Badmintonschlägers zerteilt wird?

Die anderen hatten sich hinter Ninas Rücken vielsagend an die Stirn getippt, aber Holly war verblüfft und fasziniert gewesen. Leider war ihr keine Antwort eingefallen. Und Nina hatte dann erklärt, dass sie sich das so vorstellte wie bei einem Eierschneider, mit dem man gekochte Eier zerteilt. Es sei doch einleuchtend, dass die Luft in Karos zerfallen würde, oder?

Keine Ahnung, hatte Holly verwundert geantwortet. Luft ist Luft.

Von wegen! Luft wäre mehr als nur Luft, fing Nina an und hatte vorgeschlagen, zusammen ein Eis essen zu gehen, um sich noch weiter zu unterhalten. Während Nina Spaghetti-Eis und Holly einen Schoko-Nuss-Becher vertilgte, ging es dann schnell um viel mehr als nur Luft. Sie mochten die gleichen peinlichen Filme, nämlich Kung-Fu- und Prinzessinnenschnulzen, und sie verabscheuten Castingshows, Emoticons und das Schwimmbad, in dem alle aus der Oberstufe nachmittags herumhingen.

Das war erst der Anfang, dann hatten sie zusammen ihre Ausweise gefälscht, um in ein Konzert der *Beatsteaks* zu kommen, und ihre Eltern belogen, um eine ganze Nacht an der Isar zu verbringen und den Sonnenaufgang zusammen zu erleben. Sie wurden unzertrennlich, jedenfalls bis Nina sich verliebt hatte. Von da an war sie fast nur noch mit Nick beschäftigt.

Wenn Nina sich mal mit Holly traf, dann gab es bloß ein Thema: Nick. Nick ist so klug, Nick ist so lustig, Nick ist so sportlich, Nick findet dich echt okay, aber deine Frisur schrecklich. Das nervte Holly, obwohl sie ihn wirklich mochte.

Unfassbar, dass von Nick, der so energiesprühend gewesen war, nur noch ein Häufchen Asche übrig war. Eine Gänsehaut lief über Hollys Rücken. Sie alle würden eines Tages nur noch in der Erinnerung von jemandem weiterleben.

Mit einem Ruck setzte sich Holly auf. Genug von diesen

traurigen Gedanken. Sie beugte sich zu Nina hinüber, die immer noch wimmerte. Dabei schlief sie tief und fest. Ganz offensichtlich träumte sie genauso schlecht wie Holly vorhin. Vielleicht war heute Nacht Vollmond.

Einen Moment lang überlegte Holly, ob sie Nina aufwecken sollte, ließ es aber und beschloss, sich lieber etwas zum Trinken zu holen. Sie schlüpfte aus der Koje und lief zur Kombüse, die auch unter Deck lag. Dort nahm sie sich ein Glas Wasser und stieg dann die Treppe nach oben auf das Deck und hielt Ausschau nach dem Mond. Doch der war nicht zu sehen, nur dicke tintenschwarze Wolkenwesen, die sich am Himmel ständig neu formierten und selten einen Blick in ihr schwach pulsierendes Sternenherz gewährten. Und obwohl sich dort oben so viel bewegte, war es hier unten auf dem Schiff völlig windstill, einzig das leise Klatschen des Wassers am Kiel der *Minerva* war zu hören. Holly trank einen Schluck und lief zur Reling hinüber, um eine bessere Aussicht auf die Bucht zu bekommen, in der sie heute Nacht ankerten.

Nach ein paar Schritten drang leises Murmeln an ihre Ohren, sie hielt inne und erkannte, dass zwei Stimmen aufgeregt miteinander flüsterten.

Hollys Neugier war geweckt. Das Murmeln kam von achtern, das konnte nicht die Ankerwache sein, denn die musste sich auf der Leeseite aufhalten. Sie schlich an der Außenwand der *Minerva* entlang und versuchte, nicht über die Taue zu stolpern, die seitlich an der Reling lagen.

Leider kam sie nicht näher heran, ohne dass man sie entdecken würde. Sie versuchte, anhand der Stimmen herauszufinden, wer da mit wem redete. Die eine war deutlich dunkler als die andere.

Ziemlich mies, andere zu belauschen, Holly, das ist unter deiner Würde, ermahnte sie sich, du solltest die beiden in Ruhe lassen.

Doch genau in dem Augenblick hörte sie klar und deutlich, dass jemand »Holly« sagte, und diese Stimme hätte sie überall erkannt. Sie brachte Hollys Herz immer noch so zum Flattern, als ob es in einer stürmischen Nacht auf der Wäscheleine hängen würde. Leider hatte das nicht aufgehört, nur weil er mit ihr Schluss gemacht hatte. Ob und wann das wohl anders würde?

Warum hatte er ihren Namen genannt?

Jetzt *musste* sie mehr wissen. Niemand sonst an Bord hieß Holly. Niemand in der Schule hieß Holly, also war es sehr wahrscheinlich, dass sie gemeint war. Und es gab auch keine anderen deutschen Worte, in denen Holly vorkam. Also mit wem redete Sam mitten in der Nacht über sie? Und warum?

Holly hielt die Luft an, um ohne störende Atemzüge besser lauschen zu können. Aber leider war nun wieder nur unverständliches Gemurmel zu verstehen. Sie wollte schon aufgeben, als die andere Stimme plötzlich aufbrauste.

»Nein, das halte ich für keine gute Idee!«, ließ sich die sehr viel hellere Stimme vernehmen und nach einem kurzen Schockmoment erkannte Holly, mit wem Sam da redete.

Astrid!

Warum trafen sich Sam und Astrid nachts? Nachhilfestunden wohl eher nicht, Sam hatte exzellente Noten. Hatte er ein Problem, bei dem er den Rat der Schulpsychologin einholen musste? Ja, sicher, klar, Holly. Astrid ist so ausgebucht, dass sie nur noch nachts freie Termine hat. Blödsinn! Holly schluckte, es gab nur einen einzigen Grund für so ein heimliches Treffen: Astrid war die mysteriöse Unbekannte, die mit ihrem schönen Schüler eine Affäre angefangen hatte. Der Whistler hatte sich geirrt, Astrid stand gar nicht auf Mädchen. Oder sie mochte Jungs *und* Mädchen, Hauptsache, sie waren jünger als sie selbst. Kein Wunder, dass sie vergeblich nach *der anderen* Ausschau gehalten hatte. Die andere musste alles dransetzen, ihre unsittlichen und verbotenen Gefühle geheim zu halten!

Hollys Puls fing an zu rasen, ihre verwundete Hand brannte und klopfte wieder viel stärker, fast als wollte sie gegen diese schreckliche Erkenntnis protestieren. Sie musste unbedingt näher heran, um ganz sicherzugehen, doch leider war nun nichts mehr zu hören. Nichts. Immer noch nichts. Holly zählte Atemzüge. Einen, zwei, drei, vier, fünf, sechs, sieben ... waren sie etwa eingeschlafen? Aber dann hörte sie ein leises Lachen, so lachte Sam, wenn er sehr glücklich war. So ein befreites federleichtes Lachen, fast nicht hörbar.

Das konnte in einer lauen Nacht auf dem Meer, unter einem – wenn auch von Wolken verdüsterten – Sternenhimmel nur eins bedeuten. Die beiden küssten sich.

Ein schmerzhafter Schwerthieb trennte Hollys Körper mitten durch den Bauch in zwei Teile. Dieser miese, miese Mistkerl. Nina hatte recht! Nett war die kleine Schwester von Arschloch! Warum hatte er sie sogar noch hier auf dem Schiff immer wieder so liebevoll angesehen? Nur zur Tarnung, damit man ihm nicht draufkam. Um Astrid zu schützen! Sam war das Letzte!

Und Astrid war noch viel schlimmer. So eine Schulpsychologin sollte verboten werden. Schämte sie sich denn gar nicht? Nie wieder würde sie sich von Astrid anfassen und die Hand verbinden lassen. Holly war überrascht, was für eine Riesenwelle von Hass durch ihren Körper schwappte. Sie sah die zierliche schwarzhaarige Astrid genau vor sich. Eine Sportskanone, ein Anne-Hathaway-Typ, nur, dass Astrid niemals Prada trug.

Auf solche Typen stand Sam also und alles, was er zu ihr gesagt hatte, war nichts als Bullshit! Dass sie, die blonde kurvige Holly, die Einzige war, mit der er über die Liedtexte seiner Lieblingsbands reden konnte, dass sie der einzige Mensch war, in dessen Gegenwart er sich nicht noch einsamer fühlen würde, dass sie für ihn *sexiest woman alive* war ...

Holly ballte ihre Fäuste und atmete tief durch und beschwor sich, nicht hinzustürmen, um Sam zu ohrfeigen. Du würdest dich nur lächerlich machen, befahl sie sich, bleib ruhig, auch wenn du noch so gern Astrid über Bord werfen würdest, doch nicht ohne vorher noch Hunderte von hungrigen weißen Haien beim Universum zu bestellen.

Aber während sie in ihrem Kopf noch Diskussionen führte, schlichen sich ihre Füße schon in die Richtung, aus der die Stimmen kamen, weiter und immer weiter, dann noch um eine Ecke.

Jetzt!

Sie sah gerade noch, wie die eng beieinanderstehenden Silhouetten erschreckt auseinanderzuckten, bevor sie selbst über einen Wuling stolperte und natürlich geradewegs auf die verletzte Hand stürzte. Fluchend rappelte sie sich auf und hoffte, dass die Tränen, die nicht nur wegen der stechenden Schmerzen in ihre Augen gestiegen waren, den anderen in der Dunkelheit verborgen blieben.

Ihr Sturz hatte die beiden alarmiert, sie rannten zu ihr und bemühten sich, ihr aufzuhelfen. Hektisch versuchte Holly, ihren Fuß aus dem Tauknäuel zu zerren, aber sie hatte sich völlig darin verheddert.

»Was zum Teufel machst du hier um diese Uhrzeit?«, herrschte Astrid sie an, während Sam neben ihr kniete und mit seinen sanften Händen die Taue auseinandersortierte.

Was für eine Unverschämtheit, dachte Holly und fragte in einem sehr patzigen Ton zurück. »Das könnte ich euch wohl auch fragen!«

»Sam und ich hatten eine Besprechung. Du allerdings solltest wegen deiner Taucheskapaden und deiner Verletzung längst im Bett liegen und dich schonen!« Astrid stöhnte leise. »Wenn ich das richtig sehe, dann hast du dir beim Sturz alles erneut aufgerissen, die Wunde blutet wieder. Na bravo!«

Holly brachte kein Wort heraus, das alles war ein bisschen viel für sie. Der Schmerz in ihrer Hand, die Finger von Sam an ihrem Knöchel und diese hinterhältige Astrid, die sich an ihre Schüler ranmachte. Sie räusperte sich, dann murmelte sie: »Dann lassen wir es eben bluten!« So wie mein Herz, dachte Holly.

»Papperlapapp, zu gefährlich«, schnaubte Astrid.

Wenn sie sich wirklich neu verbinden lassen würde, hätte das den Vorteil, dass die beiden heute Nacht ganz sicher nicht mehr zusammenkommen würden. Zusammen ... erst jetzt wurde ihr durch all den Ärger und Schmerz hindurch richtig bewusst, was das bedeutete. Die beiden waren wirklich zusammen. Ein Paar. Holly stiegen erneut Tränen in die Augen und sie hoffte, dass Astrid das den Schmerzen vom Sturz zuschrieb.

»Vielleicht hast du recht!«, rang Holly sich ab und versuchte, ihre Beherrschung wiederzuerlangen. Sie würde nicht vor Astrid weinen, unter keinen Umständen.

»Gehen wir runter und bringen es hinter uns«, schlug Sam vor.

Er versuchte, neutral zu klingen, aber Holly erkannte an seinem verärgerten Unterton, dass sie keineswegs eine Unterhaltung, sondern vielmehr ein Rendezvous gestört hatte.

Ein Rendezvous. Ich glaube, ich sterbe jetzt, dachte Holly. Das ist das Ende. Sam liebt eine andere.

»Das Verbinden übernehme ich, Sam, du kannst auch ins Bett gehen, wir sprechen morgen früh weiter. Und du, Holly, beeil dich ein bisschen, ja?« Astrid stürmte los, ohne zu warten, bis Holly sich aufgerappelt hatte. Und Sam stand nur da und starrte sie an. »Ich glaube, du bist verrückt, Holly!«, sagte er und verschwand in der Dunkelheit.

Astrid kam zurück. »Was ist denn, kannst du nicht mal mehr gehen?«, fragte sie und wartete diesmal, bis Holly sich in Bewegung setzte.

Astrid pfefferte die Notfallkiste auf den Tisch. »Setz dich dahin und dann verrate mir, was du an Deck zu suchen hattest!«

Sie betrachtete den tropfenden Verband und schüttelte den Kopf. »Was für eine Schweinerei!«, seufzte sie und legte sich das Verbandsmaterial zurecht.

Holly fühlte sich nicht in der Lage, etwas zu antworten.

»Man lernt an der Uni nichts über das, was man später

an den Schulen wirklich braucht!«, brummelte Astrid vor sich hin. »Wir hätten verdammt noch mal Seminare darüber haben sollen, was es mit der ersten Liebe auf sich hat und warum man sie einfach nicht vergessen kann.« Astrid schnitt wenig zimperlich Hollys Verband auf. »Das gilt auch für junge Männer, weißt du das überhaupt? Sie kommen vielleicht sogar noch schwerer über ihre erste große Enttäuschung weg. Die erste Frau in ihrem Leben stellen sie auf ein Podest und man fragt sich wirklich, warum!« Sie kippte ihre Worte über Holly aus wie einen Korb voller Holzprügel. »Diese kleinen Nymphchen sorgen dafür, dass jede Frau nach ihnen es unendlich schwer haben wird, Vertrauen aufzubauen.«

Verblüfft betrachtete Holly Astrid, was wollte sie denn damit sagen? Jungs, die nur schwer über ihre erste Liebe hinwegkommen? Nymphchen? Meinte sie Sam? Dann dämmerte es ihr. Astrid war eifersüchtig, weil Sam noch Gefühle für sie hatte. Wärme durchströmte Hollys Körper. Dann hatte sie vielleicht doch noch eine Chance bei ihm!

»Sam ist so ein wundervoller Mensch, es bricht mir das Herz, wenn ich sehe, wie sehr er immer noch unter eurer Trennung leidet. Dabei seid ihr noch so jung und habt keine Ahnung, dass die Welt davon nicht untergeht. Das habe ich auch Nina immer wieder gepredigt. Das Leben geht verdammt noch mal weiter!«

Offensichtlich redete Sam manchmal von ihr und Astrid war davon genervt. Holly fragte sich, wie Astrid noch als Lehrerin arbeiten konnte, ohne sich zu hassen.

Astrid kippte das Desinfektionsmittel grob auf ihre Wunde, und als Holly zusammenzuckte, zog sie nur verärgert ihre Augenbrauen hoch. »So was passiert, wenn man anderen hinterherspioniert. Kein schöner Zug von dir, Holly! Er hat dich verlassen, das musst du akzeptieren. Man muss wissen, wann es Zeit ist, jemanden gehen zu lassen, sonst wird man zum Stalker.«

Holly konnte all das kaum fassen, Astrid gab es also zu. Sam war ihr Geliebter und sie wollte, dass Holly auf Abstand ging, ihn *nicht stalkte.* Aber da hatte sie sich geschnitten, jetzt nachdem sie wusste, wer ihre Feindin, ihre Konkurrentin war, musste sie mit allen Mitteln um Sam kämpfen. Langsam wich ihre innere Starre und machte heißem Zorn Platz. Gut, dachte Holly, Zorn gibt mir die nötige Kraft. Sie nahm allen Mut zusammen und schleuderte Astrid »Du solltest dich schämen!« entgegen. Dann stand sie auf und ließ Astrid stehen, die sie anstarrte, als wäre sie ein Geist.

Und so eine war Schulpsychologin!

»Ich bin kein Stalker und *mein* Gewissen ist jedenfalls rein«, fügte Holly noch etwas leiser hinzu und fand, das war ein guter Zeitpunkt, sich zu verkrümeln. Jetzt merkte sie, wie zittrig sie auf den Beinen war, diese Wunde ging doch viel tiefer, als sie gedacht hatte ... die in der Hand und Sams Verrat.

Als sie wieder in ihrer Kajüte war, legte Holly sich auf ihre Koje, starrte den Rest der Nacht in die Dunkelheit und wälzte sich schlaflos hin und her, getrieben von heftig widerstreitenden Gefühlen. Zuerst malte sie sich aus, wie sie Astrid über Bord stoßen würde, wie sie Astrid vergiften und Sam windelweich schlagen würde, aber nach und nach wurde sie ruhiger und sie schämte sich wegen dieser Gewaltorgien. Es war schließlich nicht so, dass er mit ihr zusammen war und nebenher mit Astrid rummachte.

Immerhin hatte er sie fair behandelt und zuerst Schluss gemacht. Ach was, scheiß auf Fairness, sie wollte nicht fair sein, sie wollte und brauchte nur eins. Mit ihm zusammen sein und von ihm geliebt werden, so wie früher.

Mai 2015

Warum tut sie so was, sie hätte doch absagen können? Stattdessen schickt sie ihn alleine mit mir in dieses miefige alte Programmkino.

Und jetzt stehen wir da und ringen uns ein Lächeln ab, aber es gelingt mir nicht wirklich. Hat sie das nun absichtlich eingefädelt, weil sie findet, ich hätte Vorurteile gegen ihn? Ich hätte ihr eben nicht erzählen sollen, dass ich ihn vor der Eisdiele beim heftigen Flirten mit Amy gesehen habe. Man sollte sich nie einmischen, das bringt einen nur selbst in die Bredouille. Sie hat mir kein Wort geglaubt und behauptet, ich wäre eifersüchtiger als sie, weil er so ein unglaublich gut aussehender Typ ist.

»Vielleicht können wir die Karten zurückgeben?«, schlage ich also vor, um diesem Abend schnell ein Ende zu bereiten.

»Wozu, wir *sind schließlich nicht krank, oder?«*

Er grinst mich an und mustert mich von oben bis unten, als wäre ich eine dieser nagelneuen Tauchausrüstungen, auf die er so abfährt. Aus der Nähe betrachtet muss ich zugeben, dass er wirklich attraktiv ist, ein bisschen der Typ Elyas M'Barek, mit längeren Haaren, allerdings ist von einem Bart zum Glück noch keine Spur zu sehen.

Er ist nicht nur größer als ich, seine Schultern sind auch so breit, als würde er Gewichte stemmen, was sein viel zu großer Hoodie noch betont. Und den, da bin ich sicher, hat er mit Absicht ausgesucht, denn der grünblaue Stoff bringt seine Augenfarbe zum Leuchten und erinnert mich an schillernde Pfauenaugen. Wenn er sich nicht selbst so toll finden würde, wäre er wirklich ein echtes Zuckerstückchen.

»Ich bin echt gespannt auf den Film!«, sagt er, während er mich zum Kiosk zerrt, wo er sich einen Eimer Popcorn kauft, mit dem man die Elefanten in Hellabrunn eine Woche lang gut ernähren könnte.

Ich hasse Popcorn und zu dem Film hab ich mich nur von ihr überreden lassen, ich hätte mir viel lieber Die Tribute von Panem *angeschaut. Das habe ich jetzt davon, ich bin allein mit ihrem Typen hier und muss gleich auch noch sein Popcorngeknurschpel ertragen.*

Wir schieben uns mit der Schlange langsam vorwärts in den Kinosaal, die roten Samtsessel sehen grau aus und der Vorhang an der Bühne wirkt staubig. Ich mag neue frische schöne große Kinos, in alten Programmkinos muss ich husten, man sitzt unbequem, aber sie wollte unbedingt hierher, weil er das hier so liebt.

Natürlich will er unbedingt in der Mitte sitzen, aber ich möchte lieber an den Rand, um mich retten zu können, für den Fall, dass ein Feuer, ein Erdbeben, der Dritte Weltkrieg oder womöglich alles gleichzeitig ausbricht. Ich biete ihm an, dass wir uns auch auf getrennte Plätze setzen könnten, aber das lehnt er dann großherzig ab und setzt sich zusammen mit mir an den Rand. Ein Gentleman also.

»Psychisch gestörte Frauen find ich sehr süß«, sagt er beim Hinsetzen.

Doch kein Gentleman. Das braucht keinen Kommentar, denn egal was ich sage, ich kann nur verlieren. Wenn ich mich verteidige, wirke ich nur noch blöder.

»Wie süß von dir«, sage ich also und seufze dann.

»Ich war auch nicht scharf drauf, dich zu treffen, also bringen wir es wie vernünftige Menschen hinter uns, okay?« Er hält mir den Eimer unter die Nase wie ein Versöhnungs-

angebot. Ich bringe es nicht übers Herz abzulehnen und greife hinein, obwohl ich süßes Popcorn nicht mag, wenn es schon sein muss, dann esse ich salziges.

»In dem Film spielt einer mit, mit dem ich mal gekickt habe«, sagt er und hält den Eimer jetzt zwischen uns, als wären wir ein Paar.

»Echt?«, bringe ich raus, während ich versuche, das klebrige Zeug runterzuwürgen.

»Nur deshalb wollte ich rein, sonst wär ich lieber in Die Tribute von Panem, wegen der Action. Das hier ist ja eher so 'n Mädchenfilm.«

Ein Mädchenfilm, was ist an Fack ju Göhte denn bitte ein Mädchenfilm? Das ist doch nur der Versuch, mich in eine Unterhaltung zu verwickeln, aber ich gehe ihm nicht auf den Leim. Ich will nicht mit ihm reden, ich werde mich nicht von seinem Charme einwickeln lassen, so wie alle anderen auf diesem Planeten. Wahrscheinlich würden sogar Gorillaweibchen ihre Silberrücken für ihn verlassen. Hoffentlich fängt die Werbung bald an.

»Was guckst du denn sonst so?« Er gibt nicht auf.

»Erotische Horrorfilme.« So, das bremst ihn jetzt hoffentlich. Oh nein, so wie er jetzt grinst, war das ein Fehler, ich hätte sagen sollen, ich liebe politische Dokumentationen über hungernde Frauen in Afrika.

»Erotischer Horror, interessant, hast du einen Lieblingsfilm, den du mir empfehlen würdest?«

»War ein Scherz.« Mann, der checkt aber auch gar nichts.

»Das habe ich mir schon gedacht, du siehst genauso aus wie eine, die sich Dokus anschaut und dann ihr ganzes Taschengeld an Amnesty spendet.«

»Und was wäre daran falsch?«

»Nix, aber so was machen alle, die nicht viel geküsst werden.«

Arschloch! Ich unterdrücke den Impuls, aufzustehen und wegzugehen.

»Ich meine damit nicht, dass du nicht hübsch bist, aber du hast so 'ne Aura, als ob du keinen an dich ranlassen willst.« Mampf. Mampf. Mampf.

Ich würde ihm gern den Eimer über den Kopf stülpen.

»Also ich meine damit, du könntest an jedem Finger zehn Typen haben, wenn du nicht so kratzbürstig wärst.«

Oh Gott, normale Typen reden doch nicht so 'n Psychozeug.

»Wenn ich 'ne Analyse will, geh ich zum Therapeuten.«

»Sorry, ist mir so rausgerutscht.«

»Es gibt 'ne einfache Methode gegen Laberdurchfall.« Ich lege den Finger an den Mund und tue so, als würde ich einen Reißverschluss zuziehen.

»Dann eben nicht, Kratzbürste, es geht eh gleich los.« Er stopft sich eine extragroße Portion Popcorn in den Mund, aber ich sehe trotzdem, dass er in sich reingrinst.

»Laberdurchfall«, wiederholt er flüsternd und jetzt grinst er mich voll von der Seite an und irgendwie kann ich nicht anders, ich muss leider auch lachen. Vielleicht ist er doch nicht so übel, wie ich gedacht habe.

Der Film ist dann auch viel besser, als ich es erwartet hatte, und bringt uns ständig zum Lachen. Die ganze Zeit über warte ich, dass er auf die Leinwand deutet und sagt »Hey, da ist er, mein Exkumpel«. Aber er knabbert schweigend sein Popcorn, lacht und redet ansonsten kein Wort mehr, was ich sehr zu schätzen weiß. Bei meinem letzten Kinobesuch war ich mit einem Typen unterwegs, der mir ständig erklärt hat, was gerade passiert, als ob ich's von allein auf keinen Fall kapieren würde.

Als wir uns mit den anderen wieder nach draußen drängeln, frage ich ihn, in welcher Szene sein Freund mitgespielt hat.

Er schaut mich entgeistert an.

»Oh Mann, das hab ich total verpennt. Jetzt muss ich wohl noch mal reingehen.« Er zwinkert mir zu, aber ich kapiere nicht, wieso.

»Also dann, wenn sie nicht mehr krank ist«, sagt er und ich bin gerührt, weil er an seine Freundin denkt. Gegen meinen Willen finde ich ihn doch immer netter, obwohl ich ihn neulich schwer knutschend mit einer anderen gesehen habe. Also Vorsicht!

»Sollen wir noch ins Blue?«, *fragt er, und obwohl ich mir geschworen hatte, nach dem Kino nirgends mit ihm hinzugehen, merke ich, dass mein Kopf schon nickt, während ich noch drüber nachdenke. Nur so kann ich rausfinden, wie er wirklich ist, oder?*

»Obwohl nee«, schiebe ich schnell hinterher, »mir ist mehr nach Currywurst, aber du bist sicher satt, oder?«

Jetzt grinst er wieder, dabei flackern seine Pfauenaugen verdammt attraktiv zu mir rüber. »Unsinn, jetzt brauch ich was Deftiges.«

Nach einer kurzen Diskussion einigen wir uns auf den Kiosk in der Au, der direkt an der Isar liegt.

Während er tatsächlich auch noch eine Currywurst verdrückt, fragt er mich nach Strich und Faden aus. Welche Musik ich am liebsten höre, was ich am liebsten lese, was ich am liebsten esse und dann, sehr seltsam, was ich am liebsten anfasse. »Anfasse?«

Offensichtlich hat er damit gerechnet, dass ich stutzig werde, denn er erklärt mir, ohne zu stottern, seine Theorien über Mädchen. Es gäbe zum Beispiel welche, die würden am liebsten Kaninchenfelle anfassen, dann die, die Samtkissen mögen, und die, die gern Papier oder Holz streicheln, und welche, die es lieben, ihre Hände in klebrigen Hefeteig zu versenken.

»Ja und?«

»Die Kaninchenfrauen mögen supersanfte Küsse, die Samttypen eher trockene und die Papierfrauen nur so einen Hauch von Kuss. Die mit dem Hefeteig allerdings, die gehen so richtig auf«, Pfauenaugenzwinkern in meine Richtung, »ich meine ab.«

»Und was ist mit denen, die wie ich am liebsten Glasmurmeln anfassen?«

»Glasmurmeln!« Er reißt die Augen auf und schlägt sich demonstrativ die Hand vor den Mund, als hätte ich etwas krass Peinliches gesagt.

»So dermaßen gestörte Mädchen hab ich noch nie geküsst!« Er unterdrückt ein Grinsen.

Ich bewerfe ihn mit meinen restlichen Pommes, muss dann aber auch lachen. Und finde es fast ein bisschen schade, als wir uns an der U-Bahn-Station verabschieden, ohne Händeschütteln, ohne Umarmung und natürlich ohne irgendeine Art von Kuss.

6

Zocke gerade ein sexy Zombiespiel
und musste an dich denken.
Ich auch an dich.
Wow, eine Klassefrau wie du
spielt Zombiespiele und denkt dabei an mich?
Yep, hab beim Nasebohren
gerade an kastrierte mongolische Ziegenböcke gedacht.

Völlig übermüdet stolperte Holly am nächsten Morgen an Deck und kniff die Augen zusammen, weil die gleißende Wucht der Sonne sie blendete. Der Kontrast zu ihrer fensterlosen Kajüte war einfach zu groß. Sie schirmte ihre Augen mit der Hand ab, denn das Wasser funkelte wie ein Ozean voller Diamanten, jede kleine Welle reflektierte und vervielfältigte das Licht.

Wie Millionen von Nagelfeilen, die mein Herz tausendfach durchbohren, dachte sie, und nicht nur ihr Herz, auch ihre rechte Hand, in der es ungut pochte. Sie gähnte mehrfach, während die Erinnerung an den letzten Abend ungebeten zurückkam. Sie sah sich nach Astrid um, konnte sie aber nirgends entdecken.

»Holly, du bist die Letzte, wo bleibst du denn?« Jason winkte sie genervt zu den Tischen. »Manchmal kannst du echt sehr blond sein!«

Holly suchte die Bänke nach einem freien Platz ab. Leider

befand sich der einzige, den sie entdecken konnte, neben Sam. Gut. Ihre erste Chance. Allerdings merkwürdig, denn sonst wollten alle gern neben ihm sitzen. Mit Sam war es nie langweilig. Das konnte nur eines bedeuten: Er hatte den Platz frei gehalten. Aber warum sollte er das tun? Wollte er sie anflehen, den Mund zu halten? Astrid nicht zu verraten?

Nina saß ihm gegenüber und winkte Holly ebenfalls zu sich. Holly beeilte sich, auch weil sie die ungeduldigen Blicke der anderen spürte. Es gab erst etwas zu essen, wenn alle am Tisch saßen.

Kaum hatte sie neben Sam Platz genommen, schlug Martin die Glocke und jeder stürzte sich auf das üppige Frühstück. Es gab nicht nur Müsli, Früchte, Käse, Wurst und Eier, sondern auch Jasons leckere amerikanische Pancakes mit Ahornsirup, die immer zuerst verschlungen wurden.

Nina schob sich einen großen Löffel Müsli in den Mund und warf Holly einen »Was ist eigentlich mit dir los?«-Blick zu und Holly zuckte mit den Schultern, um ihr zu signalisieren, dass sie einfach nur müde war, nichts weiter. Sie erinnerte sich an Ninas Weinen und wollte sie gerade fragen, was sie denn heute Nacht geträumt hatte, aber Sam kam ihr zuvor. Allerdings fragte er nicht nach Ninas Träumen.

»Du warst gestern Abend auch tauchen, Nina, ja?« Sams Ton war eine einzige Anklage. Überrascht musterte Holly ihn von der Seite, so feindselig war er sonst nie.

Nina aß seelenruhig noch einen Löffel Müsli, aber gleichzeitig verdrehte sie die Augen. Niemals würde man auf die Idee kommen, wie unglücklich sie war, dachte Holly und spürte das Bedürfnis, ihre Freundin zu beschützen.

»Lass sie in Frieden!«, bat sie, ohne ihn anzuschauen.

»Jetzt sag schon, Nina!« Sam ließ nicht locker.

»Was geht's dich an, Sam?« Nina wischte sich den Mund mit ihrer Serviette ab, als hätte er ihr gerade den Appetit verdorben. »Bist du mein Babysitter oder was?«

»Jemand hat Holly gestern Abend in dem Wrack eingesperrt.«

»Warum sollte ich meiner besten Freundin so etwas antun? Aber was ist mit dir? Du warst doch viel näher dran.« Nina funkelte ihn böse an. »Offensichtlich seid ihr weder Tauchbuddies noch Freunde.« Nina schlug mit der Faust auf den Tisch, dass das Geschirr leise klirrte. »Ihr habt sie da unten allein gelassen, das ist kriminell!«

»Hey, hey, Leute«, mischte sich Ju ein, »geht es vielleicht ein bisschen leiser, wir hatten schon genug Ärger wegen der ganzen Sache.«

Nina verzog ihren schönen Mund zu einem abfälligen Schnauben. »Ist mir doch egal. Überleg mal, Sweetie, wer hat dich gerettet? Wer war der große Held? Sammy, oder?«

»Was willst du denn damit sagen?«, fragte Holly verblüfft.

»Ich glaube, sie will damit andeuten«, Sam tippte sich vielsagend an die Stirn, »ich hätte das Ganze inszeniert, nur um dich danach heldenhaft retten zu können.«

»Vielleicht bereust du ja schon, dass du Holly verlassen hast, und willst sie zurück?« Nina beugte sich so angriffslustig vor, dass sie mit dem Oberarm den Becher neben ihrem Teller umstieß. Kaffee ergoss sich über den Frühstückstisch. »Verdammt!«

Holly half ihr dabei, die Lache aufzutupfen.

Sam war totenbleich geworden. »Kleine Sünden bestraft der liebe Gott sofort ...«, murmelte er. Offensichtlich ist es ihm peinlich, dass ich von ihm und Astrid weiß, dachte Holly.

Holly sammelte die durchweichten Servietten ein, stand auf und warf sie in einen der Mülleimer. Was konnte sie tun, um Astrid auszuschalten? Holly ging vom Mülleimer zur Reling hinüber und starrte auf das schimmernde Wasser.

Weit vor der *Minerva* tauchte links gerade eine der vielen namenlosen Inseln auf, deren schroffer und bleicher Steilhang aus dem Wasser ragte, so abweisend und fremd, als wäre sie von Außerirdischen ins Mittelmeer katapultiert worden.

Holly atmete die salzige Luft tief ein. Es war wirklich schön hier, aber wer wollte schon im Paradies alleine sein? Was nutzte ihr das Paradies, wenn sie in der Hölle ihrer unerwiderten Gefühle gefangen war?

»Holly, wo bleibst du denn?«

Nina winkte sie ungeduldig zurück an den Tisch, und als Holly sich setzte, war sie froh, dass es schon nicht mehr um gestern Abend ging, sondern eine hitzige Diskussion über den Whistleblower im Gange war. Offensichtlich hatte sich Amy über Ninas gestrige Unterstellung, dass sie Ideen klauen würde, so aufgeregt, dass sie es noch mal zur Sprache bringen musste.

»Wieso machst du Filmaufnahmen für mich, wenn du mich für eine Diebin hältst?«

»Weil das der Whistler vom Lions geschrieben hat.« Nina klang sehr sanftmütig, was Amy nur noch mehr auf die Palme brachte.

»Ist mir egal, woher du dein Pseudowissen hast, ich frage dich, warum du mir deine Hilfe anbietest, wenn du so über mich denkst?«

»Es macht mir Spaß, dich zu unterstützen.« Nina lächelte sie freundlich an. »Ich bin sicher, dass du aus dem, was der Typ geschrieben hat, etwas gelernt hast. Du machst doch jetzt auch viel tollere und andere Sachen als vorher oder nicht?«

Amy wurde flammend rot im Gesicht. »Quatsch nicht so ein lächerliches Zeug! Du bist doch nur neidisch auf meine Erfolge!« Sie brüllte so laut, dass alle zu ihnen hersahen. Nina zuckte zusammen und wechselte mit Holly einen Blick, als wollte sie sagen, schau, Amy hat wirklich ein Rad ab. Jason stand auf und kam zu ihnen.

»Schsch, Ladys, jetzt mal alle wieder runterkommen«, sagte er und quetschte sich neben Holly auf die Bank, sodass Holly dicht an Sam gedrückt wurde. Seine vertraute Nähe raubte ihr den Atem. Sie boxte ihren Ellenbogen in Jasons Taille, aber ihr Bruder rutschte kein bisschen in die andere Richtung, sondern grinste sie auch noch vielsagend an. Dieser Idiot hatte ja keine Ahnung von Astrid.

»Um was geht es hier, habe ich euch mal wieder nicht genug Pancakes gemacht?«, fragte Jason.

Holly erklärte es ihm, woraufhin er nur genervt die Augen verdrehte. »Ihr glaubt doch nicht, dass irgendwer auf der Welt so ein Zeug überhaupt liest. Mal ehrlich, wer interessiert sich denn für Blogs? Wer hat Zeit für so was?«

Jetzt stieß Holly ihn noch fester, weil Amy anfing, ihr leidzutun. Aber die hatte sich wieder unter Kontrolle und fing an, ihn aufzuklären.

»Jason, du elender Ignorant, bei manchen Themen habe ich über ein halbe Million Klicks und dann schaltet *YouTube* Werbung davor, die mir Geld beschert, Kohle, *Cash!* Hast du das kapiert?«

»Aber dann verstehe ich die ganze Aufregung erst recht nicht.«

»Ehrlich gesagt verstehe ich das auch nicht«, mischte sich Ju ein. »Ganz egal, ob es stimmt oder nicht, der Whistler hat doch deine Klicks ordentlich nach oben getrieben, was ja nicht das Schlechteste war, oder, Amy?«

Amy betrachtete Ju wie einen Wurm. »Das mag sein, aber er hat mein Image beschädigt.«

»Quatsch doch nicht so einen Mist, jeder klaut, man muss es nur gut machen. Und für dein Image habe ich dir doch gestern 'ne Menge Material geliefert oder nicht?«

Das brachte Amy und Holly zum Lachen. »Der Geruch des trotzigen Bockes ...«, flüsterten sie sich gegenseitig zu, dann stimmten sogar Jason und Sam mit ein, was Nina dazu ermutigte, ihnen allen breit grinsend einen Vogel zu zeigen.

Die Glocke läutete dreimal, das Zeichen zum Abräumen. Ju, Amy, Sam und Nina standen auf, sie waren zum Straf-Tischdienst verdonnert worden. Nur Holly war wegen ihrer Verletzung entschuldigt. Samuel beugte sich zu ihr und legte seine Hand auf Hollys linken Arm. Holly zog ihn sofort weg.

»Holly, können wir über heute Nacht reden?«

Ja, ja, ja, schrie alles in ihr. Ja, leg deine Hand da wieder hin, und ja, rede Tag und Nacht mit mir. Doch ihr dämlicher Stolz behielt die Oberhand.

»Ich wüsste nicht, worüber.« Das war eine Kurzschlussreaktion, denn eigentlich wollte sie sehr gern mit ihm reden, wollte ihn zurück. Noch bevor sie sich korrigieren konnte, verkündete Martin ihnen mit dem Megafon, dass sie in einer Viertelstunde den Anker lichten, lossegeln und später dann ein paar Manöver an Deck üben würden. Kollektives Stöhnen wehte über das Schiff.

Neben Holly tauchte Ju mit einem Tablett voll schmutziger Teller auf.

Holly nickte ihm zu und trat einen Schritt zurück, um ihm den Vortritt an der Treppe zu lassen. Dabei touchierte sie Nina, die mit einem gefährlich hohen Stapel Becher unterwegs war. Die Becher fielen polternd auf den Boden. Holly machte sich sofort daran, sie aufzuheben, konnte aber nur die linke Hand benutzen, weil es in der rechten bei jeder Bewegung ungut pochte und klopfte.

Als sie sich aufrichtete, stand Astrid vor ihr und musterte sie. »Du solltest dich ausruhen.«

Sie verzog den Mund zu einem schüchternen Lächeln und sah plötzlich sehr viel jünger aus als dreißig und leider auch sehr attraktiv.

Wie giftiges Adrenalin schoss Holly der Gedanke durch den Kopf, dass genau deshalb alle so bereitwillig geglaubt hatten, was der Whistler über ihre Lehrerin behauptet hatte. Anfangs hatte sie ein paar Einträge gelesen, weil sie die Idee von einem Whistleblower an ihrer Schule cool gefunden hatte. Bis sie nach seinem Posting über Schwule erkannt hatte, dass dieser Wichtigtuer bereit war, einen Shitstorm auszulösen und Unschuldige ins Elend zu stürzen. Aber gerade jetzt in diesem Moment wünschte sie sich, dass der Whistleblower Astrids Ruf endgültig vernichten würde. Ich sollte ihm ein paar anonyme Tipps geben, dachte sie.

»Holly, du hörst mir gar nicht zu!« Astrid legte die Hand auf Hollys Schulter, um ihre Aufmerksamkeit zu erzwingen.

Was fiel ihr ein!

Holly spannte jeden Muskel in ihrem Körper an und biss sich auf die Lippen, um nicht ausfallend zu werden.

Astrid machte plötzlich einen großen Schritt zurück und sah sich verstohlen um.

Ich könnte näher zu Astrid hingehen, dachte Holly, könnte so tun, als würde ich taumeln, sie umarmen und die Gerüchteküche richtig zum Kochen bringen. Vielleicht war der Whistler an Bord, dann könnte was draus werden.

Holly konzentrierte sich auf ihre Fußspitzen, um zu sich zu kommen. Oh Gott, meine Eifersucht macht mich zu einer richtig fiesen Hexe.

»Du bist heute Morgen vom Segeln und von allen Manövern befreit. So kannst du beim besten Willen keinen Knoten knüpfen, oder?« Astrid deutete auf die verletzte Hand.

»Da deine linke Hand aber einwandfrei funktioniert, bitten wir dich, den Vorfall von gestern Abend zu protokollieren und alles aufzuschreiben.«

»Das mache ich nicht. Ich bin doch kein Whistleblower!«

Astrid presste ihre Lippen zu einer Linie aufeinander und ihr Ton wurde sehr viel kälter.

»Wir müssen wissen, was passiert ist, wer wen angestiftet hat. Irgendwas läuft hier ab, das spüren wir ganz genau. Da sind Martin und ich uns einig.«

Oh ja, dachte Holly, klar läuft da was ab, Sam und Astrid, Astrid und Sam. Holly merkte, wie ihr die Hitze ins Gesicht stieg. »Ich erinnere mich an nichts«, behauptete sie. »Zu viel Gase im Hirn.«

Astrid seufzte. »Was ist schon dabei? Du kannst es in meinen Laptop tippen, das geht auch mit links.«

In diesem Moment trabten Sam, Jason, Julian, Nina und Amy, die wie eine kleine Gang wirkten, heran und scharten sich um sie, als müssten sie Holly vor Astrid beschützen. Wie schlau von Sam, da mitzumischen, niemand würde Verdacht schöpfen, dass zwischen den beiden in Wahrheit etwas lief.

»Astrid verlangt, dass ich einen Bericht darüber abliefere, was gestern Abend beim Tauchen passiert ist«, erklärte sie ihnen.

»Wozu?«, fragte Sam.

Wow, dachte Holly, perfekt. Er tut aalglatt so, als gäbe es nicht das Mindeste aufzuschreiben, dabei weiß er ganz genau, dass wir gestern gegen alle Regeln verstoßen haben. Nie wieder würde sie ihm irgendwas glauben können. Nina hatte ihn als Erste durchschaut. Sam war ein elender Lügner und Betrüger!

»Wozu das denn?«, fragten auch Ju und Nina.

Astrid schrumpfte etwas in sich zusammen, merkte es sofort und straffte dann übertrieben die Schultern.

»Das ist eine Sache allein zwischen Holly und mir, ihr habt damit nichts zu tun oder wollt ihr auch etwas dazu schreiben?«

Die Glocke schrillte, das bedeutete, es ging los und alle, die zum Segeln eingeteilt waren, mussten mit anpacken. Wer nicht pünktlich auftauchte, durfte die Klos schrubben. Holly nickte ihren Freunden zu, ein so großes Opfer konnte man nicht verlangen. Ihre Gang verschwand, nicht ohne ihr noch mit erhobenem Daumen Mut zu machen, und Nina zwinkerte ihr eindringlich zu. Unnötig, sie würde niemanden verraten. Ihr Plan war geheim und würde es bleiben.

7

Wo warst du?
OOPS, ich dachte gestern,
unser Date wäre morgen,
dass es heute war,
hätte ich gestern nie gedacht
und wär dann morgen gekommen ...
Depp!
Wer sich nicht ab und zu
ein bisschen kindisch verhält,
ist nicht erwachsen, sondern tot.
Und ich dachte, du liebst Zombies.

Du siehst blass aus«, sagte Astrid. »Deshalb möchte ich mir deine Verletzung noch mal ansehen. Gehen wir runter in die Kombüse, da haben wir das Verbandszeug.«

»Aber das haben wir doch erst vor ein paar Stunden gemacht. Meine Hand fühlt sich gut an.« Was man von ihrem Herzen nicht behaupten konnte.

»Lieber zweimal gecheckt als eine Blutvergiftung.« Anders als letzte Nacht wirkte Astrid nun betont freundlich. Sie hat Zeit gehabt, sich einen Plan zu überlegen, wie sie mit mir umgeht, jetzt da sie weiß, dass ich gecheckt hab, was hier abläuft.

Astrid zog sie mit sich zur Kombüse, wo sie sich auf die schmale, mit braunem Leder bezogene Bank setzte, die an den Wänden entlanglief. Während sie Astrid dabei zusah, wie sie den Erste-Hilfe-Koffer öffnete und dann vor ihr auf einem Hocker Platz nahm, überlegte Holly fieberhaft, wie sie Astrid gegenüber auftreten sollte. Einfach rausplatzen, damit, dass sie alles wusste und gegen sie kämpfen würde?

Als sie ihr die verletzte Hand reichte und daran dachte, dass Astrid heute Nacht Sam berührt hatte, umklammerte sie mit der gesunden Hand ihren Oberschenkel, um nicht doch mit ihrem Zorn herauszuplatzen.

Astrid schien nichts von ihrem inneren Aufruhr zu merken, sie schnitt konzentriert den Verband auf. »Sieht gut aus, haben wir heute Nacht doch alles richtig gemacht.«

Sie nickte wohlwollend und verband die Wunde wieder, sehr viel sanfter als das letzte Mal.

Super, dachte Holly, gib dir keine Mühe. Egal, wie sanft du mich jetzt verarztest, den Dolch hast du eh schon in mein Herz gerammt. Das verheilt nie!

»Wenn du nichts aufschreiben willst, dann verrate doch einfach nur mir, wie es dazu gekommen ist, dass du allein durch eine Luke kletterst, die dann wie von Zauberhand zufällt? Ich tauche lange genug, um zu wissen, was das bedeutet. Offensichtlich haben die Jungs dich allein gelassen. Ich verstehe, dass du nicht petzen willst, aber was ist los? Hast du Probleme? Wirst du gemobbt? Oder wolltest du im Mittelpunkt stehen und hast deshalb alle in Gefahr gebracht? Was läuft hier, Holly?«

Das brachte das Fass zum Überlaufen.

Gemobbt? Im Mittelpunkt stehen? Astrid war ganz klar eifersüchtig, weil Sam sie gerettet hatte, das war los!

»Was soll dieses blöde Verständnisgetue?«, platzte Holly heraus. »Es geht hier doch um ganz was anderes!«

Astrid betrachtete Holly, als wäre sie verrückt geworden. »Aber was redest du da? Glaubst du etwa den Unsinn, den dieser Whistler verzapft hat? Ich hatte dich für klüger gehalten.« Sie zog ihre Augenbrauen erstaunt hoch und presste die Lippen so fest zusammen, dass sie zu einem weißen Strich wurden. Jetzt erinnerte nichts mehr an die liebliche Anne Hathaway, so starr vor Wut war Astrids Gesicht.

Jemand räusperte sich demonstrativ und sie drehten sich beide gleichzeitig um. Sam trug ein Muscleshirt, das seine breite Brust betonte und seine nackten goldbraunen Arme im Gegenlicht wie gemalt wirken ließ. Er lächelte sie unsicher an, dann tauschte er einen Blick mit Astrid, die ihm unmerklich zunickte. Sein Lächeln wurde breiter, gewann an Wärme, brachte eine Hitze in den Raum, als wäre Holly gerade vom Dezemberschatten in die Hundstage katapultiert worden.

Holly hätte sich am liebsten in seine Arme geworfen. Trotz allem.

»Martin und Jason brauchen deine Unterstützung an Deck, du sollst bitte hochkommen, Astrid.«

Holly atmete unwillkürlich laut aus, sie hatte gar nicht gemerkt, dass sie die Luft angehalten hatte.

Astrid sah von Sam zu Holly, zuckte mit den Schultern, als hätte man sie gerade zur Kapitulation gezwungen, und fixierte dann Holly mit ihren Eisköniginnenaugen. »Darüber sprechen wir dann noch, Holly. Jetzt leg dich aber erst mal wieder hin. Und Sam, kannst du bitte das Verbandszeug aufräumen, bevor du wieder hochgehst?«

Astrid lief zur Tür und quetschte sich an Sam vorbei. Er wich ihr nicht aus, nicht einen Millimeter. Holly konnte genau sehen, wie ihre Brust dabei Sams halb nackten Oberkörper berührte. Sie biss auf die Innenseite ihrer Wangen, um nicht loszuheulen. So nah waren sie sich also.

Sam wartete ab, bis Astrid weg war, musste sich offensichtlich erst noch von ihrer Liebkosung erholen, dann kam er näher und sortierte Schere, Verbandsmaterial und Desinfektionsflaschen wieder in den Koffer.

»Holly, gibt es immer noch nichts, worüber du reden willst?«

»Oh doch, jede Menge, verrate mir, warum du mich verlassen hast.«

Du dumme Pute, dachte Holly, du solltest ihm sagen, dass du ihn liebst. Und du liebst ihn mehr als Astrid, die nur ihre Spiele mit ihm treibt. Du bist bereit, alles für ihn zu tun, alles, einfach alles. Also jetzt sag es schon.

»Ich habe dich verlassen, weil du kein Vertrauen in mich hast.«

»Ich habe nicht nur Vertrauen in dich, Mann, Sam, ich liebe dich.« Holly zitterte am ganzen Körper, weil sie solche Angst hatte. Was, wenn er nicht darauf eingehen würde? Jetzt sollte er kommen und seine Arme um sie legen und sagen, dass es ihm auch so ginge.

»Du sagst, du liebst mich, aber wie soll ich dir das glauben? Das reicht mir nicht.«

Holly hörte auf zu zittern, sie erstarrte wie eine Rose im Eisregen. Von außen nach innen.

»Es ist wegen Astrid, oder?«, murmelte sie.

Sam verdrehte die Augen. »Du lenkst schon wieder ab, du bist so eine Riesenenttäuschung für mich Holly, ehrlich. Vergiss es!«

Er drehte sich abrupt um und verschwand wortlos. Holly

unterdrückte alles, was in ihr hochstieg, ein Schluchzen, ein hysterisches Lachen, und beeilte sich, in ihre Kajüte zu kommen, wo sie sich auf ihre Koje warf und in Tränen ausbrach.

Wie konnte er es wagen, von Vertrauen zu reden? Sie sagte ihm, dass sie ihn liebte, *und das war nicht genug?*

Immer wieder sah sie vor sich, wie Astrid sich an ihm vorbeischob, an ihn presste, und jedes Mal wurde es schlimmer, bis sie die beiden nackt vor sich sah, was ihr dann den Rest gab. Irgendwann schlief sie mitten im Schluchzen völlig erschöpft ein.

Sie wachte vom Pochen in ihrer Hand wieder auf und fühlte sich in der engen dunklen Kajüte wie eingesperrt. Sie wollte raus, an die Luft, ihre Augen und die Nase waren vom vielen Weinen zugeschwollen und sie musste dringend auf andere Gedanken kommen. Sie setzte sich auf, zog ihre Segelschuhe an und lief dann zur vorderen Treppe, weil die Manöver immer auf dem Achterdeck abgehalten wurden.

Sie schlängelte sich zwischen den beiden Kapseln mit den Rettungsinseln hindurch und setzte sich neben einen Stapel Taue an die Reling, sodass ihre Füße über Bord baumelten, während sie sich mit der linken Hand an den Relingstangen festhielt. Das war verboten, aber das war ihr völlig gleichgültig, denn so hatte sie freien Blick auf das Meer. Und anders als heute Morgen tröstete sie diesmal der Anblick des pfauenaugenblau schimmernden Wassers. Die feuchte Luft umwehte sie freundlich und die Sonne küsste ihr Gesicht. Der ständig stärker werdende Wind malte schaumig weiße Gischtkringel auf das Meer. Die *Minerva* hatte endlich etwas Fahrt aufgenommen, alle Segel fuhren voll am Wind. Und vielleicht würde sie nun auch die

Delfine sehen, die man ihnen bei der Schiffsübergabe so vollmundig versprochen hatte. Sie alle hatten eine Abmachung mit Astrid und Martin: Wer zuerst Delfine entdeckt, wird von seiner nächtlichen Ankerwache befreit.

Glockenbimmeln durchschnitt das Klatschen der Wellen. Holly zählte mit, einmal, zweimal, dreimal. Das bedeutete eine Manöverübung! Wahrscheinlich Seemannsknoten, Martins Lieblingsmanöver, weil er die so gut konnte und er sich selbst auch welche ausgedacht hatte, die in keinem Segelhandbuch zu finden waren.

»Palstek, Endacht, Schotstek, Kreuzknoten«, murmelte sie unwillkürlich vor sich hin, so hießen die Knoten, die Holly für die Segelscheinprüfung geübt hatte und die sie mittlerweile im Schlaf konnte. Allerdings, man brauchte beide Hände dazu.

Der Wind frischte noch mehr auf, kühlte ihre geschwollenen Augen, wirbelte ihre Haare durcheinander und munterte sie langsam etwas auf. Hin und wieder drangen Jasons laute Kommandorufe an ihre Ohren. »Segel ... reffen ... los ... los, los!«

Weil sie sich besser fühlte, konnte sie auch endlich wieder an etwas anderes als sich selbst denken und sie fragte sich, ob sie mit Nina über ihr nächtliches Weinen reden sollte. Aber vielleicht wäre es besser, noch abzuwarten, wie es Nina nach ihrer Aktion gehen würde. Ihr Plan war zwar komplett illegal, aber sie hatten alle versprochen, dabei zu sein, wenn Nina sich für immer von Nick verabschieden würde. Holly hoffte, dass Nina dann auch langsam anfangen würde loszulassen.

Direkt nach seinem Tod hatte Nina ständig mit Holly über Nick reden wollen, aber das hatte sich geändert. Jetzt wollte Nina nie über Nick reden. War das normal? Sie war immer stiller geworden, nachdem sie eine Trauerseite für Nick ins Netz gestellt hatte. Diese Seite war eine Idee von Astrid gewesen, die Nina nach Nicks plötzlichem Tod psychologisch betreut hatte. Holly fragte sich, ob Astrid ihre Therapiestunden etwa dazu benutzte, sich an Jugendliche ranzumachen. Darüber musste sie Nina unbedingt noch mal aushorchen, was nicht schwer sein würde, denn Nina hatte Astrids Therapiestunden immer gehasst.

»Unsere Schulpsychologin lässt echt keine Plattitüde aus«, hatte Nina ihr oft genug erzählt, »das geht von ›Oh Nina, du hast doch das ganze Leben noch vor dir‹ über ›Andere Mütter haben auch hübsche Söhne‹ bis zu ›Die Zeit heilt alle Wunden‹.« Die Trauerseite war der einzige von Astrids Ratschlägen, den sich Nina nach einigem Sträuben zu Herzen genommen hatte. Schließlich hatte es ihr sogar Freude bereitet, Fotos, Minivideos und Anekdoten von Nick zu sammeln und auf seine Kondolenz-Seite zu stellen. Sogar eine Rubrik mit Nicks Lieblingstauchwitzen hatte sie eingerichtet.

Obwohl der Wind kühl war, spürte Holly, wie die Sonne ihre Haut langsam verbrannte. Noch fünf Minuten, dachte sie träge, dann gehe ich und creme mich ein. Sie seufzte, weil sie gar keine Lust hatte, zurück in die dunkle Kajüte zu laufen. Das Schiff schlingerte jetzt ständig hin und her und es fiel Holly schwerer, sich festzuhalten. Plötzlich wurde ihr klar, dass der Wind gar kein Grund zur Freude war, denn das brachte Ninas Plan durcheinander. Wie würden sie wieder zurück zum Wrack kommen? Das Beiboot war nicht dafür gemacht, große Strecken zu fahren.

Die Glocke ertönte wieder, gleichzeitig hörte sie ein Geräusch hinter sich. Sie drehte den Kopf, um zu schauen, ob jemand sie entdeckt hatte und hier wegscheuchen oder schlimmer noch bei Martin verpfeifen würde, aber da war niemand.

Doch der unbeschwerte Moment war verflogen, sie sollte lieber wieder runtergehen, ihre Wunde klopfte und von dem immer kräftigeren Schaukeln wurde ihr schwindelig.

Sie erhob sich vom Deck und genau in diesem Moment erhielt sie einen heftigen Stoß in den Rücken. Sie griff panisch, auch mit der verletzten Hand, nach der Reling, rutschte ab ... und stürzte vom Deck ins Meer. Während sie fiel, wollte sie »Mann über Bord« schreien, aber noch bevor sie überhaupt den Mund aufbrachte, landete sie schon mit einem schmerzhaften Klatschen im Wasser.

Die plötzliche Kälte verschlug ihr den Atem, sie schnappte automatisch nach Luft, bekam so einen Schwall salziger Meeresluft in die Lungen, versuchte, nicht in Panik zu geraten und nicht wild zu strampeln.

Es ist Spätsommer, das Wasser ist nicht kalt, keine Panik, du kannst eine Weile schwimmen, du bist eine gute Schwimmerin, versuchte sie, sich einzureden, aber die Wellen schlugen brutal über ihr zusammen.

Wieder
und
wieder
und
wieder,
und

obwohl das Adrenalin durch ihren Körper jagte und sie darum kämpfte, an der Wasseroberfläche zu bleiben und zu winken, um die anderen auf sich aufmerksam zu machen, war sie voller Angst, dass all das vergeblich sein würde. Und während sich das Salzwasser in ihren Körper drängte, ihr die Luft raubte, in ihren Augen brannte und ihre Ohren betäubte, dachte sie immer nur eins: Ich will nicht sterben. Nicht jetzt!

Lions Whistle, 28. Juni 2015

Okay, okay, okay. Die Meinungen über das Outen waren geteilt. Das respektiere ich. Dann frage ich euch jetzt, wie ist es mit Kriminellen? Mit Dieben oder Mördern? Die, die an unserer Schule ihr Unwesen treiben, die sollte man schon outen, oder?

Kommentare:

Ich glaube wirklich, Sie brauchen Hilfe. Wenn Sie nicht aufhören, unsere Schule zu verleumden, werden wir alles tun, um diesen Blog zu schließen.
lgg@städtschulen.de

Vielleicht bist du das alles in einem, ein Betrüger, der lügt, dass sich die Balken biegen, ein Dieb, der Sachen stiehlt, und dann mordest du auch noch unseren guten Ruf. Geh doch zur Polizei, wenn das stimmt, und hör auf, dich hier so aufzuplustern.
lolwthfck77@gmail.de

Lügen und betrügen wir nicht alle? Das ist mir scheißegal, aber ein Killer an der Schule, das ist cool. Also das wär ja mal was.
War66flower@google.de

Du bist doch nicht ganz dicht, ich lese nicht mehr mit.
bugaloodance@webmail.de

8

Kommst du morgen
mit zum Tauchen?
Kann nicht.
Weil du blond bist?
Melde dich,
wenn dein Tiefenrausch
wieder vorbei ist.

Holly zitterte immer noch am ganzen Körper, obwohl sie in zwei Decken eingewickelt in ihrer Koje lag. Jason saß kopfschüttelnd neben ihr an der Bettkante.

»Wie blond bist du eigentlich?«, fragte er. »Ich verstehe nicht, was in dich gefahren ist. Das wirft ein ganz schlechtes Licht auf mich als Fast-Skipper. Willst du, dass ich Ärger kriege?«

»Nein«, krächzte Holly und versuchte, sich immer noch bibbernd aufzurichten, aber Jason zwang sie mit grimmig funkelnden Augen, liegen zu bleiben. Überrascht von seiner offensichtlichen Wut hätte Holly sich am liebsten die Decke über das Gesicht gezogen. Normalerweise war es eher so, als müsste sie ihn beschützen, obwohl er älter war als sie. Denn unter seinem Machogetue war er leicht verletzbar und sie hatte oft Angst, dass ihn all diese Lügen über sich selbst noch in brenzlige Situationen bringen würden. Geheimnisse konnten einen umbringen. Sie gab sich Mühe, ihm zuzuhören, um ihn nicht noch wütender zu machen.

»Wie kann ein fast erwachsener Mensch nur so dumm sein?«, wetterte er.

»Ich hab nichts gemacht. Jemand hat mich gestoßen.«

Jason stöhnte genervt.

»Das ist unmöglich, jemand hätte dich an den Füßen packen und hochreißen müssen, so niedrig sind die Geländer dann auch wieder nicht. Also erzähl mir keine Lügengeschichten, sondern die Wahrheit.«

Holly wusste, wenn sie ihm die Wahrheit sagen würde, wäre Ärger vorprogrammiert, aber sie rang sich durch.

»Ich habe vorn an der Reling gesessen«, flüsterte sie.

»Das ist nicht dein Ernst! Wie oft hat Martin euch gesagt, dass ihr euch nur dorthin setzen dürft, wo es erlaubt ist?«

»Tausend Mal.« Lass mich in Ruhe, dachte Holly, lass mich bloß in Ruhe.

»Das Meer ist Ende September zwar wärmer als im Winter, aber so ein Sprung über Bord ist megagefährlich!«

»Ich bin nicht gesprungen! Mann, Jason, ich geh doch nicht freiwillig mit Klamotten und mit Schuhen baden, ich wurde gestoßen.«

Jason schüttelte seine Löwenmähne. »Komm mir nicht so, Holly, ich weiß, dass es dir leidtut, aber die Schuld jemand anderem in die Schuhe zu schieben, das ist unter deiner Würde.«

»Aber ...«

»Alle sind mächtig sauer auf dich, erst dein Alleingang gestern beim Tauchen und jetzt das. Warum bringst du dich ständig in Lebensgefahr, willst du sterben? Willst du in einem Sarg nach Hause gebracht werden? Ich verstehe dich nicht! Wir haben einen Plan und den bringst du damit in Gefahr!«

»Aber …«

»Nimmst du vielleicht Drogen? Wirst du gemobbt?«

Jetzt reichte es Holly, sie richtete sich auf und versuchte, das Zittern zu unterdrücken. »Lass mich gefälligst ausreden, du stellst mir lauter Fragen und dann hörst du mir nicht zu.«

»Du redest auch nur Blödsinn.« Trotz seiner harschen Worte klang er wieder etwas sanfter und Holly schöpfte Hoffnung.

»Ich sage die Wahrheit.«

»Warum sollte dich denn jemand vom Schiff stoßen?«

»Keine Ahnung.«

»Wir sind hier nicht bei den *X-Files*. Also wenn dich jemand gestoßen hat, war es kein Geist und derjenige muss einen Grund gehabt haben. Hast du jemanden verärgert oder kennst du ein schlimmes Geheimnis, das du ausplaudern könntest?«

»Höchstens, dass du schwul bist. Aber ich vermute, das wissen sowieso längst alle.« Das war gemein.

Jason sah Holly lange schweigend an, Holly versuchte, in seinem Gesicht zu lesen, was in ihm vorging, aber er hatte jeden Muskel unter Kontrolle und das war viel unheimlicher als sein unverhüllter Zorn.

»Glaubst du, dass ich dich gestoßen habe?«, presste er nach einer Ewigkeit heraus.

»Warum solltest du das denn tun?«

»Na«, er verzog spöttisch den Mund »um dich zum Schweigen zu bringen?« Er lauerte geradezu auf ihre Reaktion.

Holly wusste nicht, was sie dazu sagen sollte.

Schließlich gab er das Warten auf und seufzte.

»Du hast also keine Ahnung, wer es war?«

»Heißt das, du glaubst mir jetzt?«

»Ich weiß es nicht.« Jason stand auf und ging in dem engen Raum zwischen den Kojen hin und her. »Es kommt mir völlig abgefahren vor, dass dich einer von uns über Bord befördern wollte. Ehrlich gesagt, glaube ich eher, dass du leichtsinnig gehandelt hast. Du hast dich dorthin gesetzt, wo es gefährlich ist, und als die Krängung immer stärker wurde, konntest du dich wegen der verletzten Hand nicht mehr richtig festhalten.«

So wie er das sagte, klang es viel einleuchtender und Holly fing an, sich zu fragen, ob sie sich möglicherweise getäuscht hatte. Kaum dachte sie darüber nach, zog sich in ihrem Rücken alles zu einem schmerzenden Knoten zusammen, als wollte ihr Körper ihr mitteilen, dass sie im Recht war. Aber Jason würde ihr nicht glauben und ihr dämmerte, dass sie anders vorgehen musste, um herauszufinden, wer ihr das angetan hatte.

»Wo warst du, als ich ins Wasser gefallen bin? Wer hat mich zuerst gesehen und wie habt ihr mich rausgeholt?«

Jason unterbrach sein hektisches Auf- und Abgehen und blieb neben ihr stehen. »Ich hatte gerade das Ruder übernommen, die Manöver-Übungen waren vorbei, alle waren an Deck.«

»Das kannst du doch gar nicht beurteilen, du kennst doch gar nicht alle, die mitfahren, oder? Wieso warst du am Ruder? Ich dachte, das Ding läuft auf Autopilot?«

»Hatte ich abgestellt. Es war so windig, Martin und ich wollten einen anderen Kurs. Außerdem wollen wir ja nicht so weit weg vom Wrack, da musste ich behutsam nachhelfen. Was soll denn das werden, ein Verhör?« Er schürzte die Lippen und setzte sich wieder neben sie.

Im gleichen Augenblick wurde die Schiebetür ruckartig zur Seite gerissen und Nina kam herein, nur bekleidet mit Flip-Flops an den Füßen und einem Handtuch um den Leib.

»Sweetie, wie geht's dir jetzt?«, fragte sie Holly.

»Gut.« Von wegen, dachte Holly, der Gedanke, dass mich jemand über Bord gestoßen hat, macht mir Angst.

Nina wandte sich an Hollys Bruder. »Jason, ich würde mich gern anziehen.«

»Tu dir keinen Zwang an.« Jason grinste zu Nina rüber. »Das lasse ich mir nicht entgehen.« Dann wandte er sich wieder Holly zu.

»Nina hat dir das Leben gerettet!«

»Quatsch nicht, Jason!«, protestierte Nina.

»Oh doch, sie hat darauf bestanden, dass wir sie mit einem Seil und einem Rettungsreifen zu dir runterlassen, denn du hast wie verrückt gebrüllt und gestrampelt und deshalb den Reifen, den wir dir hingeworfen haben und der direkt neben dir gelandet ist, gar nicht gesehen. Man muss Ruhe bewahren.«

Holly schauderte es, als sie daran dachte, wie das Meer über ihr zusammengeschlagen war. Ruhe bewahren. Danke für den Tipp! Für einen Moment hasste sie ihren Bruder für diesen Kommentar.

»Danke«, murmelte Holly zu Nina hin, die tatsächlich gerade ihr Handtuch fallen ließ und gemächlich in ein trockenes Höschen stieg. Jason sah ihr dabei betont interessiert zu, was Holly völlig daneben fand. Was sollte dieses bescheuerte Theater?

»Lass Holly in Ruhe, Jason«, sagte Nina über ihre Schulter zu Holly hin, »du siehst doch, dass sie völlig fertig ist. Geh einfach.«

»Solange mir hier solche Anblicke geboten werden, ist das leider unmöglich für mich.« Er musterte Ninas Beine mit einem anerkennenden Pfeifen.

Jetzt reichte es aber! »Jason! Lass das!«

Jason erhob sich, ohne Nina aus den Augen zu lassen, und beugte sich dann noch mal zu Holly runter.

»Hollybee, du irrst dich bestimmt, du hast beim Tauchen gestern Abend einen kleinen Knacks gekriegt. Versuch zu schlafen, danach sieht alles wieder ganz anders aus.« Er nickte zu Nina hin, die sich gerade ein T-Shirt über den nackten Oberkörper zog und deshalb nicht mitbekam, wie wenig ihn ihr Busen wirklich interessierte. Dann schloss er sanft die Tür.

Nachdem er weg war, setzte sich Nina auf Hollys Bett und streichelte ihre Wange. »Und wie geht es dir jetzt?«

»Wie würdest du dich fühlen, wenn jemand dich eiskalt über die Reling gestoßen hätte?«

Nina sagte nichts und Holly begann zu befürchten, dass sogar ihre beste Freundin sie für verrückt halten würde.

»Ich hab mich auch schon gewundert, wie das passiert ist. Die anderen haben behauptet, du hättest dich umbringen wollen wegen Sam, aber das habe ich keine Sekunde geglaubt.«

Holly richtete sich wütend auf. »Warum sollte ich das ausgerechnet jetzt tun? Wir sind schon seit zwei Wochen, drei Tagen und vier Stunden getrennt.«

»Es wird immer viel gequatscht, besonders auf so einem Schiff, wo alle so dicht aufeinanderhocken. Du hast einen Tauchunfall und dann fällst du über Bord, klar hat da jeder 'ne Theorie dazu. Völlig normal, wenn du mich fragst. Denk nur mal an die ganzen Verschwörungstheoretiker. Die meisten wittern sowieso immer hinter allem etwas. Natürlich nur deshalb, weil jeder ein Geheimnis hat und vermutet, bei den anderen wäre es genauso, und so ist es ja auch. Nur die Geheimnisse unterscheiden sich.«

»Blödsinn. Das stimmt doch gar nicht, ich hab keine Geheimnisse. Null. Obwohl es cool wäre, eins zu haben.« Weil Nina so ernst geworden war, versuchte Holly einen Scherz. »Stell dir vor, ich wäre eigentlich eine Prinzessin oder hätte einen Millionär oder einen Nobelpreisträger als Vater ...«

Nina tippte sich an die Stirn, aber sie lächelte dabei. »Manchmal bist du ziemlich kindisch, Sweetie. Im Übrigen stimmt es nicht, denn auch du hast Geheimnisse. Denk nur mal an unseren Plan.«

»Wenn fünf Leute davon wissen, dann ist das in meinen Augen kein Geheimnis mehr.«

Nina zuckte mit den Schultern, griff nach ihrem Handtuch und rubbelte ihre dunkelbraunen Haare trocken.

»Hast du denjenigen gesehen, der das getan hat?«, fragte sie.

Holly schüttelte den Kopf und stellte Nina die gleichen Fragen, die sie an Jason gerichtet hatte. Auch Nina hatte keine Ahnung, warum jemand Holly das antun sollte.

Holly legte sich wieder zurück und schloss die Augen. »Mir ist so schwindelig. Ich versteh das alles nicht.«

Nina kämmte ihr Haar und flocht es dann, immer noch feucht, zu einem dicken Zopf. »Ich habe eine Idee! Wir müssen doch nur sortieren, wer sich wann wo aufgehalten hat, vielleicht sollten wir den Tathergang nachspielen, wie im Krimi.«

»Den Tathergang, soll das ironisch sein oder was?«

»Nein, das ist mein Ernst.« Und dann erklärte Nina, dass sich bis zu dem Glockenläuten, das Holly noch gehört hatte, fast alle an Deck befunden hatten, weil nach den Knoten dann noch ein Ankermanöver geübt worden war.

Jason war am Ruder, Amy hatte sich bei der Knotenübung einen Fingernagel abgebrochen und so rumgejammert, dass Martin ihr erlaubt hatte, ihn kurz abzufeilen, und Ju war beim Segelreffen über einen Wuling gestolpert, hatte sich ein Knie aufgeschlagen und wollte ein Pflaster holen. Sam hatte ihn begleitet, falls Ju irgendwie schwummrig würde und um sicherzustellen, dass er sein Knie ordentlich desinfizierte. Martin war die ganze Zeit über bei der Gruppe, genauso wie Nina.

»Und wo war Astrid?«

Nina zuckte mit den Schultern. »Das musst du sie fragen.«

»Und wer hat mich zuerst im Meer gesehen?«

»Amy, als sie wieder an Deck kam.« Nina zog die Augenbrauen zusammen. »Ich glaube, dann waren alle wieder da. Jason hat versucht beizudrehen, aber der Wind war zu stark. Sam und Astrid wollten unbedingt eine der Rettungsinseln abwerfen, aber Martin hat es verboten, weil man die nicht navigieren kann und das Meer so stürmisch war. Und was der Skipper sagt, ist Gesetz.« Nina stand auf. »Wir ankern bald in einer Marina, Sam darf in die Bucht einfahren, weil er als Einziger alle Knoten gekonnt hat und als Erster fertig war.«

Sam, dachte Holly. Sam konnte einfach alles.

»Du liebst diesen Streber immer noch, warum eigentlich? Was muss er dir noch antun, damit du ihn endlich abhakst?«, fragte Nina, als ob sie ihre Gedanken gelesen hätte.

Holly überlegte, ob sie ihr von Astrid erzählen sollte, aber da entdeckte sie, dass ihre Freundin plötzlich Tränen in den Augen hatte.

Holly richtete sich auf, legte den Arm um ihre Freundin und drückte sie fest an sich.

Nina schluchzte jetzt. »Als du da plötzlich wie eine Irre im Meer herumgestrampelt hast, so winzig in den Wellen, da habe ich solche Angst gehabt, dass du auch noch stirbst! Du hast keine Ahnung, wie sehr ich mich beherrschen muss, um überhaupt morgens aufzustehen. Was es mich kostet, so zu tun, als wäre ich über Nicks Tod hinweg. Das Einzige, was mich in den letzten Wochen aufrecht gehalten hat, war unser Plan. Noch jemanden zu verlieren, das würde mich umbringen!«

Gerührt drückte Holly ihre Freundin fester an sich. »Danke, dass du mich da rausgeholt hast!«, sagte sie und wünschte sich zum tausendsten Mal, dass sie Nick lebendig machen könnte. Immerhin hatte sie alles getan, um Nina zu beschützen.

»Holly, ich vergesse sein Gesicht ...« Tränen rollten Ninas Wangen herab. »Ich liege nachts in meinem Bett und weiß nicht mehr, wie er aussah. Und dann schäme ich mich so. Ich habe ihn doch geliebt, wie kann ich da sein Gesicht vergessen ...«

Holly hätte gern gesagt, dass das bestimmt normal war, weil das Leben irgendwie weitergehen musste, aber das klang wie ein besonders gefühlloses Klischee, also schwieg sie.

Komischerweise hatte Holly Nicks Gesicht noch genau

vor Augen oder besser gesagt sein Grinsen. Nick hatte nicht nur Nina, sondern sie alle zum Lachen gebracht, jeder war in seiner Gegenwart aufgeblüht.

Nina löste sich von Holly, schniefte und sah ihr in die Augen.

»Es fühlt sich für mich an, als wäre er gestern gestorben, aber trotzdem liege ich nachts wach und sehe nur Teilstücke von seinem Gesicht, wie bei einem Puzzle. Mal sein Lächeln, mal wie er mich angezwinkert hat, mal wie er sich mit der Hand durch seine Haare gefahren ist, und doch vergesse ich sein Gesicht.«

»Das alles tut mir so leid«, murmelte Holly und legte ihre Hand auf Ninas. Schweigend verharrten sie so.

Als Amy lautstark in ihre Kajüte platzte, zuckte Holly zusammen, war aber nicht unglücklich darüber, von ihrer Unfähigkeit, Nina wirklich trösten zu können, erlöst zu werden.

»Hey, Leute, Astrid schickt mich, ihr sollt hochkommen. Dann könnt ihr auch mit anschauen, ob Sam es schafft, das Boot ohne Kratzer an seinen Liegeplatz zu steuern. Es ist herrlichstes Wetter und ihr hockt hier drin wie blinde Maulwürfe in ihrem Loch.«

Amy musterte Holly. »Du bist ein bisschen blass um die Nase, na ja, kein Wunder nach deinem unfreiwilligen Bad vorhin. Du könntest etwas Rouge vertragen. Geht's denn wieder?« Ohne eine Antwort abzuwarten, wandte sie sich Nina zu. »Du hast verquollene Augen, da hätte ich 'ne prima Creme, wenn du willst. Wir sollten uns alle aufhübschen, denn wir machen gleich einen Ausflug!« Amy drehte sich begeistert um sich selbst, dabei sprang der weiße Faltenrock auf und entblätterte ihre Beine. »Endlich kommen wir von dem Kahn runter! Also los, gehen wir rauf, sonst kassier ich einen Anschiss von Astrid.«

Nina seufzte. »Manchmal bist du echt so unerträglich hohl, Amy.«

Amy zuckte gelassen mit den Schultern und verließ immer noch bester Stimmung die Kajüte, während sich Holly und Nina fertig machten. Nina half Holly dabei, ihr Sommerkleid und die Sandalen anzuziehen, dann folgten sie Amy nach oben.

9

Du solltest dich besser beherrschen.
Ich mag's nicht,
wenn du die Oberlehrerin gibst.
Kannst du dir eigentlich
noch ins Gesicht sehen?
Was denkst du,
wenn du morgens
in den Spiegel schaust?
Dass Gott mich hässlich gemacht hätte,
wenn er mich anders gewollt hätte.

Sie kamen gerade noch rechtzeitig an Deck, um dabei zuzusehen, wie Sam die Jacht in die kleine Marina von Sutomiscica steuerte und Kurs auf einen freien Liegeplatz nahm. Das war schwierig, weil der kleine Jachthafen voller Boote war, die dicht an dicht lagen und sich im Wind unruhig auf dem Wasser hin und her bewegten. Nicht viele an Bord hätten das ohne einen Kratzer geschafft.

Holly wunderte sich, dass sie nach allem, was sie über Astrid und Sam wusste, angesichts von Sams Meisterleistung ein warmes Gefühl in ihrer Brust spürte. Sie war stolz auf ihn, so als ob sie noch zusammen wären. Und dieses Gefühl wurde noch nicht mal von der Tatsache ausgelöscht, dass Astrid so dicht neben Sam stand, als wären sie wie siamesische Zwillinge in der Taille aneinander festgewachsen. Es tat weh und trotzdem war sie stolz. Sie schluckte ein paarmal und fragte sich, ob ihr Kopf nicht doch einen Schlag zu viel abbekommen hatte. Jemand hatte sie über die Reling ins Meer gestoßen und sie stand da und beklatschte heimlich ihren Ex. Sie sollte lieber herausfinden, wer sie loswerden wollte. Und das schnell.

Während das Schiff am Liegeplatz vertäut wurde, glitt ihr Blick über alle, die an Deck waren und darauf warteten, dass der Steg ausgeklappt wurde.

Egal, wen sie auch ins Visier nahm, es kam ihr einfach unmöglich vor. Es musste ein Mann gewesen sein, denn welche Frau würde einer anderen so etwas antun? Vielleicht eine Schulpsychologin, die mit ihrem Schutzbefohlenen eine Affäre eingeht? So jemand hatte kein Gewissen und war extrem skrupellos. Wollte Astrid sie aus dem Weg räumen? Immerhin hatte Astrid sogar einen Tiefsee-Instruktor-Tauchschein, vielleicht hatte sie die Luke hinter ihr zugemacht? Und niemand hatte Astrid an Deck gesehen, als Holly über Bord gegangen war. Schwer vorstellbar, Astrid sah so harmlos aus. Aber wenn nicht sie, wer dann? Verstohlen betrachtete sie Nina, ihre Retterin, die links, und dann Amy, die rechts von ihr stand. Irgendetwas an Amy irritierte sie, aber sie kam nicht darauf, was es war. Sie musterte Amy noch einmal genauer: Unbestreitbar sexy wie immer, also nichts, was Holly hätte stutzig machen können. Ein Bustier und der weiße Retro-Faltenrock betonten ihre Kurven, das schwarze Haar war zu riesigen Bergen à la Amy Winehouse aufgetürmt. Amys Augen ertranken in schwarzem Kajal und ihre Nägel glitzerten wie Schmuckstücke, also war doch alles wie immer. Wenn man sie so ansah, würde man nie auf die Idee kommen, dass irgendetwas sie aus der Fassung bringen könnte, oder war das alles nur Fassade? Falls ja, dann war die Fassade jedenfalls perfekt und nicht anders als sonst.

Nachdem das Schiff vertäut war, läutete Martin die Glocke und erklärte ihnen die weiteren Pläne für heute. Da sie noch immer nicht im Naturpark der Kornaten angelandet waren, zum einen wegen der Windstille heute Morgen und zum anderen wegen all der Zwischenfälle an Bord – böser Blick in Hollys Richtung –, war das Programm umdisponiert worden und die Besichtigung von Zadar vorgezogen. Zwei kleine Privatfähren würden sie über die Bucht hinüber in die Stadt bringen, wo sie zwei Stunden freie Zeit zur Verfügung hatten, bis sie sich um sieben Uhr alle bei der Meeresorgel in der Altstadt wiedertreffen sollten.

»Ist das nicht toll!« Amy deutete mit ausgestreckten Händen auf die Marina mit den wenigen Häusern im Hintergrund und seufzte dramatisch. »Wir entkommen diesem Kuhdorf! In Zadar gibt es endlich wieder Internet!«

»In den Kornaten wird das noch schlimmer«, sagte Jason. Da gibt es zwar so viele Inseln, wie das Jahr Tage hat, aber man muss froh sein, wenn man um diese Jahreszeit irgendwo eine bewohnte Insel mit einem noch offenen Restaurant findet ...« Er wurde von Astrid unterbrochen, die ihm ins Wort fiel.

»Holly, bist du wirklich fit genug für den Ausflug?«, fragte Astrid. »Oder willst du an Bord bleiben?«

»Mir geht es bestens.« Holly straffte ihre Schultern und lächelte. In jedem Fall gut genug, um endlich wieder festen Boden unter den Füße spüren zu wollen, dachte sie. Lieber sterben, als allein auf diesem Schiff zu bleiben!

»Und deine Hand?«

Holly hob die verletzte Hand mit Schwung, zum Beweis dafür, wie gut sie sich fühlte, und genau in diesem Moment fiel ihr ein, was sie an Amy vorhin irritiert hatte.

Sie rang sich ein »Alles okay!« ab, während ihr ganz merkwürdig wurde bei dem Gedanken, der sich gerade durch ihren Kopf wand. Es waren Amys Hände, ihre Nägel, um genau zu sein. Einer der meersilbergrünen Fingernägeln hätte abgebrochen sein müssen. Es waren aber alle gleich lang, sogar mächtig lang gewesen.

Doch warum sollte ausgerechnet Amy sie vom Schiff schubsen, das ergab keinen Sinn. Und Martin hätte ganz sicher bemerkt, wenn Amy die Nägel nur als Ausrede benutzt hätte, um sich vor den Manöverübungen zu drücken. Martin durchschaute sie alle besser, als es ihnen lieb war.

In diesem Moment fuhren die beiden Fährboote unter dem lauten Jubel der ganzen *Minerva* in die Bucht ein. Holly bemühte sich, kräftig mitzujohlen, weil Astrid sie immer noch skeptisch von der Seite ansah. Das schien sie zu überzeugen, denn sie gab widerwillig ihr Okay zu Hollys Ausflug.

Alle strömten von Bord. Wie Tiere, dachte Holly, die man endlich aus ihrem Käfig gelassen hatte. Aufgeregt schnatternd stürmten sie zu den Fährbooten. Holly rannte den anderen hinterher und spürte mit jedem Schritt eine große Erleichterung, so als wäre sie gerade noch einmal davongekommen. Es waren nicht genug Sitzplätze für alle, sodass Jason und Sam vor ihnen stehen bleiben mussten.

»Es ist gut für uns, wenn wir nicht weiterfahren«, sagte Ju, während sie von der ruhigen Bucht der Marina auf das ziemlich wilde Meer tuckerten, das sie auf dem Weg nach

Zadar überqueren mussten. »So entfernen wir uns nicht unnötig weiter von dem Wrack.«

»Dann können wir es für morgen Abend planen, oder?«, fragte Nina. Ju nickte.

»Das müssen wir dann vom Wetter abhängig machen«, mischte sich Jason ein.

Plötzlich krachte das Boot in ein tiefes Wellental und Sam wurde auf Hollys Schoß geschleudert. Er musste sich sogar an ihr festhalten, weil das ganze Boot unvermittelt hin und her schwankte. Sie atmete seinen vertrauten Geruch ein und wünschte sich, er würde sitzen bleiben. Doch er stand, wie von einer Tarantel gestochen, sofort wieder auf, wurde aber erneut auf Hollys Schoß zurückgeworfen, weil das Boot stark schlingerte. Das Wasser spritzte hoch über die Reling und jetzt kreischten alle voller Angst auf, nur um dann erleichtert zu lachen.

Alle, bis auf Holly, die gerade erst dem Meer entkommen war. Sie zitterte am ganzen Körper und hätte am liebsten ihre Arme um Sam geschlungen, und gerade als sie beschlossen hatte, es einfach zu tun, stand er mit einem Ruck auf und lief auf die andere Seite des Bootes, wo Astrid und Martin sich gegenseitig ihre Spritzwasserflecken zeigten. Klar, dachte Holly. Astrid, seine neue Liebe. Sie versuchte, ihre Tränen runterzuschlucken, aber sie schaffte es nicht. Müde wischte sie mit ihrem Handrücken über die Augen. Es war schon hart, verlassen zu werden, aber es war noch härter, wenn man für eine Greisin abserviert worden war.

Als sie endlich in Zadar anlegten, zitterte Holly nicht mehr, auch wenn ihr immer noch kalt war, denn ihre Kleider waren feucht von der Gischt. Sie fühlte sich schlapp, während alle anderen aufgekratzt waren und voller Elan.

Doch sie ließ sich nichts anmerken, um nicht von Astrid zurück auf die *Minerva* geschickt zu werden.

Vergiss Sam, beschwor Holly sich. Du musst endlich darüber hinwegkommen. Während sie sich vom Hafen auf dem Weg in die Altstadt machten, gab Holly sich alle Mühe, auf andere Gedanken zu kommen.

Weiß, dachte sie, Zadar war eine weiße Stadt mit einem Boden aus weißen Steinen, die wie lackiert in der Sonne schimmerten, dabei hatten sie die Füße der Bewohner und Besucher über Jahrhunderte hinweg einfach nur glatt poliert. Auch die meisten Gebäude waren aus weißem Stein, doch viele hatten starke Grauschleier und an den Wetterseiten zogen sich manchmal hässliche schwarze Schlieren über Kirchen, Türme und Häuser.

Ju, Jason, Sam und Nina wollten »mal durch die Altstadt latschen und schauen, was es hier so zu sehen gibt« und Amy machte sich auf die Suche nach einem Internetcafé.

Nachdem sich die anderen verabschiedet hatten, setzte sich Holly alleine in das nächste Café auf einem großen Platz, der rechts von einer mächtigen Kirche mit einer runden Kuppel eingefasst wurde. Sie bestellte auf Englisch einen Cappuccino und der Kellner fragte dann auf Deutsch, ob sie auch etwas essen wolle. In dem Moment wurde ihr klar, dass sie sehr hungrig war, und sie entschied sich für ein Panino mit Pilzen und Scamorza, ohne zu wissen, was das genau war, aber es klang lecker.

Als der Kaffee gebracht wurde, war die Milchhaube so schaumig, dass der Zucker, den sie aus dem Tütchen darüberstreute, nicht darin versank. Die Sonne malte helle Kringel auf den Platz und Tauben pickten friedlich gurrend die Krümel auf, die die Touristen ihnen hinwarfen.

Doch das alles verstärkte nur Hollys innere Unruhe. Sie biss in ihr knuspriges Sandwich, aber sie hatte plötzlich wieder den Geschmack von Salzwasser im Mund. Ihr wurde übel, sie schob das Sandwich weg und trank von dem Cappuccino, der so heiß war, dass sie sich den Mund verbrannte. Tränen stiegen ihr in die Augen und sie musste sich sehr beherrschen, um nicht laut loszuheulen.

Alles ist gut, versuchte sie, sich zu beruhigen, alles ist friedlich und niemand will dir etwas Böses. Aber ihr Gedankenkarussell nahm nur noch mehr Fahrt auf.

Warum sperrte jemand sie in einer Luke ein und wer stieß sie dann einen Tag später über Bord? War es Astrid, die verhindern wollte, dass ihre Affäre mit Sam rauskam, oder war es Sam aus demselben Grund? Konnte man das überhaupt jemandem antun, den man mal geliebt hatte? Und wenn es Amy war? Aber warum sollte sie das tun? Völlig abstrus wäre, wenn Ju es gewesen war, der mit der Aktion *Mann über Bord* einfach nur verhindern wollte, dass sie sich zu weit vom Wrack entfernten. Nur ihr Bruder schied aus, einfach weil er ihr Bruder war, und Nina hatte sie schließlich gerettet. Und an einen geheimnisvollen Unbekannten glaubte sie einfach nicht.

Sie musste logisch vorgehen, überlegte Holly. Man konnte alle ausschließen, die nicht beim Tauchen dabei gewesen waren. Es wollten sie ja wohl nicht gleich zwei ihrer Freunde tot sehen. *Sie tot sehen,* so ein Unsinn! Mann, Mann, Mann, Holly, das hört sich an, als wärst du einer Klinik für psychisch Kranke entsprungen, es klang verdächtig nach Verfolgungswahn. Sie nippte jetzt etwas vorsichtiger an ihrem Cappuccino, zog den Teller mit dem Sandwich wieder heran und probierte noch einmal. Logisch nachdenken bedeutete, auch mal die andere Seite zu beleuchten. Mal angenommen, sie hatte sich alles doch nur eingebildet? Die Luke wäre von allein zugefallen und sie wäre beim Aufstehen an der Reling tollpatschig ins Wackeln gekommen. Klang viel wahrscheinlicher. Niemand wollte sie tot sehen.

Sie atmete tief durch und aß ihr Sandwich auf, auch wenn sie immer noch nicht viel davon schmeckte. Danach wischte sie ihre Finger an der dünnen Papierserviette ab und fühlte sich besser.

Sie sah sich auf dem Platz um. Keiner wollte ihr an den Kragen und sie war nicht paranoid! Holly streute mehr Zucker aus dem Tütchen in den Cappuccino und betrachtete dann die weißen Kristalle. Sie lächelte erleichtert. Nein, sie war keine Verrückte, die sich einbildete, man wollte sie vergiften, es gab keine Weltverschwörung gegen sie, keiner hörte ihr Handy ab, niemand mobbte oder verfolgte sie.

»Holly!«, kreischte es genau in diesem Augenblick so laut über den Platz, dass sich alle nach der Stimme umdrehten. So viel zum Thema verfolgt werden, dachte Holly und unterdrückte ein Grinsen. Sie erkannte Amy und winkte ihr zu. Neugierig darauf, was Amy wollte, nachdem sie ihr so lange aus dem Weg gegangen war.

Amy stöckelte zielsicher in ihre Richtung und winkte zurück. Dabei blitzten ihre Nägel silbern auf wie zehn kleine Sonnen. Und alle waren gleich lang.

»Ist das genießbar, was du trinkst?«, fragte Amy, und als Holly nickte, bestellte sie auch einen Cappuccino bei einem der drei Kellner, die wie Motten zum Licht geflogen waren.

Amy rückte ihren Rock zurecht, überprüfte ihr Make-up in ihrem mit Swarovski-Steinen besetzten Taschenspiegel, lächelte Holly zu, lächelte den Kellnern zu, den Männern am Nebentisch, sagte aber kein Wort.

Die Nägel, dachte Holly, kann ich gleich mit der Tür ins Haus fallen? Ohne sie zu verärgern? Sie sahen sich schweigend an und Holly fragte sich, ob Amy ihr die letzten Monate eher wegen Nick oder eher wegen Nina aus dem Weg gegangen war. Sie rührte in ihrer Tasse und überlegte weiter, wie sie es am besten anfangen sollte. Wieso sagte Amy denn nicht irgendwas? Sie hatte sich schließlich an ihren Tisch gesetzt!

Die Stille zwischen ihnen breitete sich immer weiter aus und drückte schwer auf Hollys Magen.

»Schon alles auf deiner Seite gepostet?«, fragte Holly schließlich, weil sie es nicht länger aushielt und es doch nicht schaffte, gleich mit der Tür ins Haus zu fallen.

»Klar, musste bloß den Stick auf den Blog laden.« Amy plapperte, als hätte sie nur darauf gewartet, dass Holly ihren Generator anwarf.

»War eine Spitzenverbindung. Ging zack, zack. Und stell dir vor, erst als ich rausgehe, sehe ich, dass Ju in einer Nische neben der Tür hockt und wie wild in die Tasten haut. Irgendwie hatte ich das Gefühl, dass er nicht gestört werden wollte. Glaubst du, er hat eine Freundin?«

Amy war dermaßen mit sich selbst beschäftigt, dass sie in hundert Lichtjahren nicht merken würde, dass Ju in sie verknallt war, aber Holly hatte keine Lust, Amy die Augen zu öffnen. »Bestimmt hat er 'ne Freundin, er ist doch ein netter Typ.«

»Findest du? Mir ist er ein bisschen unheimlich. Er ist ein Freak!«

»Ein Freak?« Holly lachte. »Du spinnst!«

»Apropos Freaks, dich hab ich gesucht, weil ich mit dir über Nina reden wollte. Was ist eigentlich mit der los?«

»Sie trauert eben um ihre große Liebe.«

»Große Liebe?« Amy verzog ihren Mund zu einer hässlichen Schnute. »Nimm's mir nicht übel, aber ihr zwei seid manchmal so kindisch und benehmt euch wie Elfen in einem lächerlichen Feenland, in dem es nur Prinzen und Einhörner gibt. Echte Menschen sind nicht so. Nina glorifiziert Nick zu einem strahlenden Superhelden, zu einer Art Superromeo und sich selbst zur Superjulia.«

»Das nennt man Trauer!«

»Sie entfernt sich von der Wirklichkeit – ich glaube, sie ist die Einzige, die jeden Scheiß glaubt, den dieser Whistler verbreitet. Und dann ihr verrückter Plan, also sie ist neben der Spur, wenn du mich fragst.«

Ich frage dich aber nicht, dachte Holly und erinnerte sich an den Tag, an dem sie Amy heulend im Mädchenklo gefunden hatte. Der Tag, über den sie nie wieder gesprochen hatten.

»'ne Menge Leute hat ein Problem mit der Wirklichkeit«, sagte sie.

»Besonders Mister Whistler! Ich hab nur mal so aus Neugier nachgeschaut und siehe da, das kranke Hirn hat schon wieder was gepostet.« Amy sah Holly an, als würde sie eine Reaktion erwarten. Als Holly schwieg, seufzte Amy und zog dann ein paar Seiten aus ihrer riesigen Beuteltasche.

»Schau mal, weil wir an Bord kein Netz haben, hab ich's ausgedruckt. Der Kerl dreht doch langsam völlig ab, oder?« Sie reichte Holly die Blätter.

Lions Whistle, 22. September 2015

Viele von euch sind jetzt auf Q12-Fahrt, einige in Rom, einige in Oslo, aber die schamloseste Ansammlung von Lions, die segelt vor der kroatischen Küste auf der *Minerva* (die Göttin der Weisheit, wie ironisch ist das denn?).

Leider glaube ich nicht an die Kraft von Flüchen oder die der bösen Gedanken, sonst würde ich mir beinahe wünschen, dass die *Minerva* mit Mann und Maus untergeht. Doch das wäre glatter Selbstmord und es wäre auch unfair gegenüber den wenigen unschuldigen Kreaturen, die an Bord sind. Schließlich verstehe ich mich als Zünglein an der Waage, als den, der das Unrecht ausgleicht und nicht neues erschafft. Wie dem auch sei, das Schiff ist voll Krimineller.

Oh nein, nicht schon wieder so ein Aufschrei, ich habe Beweise! Die ich auf Anfrage gern zusende, möchte das nur nicht öffentlich posten, ich fürchte, das würde dann doch zur Schließung des Blogs führen.

Ihr erinnert euch sicher an die zahllosen lächerlichen Bastel- und Backaktionen, mit denen eure Mütter oder auch ihr selbst versucht habt, Gelder für unsere Studienfahrten zu generieren. Alle haben sich bemüht und abgerackert und es kam auch eine Menge zusammen, doch es war viel mehr, als ihr denkt. Denn einer hat tief in diese Kasse gegriffen. Vielleicht hat er sich sogar vorgemacht, er müsste das tun, weil er an Bord die Verantwortung für seine Gruppe haben würde.

Wir alle finden gute Ausreden dafür, dass wir beschissene Dinge tun. *Ich hab mir die Kante gegeben, dann habe ich die Kontrolle verloren,* winseln wir oder *Ich musste ihn anlügen, er hätte die Wahrheit nicht verkraftet,* oder wir glauben, solange es keiner weiß, ist es nicht passiert. Was für ein gewaltiger Irrtum.

Und all diese Lügner haben nicht das Gefühl, etwas Unrechtes zu tun. Das gilt auch für die kriminellen Weibchen, die an Bord sind. Allesamt Töchter der Nyx: Lachesis, die per Los den Lebensfaden von Menschen einfach so zertrennt, tanzt mit Apate, der Dämonin von Täuschung und Betrug, und Special Guest: ihre Mayakollegin Tlazolteotl, zu Deutsch »Die Dreckfresserin«, die Göttin der verbotenen Liebe und Wollust ...

Demnächst mehr.

Kommentare:

Wozu soll dieses Gelaber von Göttinnen gut sein? Ich glaube, du versteckst dich hinter hochtrabendem Blabla und postest mal wieder keine Beweise, weil es keine gibt. Feigling.

lolwthfck77@gmail.de

Auf DEM Schiff wäre ich auch gern. Klingt, als ob die da viel Spaß hätten!

War66flower@google.de

Du widerst mich an. Immer nur diese perfiden Andeutungen. Wie fändest du es, wenn man dich oder jemanden aus deiner Familie so verleumden würde?

bugaloodance@webmail.de

Kommentar vom Lions Whistler:

Du tust mir leid, ganz sicher bist du auch eins von diesen fetten Mädels, das eine ganze Tüte Chips auf einmal frisst und dafür dann am liebsten den Supermarkt verklagen würde. Mein heißer Tipp, lass es doch einfach. Niemand wird gezwungen, das zu lesen!

10

Ich möchte dich sehen.
Träume werden wahr …
Du hast ein Problem!
Nein, ich bin höchstens
der interessante Teil der Lösung.

Angewidert legte Holly die Seiten auf den Tisch.

»Und was meinst du dazu?«, fragte Amy und sah sie so erwartungsvoll an, als würde Holly gleich ein Ei legen.

»Was soll man denn zu derart verlogenem Müll schon sagen? Du solltest das doch am besten wissen, der Dreck, den der auf deinen Blog geworfen hat, war doch auch erstunken und erlogen, oder?«

Amy nahm Hollys Löffel und rührte verlegen in der leeren Tasse herum. »Na ja, am Anfang habe ich mich schon von anderen Blogs inspirieren lassen, aber das war doch nicht wirklich Ideenklau, oder?«

»Kommt drauf an, würde ich sagen.« Holly dämmerte plötzlich, wie dieser Whistler funktionierte. »Weil du dich eigentlich schuldig fühlst, denkst du insgeheim, dass immer etwas dran ist an dem, was dieser Lügner schreibt? Dieser Ohne-Rauch-kein-Feuer-Scheiß …«

Amy starrte sie durchdringend an. »Bist du wirklich sicher, dass du keine Ahnung hast, wer das schreibt?«

Jetzt reichte es Holly. »Warum fragst du mich das andauernd? Ich habe keine Ahnung und es interessiert mich nicht die Bohne, wer dahintersteckt. Ich finde nur, man sollte ihn endlich stoppen. Ich habe nicht alle seine Posts gelesen, aber es kommt mir so vor, als würde er immer bösartiger. Hier ...« Holly suchte die Stelle im Text: »Allesamt Töchter der Nyx: Lachesis, die per Los den Lebensfaden von Menschen einfach so zertrennt, tanzt mit Apate, der Dämonin von Täuschung und Betrug, und Special Guest: ihre Mayakollegin Tlazolteotl, zu Deutsch »Die Dreckfresserin«, die Göttin der verbotenen Liebe und Wollust ...«

»Stimmt, das hört sich reichlich dramatisch an.« Amy griff nach dem leeren Zuckertütchen und formte es zu einer Kugel, indem sie es zwischen ihren Händen hin und her rollte. *»Verbotene Liebe und Wollust ...«* Amy sah Holly fragend an. »Glaubst du, das ist 'ne Anspielung?«

»Blödsinn!«

Amy zog eine ihrer exakt gezupften Augenbrauen hoch.

»Ich hab nie jemandem was erzählt. Keiner Menschenseele!«, beharrte Holly und sah ihr in die Augen. Schließlich wandte Amy den Blick ab und schnippte das Papierkügelchen in den Aschenbecher auf dem Tisch.

»Was glaubst du dann, was Ju im Internetcafé gemacht hat?«, fragte Amy.

»Seine Mails gecheckt.«

»Aber er saß in dieser Nische, er wollte nicht gesehen werden ...«

Holly unterdrückte ein Lächeln. Jede Wette, dass er über Ovid und andere berühmte Beautyblogger recherchiert hatte, nur um etwas Witziges auszugraben, was Amy gefallen könnte.

Amy dankte dem Kellner, der mit ihrem Cappuccino gleich zwei Extrakekse gebracht hatte, und verstaute mit spitzen Fingern beide in ihrer riesigen Beuteltasche. Dann kontrollierte sie ihre Nägel.

Jetzt, dachte Holly, jetzt!

»Was ist mit deinen Nägeln passiert?«

Amy schob eine Haarsträhne hinter ihr Ohr und betrachtete sie, als würde sie sie heute zum ersten Mal sehen, und entspannte sich sichtlich.

»Schön, oder? Diese Farbe heißt übrigens *Mermaid's Trouble* und kommt aus England, ohne Tierversuche.«

»Und wo ist der angeblich abgebrochene Nagel?«

»Den hab ich …« Amy unterbrach sich mitten im Satz und starrte Holly nachdenklich an. Holly konnte förmlich sehen, wie es in ihr arbeitete.

»Oh Gott, das ist genau da passiert, als du … Du denkst doch nicht, dass ich dich über Bord gestoßen habe?«

»Und hast du? Oh nein, du gehörst bestimmt zu denen, die glauben, ich wollte mich aus unsäglichem Schmerz wegen meines Prinzen Samuel umbringen, weil ich ja in diesem ach so schönen Feenland lebe und die Wirklichkeit nicht aushalte.«

»Also erstens bist du nicht der Typ für Selbstmord. Und zweitens hab ich Ersatznägel, du glaubst doch nicht, dass so perfekte Nägel echt sind, oder?« Sie streckte beide Hände mit weit gespreizten Fingern ab und wedelte damit vor Holly herum, als ob sie blind wäre.

Gott, wie dämlich war das denn! Darauf hätte sie selbst kommen müssen. Es gab wirklich für alles logische Erklärungen. Und was, wenn Amy den Nagel absichtlich abgebrochen hatte? Sie konnte es trotzdem gewesen sein. Doch warum sollte sie? Immerhin hatte Holly ihr mal aus der Klemme geholfen.

Amy sah auf ihre riesige Männerarmbanduhr und fluchte.

»Hey, Holly, wir müssen los zu der Meeresorgel. Die habe ich vorhin schon gehört, als ich ein Internetcafé gesucht habe.« Sie winkte dem Kellner, der sofort heranstürzte und enttäuscht über ihren schnellen Aufbruch abkassierte.

Die beiden liefen durch die weißen Gassen der Altstadt und Holly war beeindruckt, wie schnell Amy auf ihren hohen Absätzen über die aalglatten Steine laufen konnte, ohne auszurutschen. Aber noch mehr erstaunte es sie, wie gut sich Amy zurechtfand. Zielsicher steuerte Amy sie durch eine Gasse mit Buden voll touristischem Schnickschnack hin zu einem Park mit windschiefen Pinien.

Sie durchquerten den Park, der zu einer Uferpromenade führte. Dort gingen sie vor bis zur Kante des Kais, an den unablässig mächtige graugrüne Wellen heranklatschten. Der Wind umwehte sie mit silbernen Tröpfchenfontänen und durchfeuchtete ihre Kleider.

Amy drehte sich nach rechts, nahm Hollys Arm und hakte sich zu Hollys großer Überraschung bei ihr ein, als wären sie Schwestern. Monatelang kein Wort und jetzt das.

»Holly, falls du mal jemanden zum Reden brauchst, ich bin immer für dich da. Egal was es ist. Ich bin wirklich nicht nachtragend, und wie du weißt, kann ich ein Geheimnis für mich behalten.«

Verblüfft überlegte Holly, was Amy ihr damit sagen wollte. Wieso nachtragend? Amy sollte ihr lieber dankbar sein. Nachdem sie eine Weile schweigend weitergelaufen waren, blieb Amy unvermittelt stehen. »Hör mal!«

Holly lauschte und tatsächlich erklangen höchst seltsame Geräusche, eine Mischung aus Walgesang, brechenden Wellen und Orgelklängen, es hörte sich an wie Musik aus einer anderen Welt. Ihr lief ein Schauer über den Rücken.

»Lass uns einen Zahn zulegen, wir sind gleich da.«

Sie waren die Letzten, die ankamen, und Holly erwartete, dass Martin seinen Vortrag unterbrechen würde, um sie zu tadeln, aber er nickte ihnen nur böse zu und redete weiter.

Holly sah sich unauffällig nach einem Instrument um, aber alles, was sie entdecken konnte, waren lange schmale Treppenstufen mit Löchern darin.

»Diese Meeresorgel wurde 2005 erbaut. Sie besteht aus fünfunddreißig Röhren, die bis zu siebzig Meter lang sind und in diese Treppen einbetoniert wurden. Durch das ein- und ausfließende Wasser werden in den Röhren Töne in unterschiedlichsten Tonlagen erzeugt. Sie entweichen sowohl über kleine Öffnungen nach oben«, Martin zeigte auf die Löcher in den Treppen, »als auch aus seitlichen Öffnungen in den Stufen zum Wasser. So wird ein einmaliges Klangbild erzeugt oder habt ihr Pappnasen so was schon jemals gehört?«, fragte er in die Runde.

Nina drängelte sich neben Holly. »Da kriege ich eine Gänsehaut«, flüsterte sie Holly zu. Statt einer Antwort zeigte Holly Nina ihren Unterarm, an dem sich all ihre blonden Härchen aufgestellt hatten. Dieser Mix aus Wasserklatschen und hellem und dunklem Sirenengesang war unheimlich. So etwas hört man vielleicht, wenn man ertrinkt, dachte Holly unwillkürlich schaudernd und schmiegte sich Trost suchend an Nina. »So klingen Nixen, wenn sie traurig sind«, flüsterte sie Nina zu. Nina drehte den Kopf und lauschte konzentriert, dann wendete sie sich wieder Holly zu. »Nein, Sweetie, ich glaube nicht, dass sie traurig sind. Hör doch mal, wie kraftvoll das klingt, so wie ein *High Noon* unter Wasser, das Meer spielt eine Symphonie der Nixenrache.«

Martin warf ihnen wütende Blicke zu und bat um Ruhe. Dann erklärte er, dass sie jetzt alle zusammen eine Stadtführung machen, danach essen gehen und mit den Booten wieder zurückfahren würden.

Kollektives Stöhnen. Einige hatten Referate für die Sehenswürdigkeiten von Zadar vorbereiten müssen, aber niemanden interessierte, wie alt irgendwelche Kirchen waren oder wann die Venezianer was erobert hatten.

»Leute, was haltet ihr davon, wenn wir uns unauffällig abseilen?«, fragte Jason.

»Das wäre dämlich«, meinte Sam. »Gibt nur Ärger und hatten wir nicht schon genug davon?« Er grinste Jason an. »Oder glaubst du, Astrid und Martin können nicht bis achtzehn zählen?«

»Du hast recht«, Jason tippte mit den zwei Fingern der rechten Hand an seine nicht vorhandene Kapitänsmütze, »ich glaube, der Skipperassistent muss dringend wichtige Dinge für die *Minerva* erledigen. Sorry, Leute, wir sehen uns später am Schiff.« Er nickte in die Runde, redete kurz mit Astrid und verschwand dann in einer Seitengasse.

»Wir Armen müssen uns jetzt wohl bilden lassen.« Amy ließ lauthals Luft ab und blieb stehen. Die anderen scharten sich um sie und folgten dann Astrid und Martin zur Sankt-Donatus-Kirche.

22. Mai 2015

Zwei Wochen später treffe ich ihn auf der Party von Julian wieder, der an der Isar mit einem gewaltigen Grillgelage und sehr viel Bier, das ihm sein älterer Bruder besorgt hat, seinen Geburtstag feiert. Es ist plötzlich so heiß geworden, als wäre schon Hochsommer, und ich bereue es, nicht doch ein leichtes Sommerkleid angezogen zu haben so wie Amy, mit der ich am Ufer der Isar sitze. Wir halten unsere Füße ins kalte Wasser und trotzdem schwitze ich wahnsinnig in meinen abgeschnittenen Jeans. Obwohl es schon nach acht Uhr ist, steht die Luft und es ist so schwül, als wäre es August. Ich frage mich gerade, wie Amy es schafft, dass ihr aufwändiges Make-up nicht wie Brühe an ihr herunterläuft, da entdecke ich Mr Pfauenauge, der ganz allein am Rand der Party steht. Er beobachtet Julian durch die schwarzen Rauchwolken, die gerade von der Holzkohle aufsteigen, weil Ju sie einfach nicht dazu bringen kann, in Flammen aufzugehen. Ich kann seine Flüche bis hierher hören.

Pfauenauge schlendert zu Ju und fragt ihn, ob er ihm den Flaschenkamintrick zeigen solle, aber Ju winkt ab und erklärt, dass das allein seine Sache sei. Daraufhin zuckt Pfauenauge mit seinen breiten Schultern und kommt zu Amy und mir.

Wir reden gerade darüber, was der irre Whistler in seinem Blog heute wieder über unsere Schule abgelassen hat. Er stellt sich zu uns, hebt seine Bierflasche zum Gruß und lächelt uns an.

Amy reagiert, als ob ihr jemand intravenös Red Bull verabreicht hätte. Sie nestelt mit den Händen in ihrem Haar herum, um den üppigen Busen in ihrem schulterfreien granatapfelrot schimmernden Maxikleid noch besser zur Geltung zu bringen, leckt sich über die passend dazu geschminkten Lippen und blinkert unnötig mit ihren angeklebten Wimpern. Außerdem lacht sie, als ob er dauernd Witze machen würde, dabei hat er sie nur nach ihren Schuhen gefragt, die neben ihr stehen. Sandaletten, die sie selbst gestylt hat und die er angeblich irre cool findet.

Jetzt schwitze ich nicht nur in den abgeschnittenen Jeans und dem weißen T-Shirt, sondern fühle mich immer blasser, als würde ich mich mit dem Schweiß selbst ausradieren, dabei will ich ihr das Feld nicht kampflos überlassen.

Wieso ist seine Freundin nicht hier, um ihn zu bremsen? Offensichtlich macht es ihr nichts aus, dass er jede angräbt, die nicht bei drei auf dem Baum ist. Es ärgert mich, dass ich nicht einfach weggehen kann, sondern will, dass er mich beachtet. Wie bescheuert ist das denn? Ich mag ihn ja nicht mal. Ich sollte Amy das Feld überlassen.

Während ich nur schon mal prophylaktisch meine Füße aus dem Wasser nehme, um sie trocknen zu lassen, damit ich meine Lederflipflops nicht nass mache, wenn ich gehe, fällt mir seine Theorie über »Mädchenküsse und das Anfassen« ein. Ich frage Amy, was sie denn gerne anfasst.

Die beiden schauen mich entgeistert an, erst nach einem kurzen Moment grinst er und mir dämmert reichlich spät, dass er nie irgendwelche Theorien hatte, sondern neulich nach dem Kino mit mir einfach nur über das Küssen reden wollte.

»Was ich gern anfasse, ähh, soll das eine Anspielung sein?«, fragt Amy mich, und soweit ich das im Abendlicht sehen kann, ist sie rot geworden.

Ich muss lachen und er fällt mit ein, was gemein ist, weil Amy denken muss, wir lachen über einen ihr unbekannten Witz. Sie zuckt mit den Schultern und macht sich demonstrativ daran, ihre Sandaletten anzuziehen.

Er legt seine Hand auf ihre nackte Schulter. Bis dahin ist mir noch gar nicht aufgefallen, wie schön seine Hand ist, ziemlich breit, aber keine Klodeckelausmaße und seine Fingernägel wurden sicher noch nie abgekaut. Sie schüttelt seine Hand entschieden ab, steht jedoch nicht auf.

»Entschuldige, Amy, das war keine Anspielung, es geht um eine Theorie, die ich neulich ausgebrütet habe. Also, was fasst du gerne an?«

»Ist das ein Test?« Hilflos schaut Amy zwischen ihm und mir hin und her und überlegt. »Also ich hab Stoffe sehr gern, wenn ich besser nähen könnte, dann hätte ich mir schon längst einen Overall aus Samt genäht. Ja, Samt mag ich sehr gern, na ja Seide auch …«

»Trockenküsse also«, stelle ich fest und dann müssen er und ich kichern.

Amy verzieht ihren granatapfelrot bemalten Mund zu einer kindischen Schnute.

»Echt, ihr zwei langweilt, ich hole mir ein Bier!« Sie geht zu den Bierkästen, die ein Stück weiter in der Isar stehen, wo sie fast eiskalt gehalten werden, denn das Wasser ist noch voller Schmelzwasser aus den Alpen.

»Eigentlich hab ich gedacht, sie ist der Hefeteigtyp«, sagt er und prostet mir mit der Bierflasche zu, mit der anderen Hand knetet er demonstrativ Teig.

»Wo ist eigentlich unsere Freundin abgeblieben?«, frage ich, nur um ihn daran zu erinnern, dass er kein Single ist. Sie fände es sicher nicht gut, dass er hier so hemmungslos

rumflirtet, aber wenn ich es ihr erzähle, glaubt sie es mir sicher wieder nicht. Also werde ich es ihr nicht erzählen, obwohl ich es auch blöd von ihm finde ... also, wenn er mit Amy flirtet.

»Sie ist bei der Chorprobe für das Lions-Musical, solltest du da nicht auch dabei sein?«

»Stimmt, aber ich singe auch keine Soloparts, außerdem wollte ich mir das Fest nicht entgehen lassen.«

»Hätte nicht gedacht, dass du so sein kannst ...«

»Wie?«

»Dermaßen verantwortungslos!« Er grinst und trinkt den letzten Schluck Bier. Ich durchschaue diesen Kerl total, ich weiß genau, dass er nur mit mir flirtet, doch das hat noch nie jemand zu mir gesagt. Und es geht runter wie Öl, ich fühle mich gleich nicht mehr so blass und wie ausradiert, sondern irgendwie verrucht.

»Du kennst mich eben nicht!«, gebe ich zurück.

»Das ist wiederum von mir sehr verantwortungslos!«

»Und wie!«

»Das sollten wir ändern!« Seine Augen flackern, dann fragt er, ob er mir ein Bier mitbringen soll, und ich sage Ja, obwohl ich eigentlich kein Bier mag. Eigentlich.

Und eigentlich bin ich ja auch ein netter Mensch.

Eigentlich.

Gott, war ich dumm! Endbescheuert! Das kommt davon, wenn man mit dem Feuer spielt.

Wenn ich da schon gewusst hätte, wie geradezu prophetisch seine Worte waren und wo es enden kann, wenn man sich verantwortungslos verhält, dann wäre ich weggerannt, weit, weit, weit weg. Oder ich hätte mich gleich in die Isar gestürzt.

11

Ich halte dieses Schweigen
nicht länger aus,
sie ist meine beste Freundin.
Du hast versprochen,
dass du es ihr sagst.
Sonst was?
Oder bist du eine Whistleblowerin,
die es scharfmacht,
Geheimnisse auszuplaudern?
Nein, ich bin nur unglücklich.

Nachdem die beiden Fähren sie wieder zurück zur Marina gebracht hatten, konnte Holly es kaum erwarten, endlich allein zu sein. In dem Gedränge beim Aussteigen hatte ihr jemand einen zusammengefalteten Zettel in ihre unverletzte Hand gedrückt und sie wusste nicht, wer das gewesen sein könnte. Das letzte Mal, als man ihr einen Zettel zugesteckt hatte, war sie elf Jahre alt gewesen und in der fünften Klasse. Die Erinnerung daran entlockte ihr immer noch ein Lächeln. Sie sah den Zettel genau vor sich, es war eine ziemlich verkrumpelte Seite, die Ju aus einem Matheheft rausgerissen hatte. Folgende Frage hatte er ihr in seiner kaum lesbaren Handschrift gestellt: *Willst du mit mir gehen?* Und darunter waren drei Kästchen zum Ankreuzen gewesen, *Ja, Nein* und *Ich weiß nicht.* Sie war ehrlich, hatte Nein angekreuzt und ihn niemandem verraten. Seitdem waren sie Freunde. Danach hatte sie nur noch WhatsApp-Nachrichten oder Mails bekommen. War der Zettel von Sam, wollte er sie zurück?

Sie betrat die Nasszelle, die zu ihrer Kajüte gehörte, schloss die Tür ab und setzte sich auf den Klodeckel. Mit vor Ungeduld zitternden Händen breitete sie den Zettel im Dämmerlicht der Kabine aus, um ihn zu lesen.

Ich weiß, wer dich in dem Wrack eingesperrt hat, und ich habe Beweise dafür. Du hast heute mit Nina Ankerwache, sag um halb eins, du musst aufs Klo, aber benutze das Kombüsenklo, ich werde dich dort treffen. Erzähle niemandem davon und vernichte den Zettel, wenn du ihn gelesen hast.

Enttäuscht knüllte sie das Papier zusammen. Ein dämlicher Witz, ein endblöder Scherz! Melodramatisch und hochgradig lächerlich, fast so wie ihr Sturz über die Reling heute. Sie strich ihn wieder glatt und drehte ihn um, aber da stand nichts. Sie betrachtete die Druckbuchstaben und überlegte, ob sie die Schrift schon mal irgendwo gesehen hatte. *Vernichte den Zettel, wenn du ihn gelesen hast,* da hatte jemand eindeutig zu viele James-Bond-Filme gesehen, warum nicht gleich: *Iss den Zettel auf, nachdem du ihn gelesen hast?*

Holly nickte, das war die einzig richtige Einstellung. Ein Joke, idiotischer als eine Folge *Dschungelcamp.* Am Ende wartete im Klo dann nur Amy, die ihr den neuesten, streng geheimen Trick für das perfekte Augenbrauenstyling verraten wollte. Sie zerriss den Zettel und spülte ihn im Klo runter.

Ich werde nicht hingehen, beschloss sie. Lächerliche Geheimnistuerei! Wenn ihr jemand was zu sagen hatte, dann offen ins Gesicht und am helllichten Tag.

Holly putzte sich die Zähne und betrat ihre Kabine, wo Nina in ihrer Koje saß und Musik hörte. Nachdem Holly sich neben sie gesetzt hatte, riss Nina sich die Stöpsel aus den Ohren. »Wozu braucht man eine Ankerwache«, beschwerte sie sich, »wenn wir doch sicher hier in einer Marina liegen? Das haben wir nur Astrid zu verdanken.«

»So blöd Astrid auch ist, aber das ist nicht ihre Schuld.« Leider, leider, leider, dachte Holly, die nur zu gern etwas Mieses über Astrid losgeworden wäre. »Es stand von Anfang an fest, wer wann welche Wache schieben muss. Der Plan hängt in der Kombüse aus. Ich bin froh, dass wir jetzt dran sind, stell dir mal vor, wir wären weiter draußen, was da alles passieren könnte. So werden wir eine ganz ruhige Kugel schieben.«

»Sweetie, manchmal bist du echt eine unerträgliche Klugscheißerin.« Nina knuffte Holly in die Seite und grinste sie an. »Also machen wir es doch so, ich schlafe und du passt derweil auf unser Schiff und den verdammten Anker auf.«

Holly knuffte zurück. »Selber Klugscheißerin!«, brummte sie und warf sich auf Nina. Sie rangelten freundschaftlich, bis sie aus der engen Koje auf den Boden fielen, wo sie kichernd und außer Atem liegen blieben.

Dann erzählte Holly Nina von dem Zettel.

Nina wollte das Briefchen unbedingt sehen und konnte nicht glauben, dass Holly es wirklich im Klo runtergespült hatte.

»Was für eine Lachnummer. Und, willst du hingehen?«

»Nein.«

»O-oooo, Sweetie, du lügst.« Nina setzte sich auf. »Ich bin sicher, in Wahrheit stirbst du vor Neugier.«

»Stimmt«, gab Holly zu. »Aber wieso redet der oder die nicht offen mit mir, das kommt mir komisch vor.«

»Dann geh hin und finde es raus.«

»Und wenn es nur ein Trick ist, um mir wieder was anzutun?«

»Wenn der Treffpunkt an der Badeplattform wäre oder vorne am Kiel, hätte ich Angst um dich, aber welche Gefahren gehen denn von diesen winzigen Toiletten aus? Dadrin könnte man nicht mal einen Goldfisch ertränken. Ich werde dich währenddessen bei der Ankerwache decken, aber nur, wenn du mir dann haarklein erzählst, was passiert ist.« Nina reichte ihr die Hand zum *High five* und sie klatschten sich ab, als ginge es um die Goldmedaille.

Drei Stunden später kam sich Holly reichlich lächerlich vor, als sie nach unten zur Kombüse schlich. Trotzdem klopfte ihr Herz jetzt deutlich schneller. Vor der Tür zögerte sie einen Moment. Was, wenn hier doch derjenige wartete, der sie auch über Bord gestoßen hatte? Sie hätte eine Waffe mitnehmen sollen, eine Gabel oder ein Messer.

Vorsichtig öffnete sie die Tür, tastete nach dem Lichtschalter. Aber noch bevor sie den erreicht hatte, legte sich blitzschnell eine Hand von hinten auf ihren Mund. Die andere Hand presste sie fest an einen männlichen Körper. Er hatte im Dunkeln auf sie gelauert! Ich bin so dämlich, dachte Holly, der älteste Trick der Welt.

Kalter Schweiß trat ihr aus allen Poren, während sie darüber nachdachte, was sie tun konnte. Holly wehrte sich, trat nach ihm und versuchte, dem Kerl ihren Ellenbogen in den Bauch zu rammen. Vergeblich. Er drückte sie nur noch fester an sich und Holly stieg sein Geruch in die Nase. Neben Algen und Salz war da diese unverkennbare Mischung aus Waldpilzen und Zahnpasta, Apfelblüten und Benzin. Sam, ihr Angreifer war Sam!

»Sam! Lass mich sofort los!«

»Holly?« Sam gab Holly widerstrebend frei und knipste das Licht an. Verblüfft musterte er sie und Holly wünschte sich nichts mehr, als seine Arme wieder um sich zu spüren, allerdings nicht ganz so fest. Sie biss sich auf die Zunge, das musste aufhören!

»Was machst du überhaupt hier?«, fragte sie ihn und im gleichen Atemzug fragte er sie dasselbe.

Sogar im trüben Licht dieser Nasszelle strahlten seine blauen Augen, als würden sie von innen mit Glück erleuchtet.

»Also ich sollte hier jemanden treffen, der gesehen hat, was da unten am Wrack passiert ist. Warst du das?«, fragte Holly.

Sam schüttelte den Kopf. »Nein.«

»Und warum bist du dann hier?«

»Ich sollte hier den Whistler treffen, schätze, man hat uns beide verarscht.«

Einen Moment lang starrten sie sich sprachlos an.

Holly überlegte fieberhaft, wieso Sam den Whistler überhaupt treffen wollte – und als ihr viel zu schnell dämmerte, dass es dafür nur eine einzige Erklärung geben konnte, musste sie schwer schlucken. Wegen Astrid! Die beiden wollten, dass der Typ seine Anschuldigungen zurücknahm.

»Warum bist du so sicher, dass ich nicht der Whistler bin?«

»So verrückt bist nicht mal du! Dann hättest du mir doch niemals deine ... gegeben.« Er verstummte abrupt.

»Meine was?«

Sam wurde knallrot. Und sogar das ließ ihn noch zum Anbeißen aussehen, vor allem in der Kombination mit seinen verwirrt schimmernden blauen Augen, dachte Holly und gleichzeitig machte sie das wütend. Was zum Teufel hatte der Whistler mit irgendwelchen Sachen von ihr und Sam zu schaffen?

»Man hat uns reingelegt.« Sam musterte Holly. »Oder war das doch deine Idee, weil du unbedingt ein Date mit mir wolltest? Astrid hat mich vor dir gewarnt ...«

Der Name brachte alles in Hollys Körper in Wallung. Aber sie versuchte, sich zu beherrschen, und deshalb tippte sie sich nur an die Stirn und wandte sich zum Gehen.

Sam hielt sie am Ellenbogen fest und die Berührung seiner warmen Hand auf ihrer Haut hatte die gleiche elektrisierende Wirkung wie immer. Augenblicklich vergaß sie Astrid, augenblicklich gab es nur noch sie und ihn. Er starrte sie an und zögerte.

Sie wünschte sich nichts mehr, als sich in seine Arme zu werfen, aber was würde das bringen? Wütend schüttelte sie ihn ab, doch jetzt legte er wirklich seine Arme um sie und zog sie fest an sich. Astrid, und was ist mit Astrid, dachte Holly noch etwa eine Millisekunde lang, dann fing ihr Hirn an zu vibrieren und übergab das Kommando an ihren Körper.

»Holly, du machst mich wahnsinnig«, flüsterte er, »so kann das nicht weitergehen! Du musst endlich mit mir reden, mir vertrauen.«

Holly hörte ihm zwar zu, aber sie verstand nichts. Das Einzige, was zählte, war dieser Moment und sie hoffte, er würde ewig andauern. Sie schmiegte sich fest an ihn, presste ihr Gesicht an sein salzig feuchtes T-Shirt, genoss den warmen Unterarm auf ihrem Rücken, seine große, sanft streichelnde Hand auf ihrer Schulter und löschte sofort all die Fragen, die ungebeten in ihr aufpoppten. Sie wollte nur diese Umarmung, sie wollte nur seinen Herzschlag, nur diesen aufgeregten schnellen Herzschlag, den sie in seiner Brust tanzen hörte. Sie wollte ihn! Sie brauchte ihn. In seinen Armen war alles gut.

Plötzlich ging ein Ruck durch seinen Oberkörper, er schob sie fast schon brutal von sich und suchte ihren Blick. »Okay, Holly, ich bin bereit, dir alles zu verzeihen. Wirklich alles. Wenn du nur endlich redest. Erkläre es mir.«

Ratlos sah Holly ihn an. »Ich erzähle dir alles, was du willst, aber verdammt, was meinst du denn damit?«

Sams eben noch so liebevoller Blick wandte sich enttäuscht ab. Sein Körper versteifte sich, während er sich um Abstand zwischen ihnen bemühte.

»Holly, das war deine letzte Chance. Ich kann das nicht. Lass mich in Ruhe. Okay, lass mich einfach in Ruhe. Ich bin doch kein Masochist!« Er stürmte an ihr vorbei nach draußen.

Holly folgte ihm, ihr war schwindelig und sie musste sich am Handlauf festhalten. Jetzt kreisten Fragen in ihrem Kopf herum wie Wespen um frischen Zwetschgenkuchen. Was war hier gerade passiert? Offensichtlich hatte Sam irgendwas vom Whistler erfahren, irgendwelchen Müll über sie. Aber was sollte das sein? All ihre Sünden fielen ihr ein, nur lächerliches Zeug. Geklauter Nagellack im dm, geschummelte Klausuren, ein paar Notlügen hier und da, okay, das war schon schlimmer. Aber Holly hatte irgendwo gelesen, dass jeder jeden Tag mindestens zwanzig Mal log.

Und Lügen, um jemanden zu schützen, waren eigentlich keine Lügen, oder?

Völlig erschöpft, so als ob sie einen Marathonlauf hinter sich hätte, gelangte sie nach oben an Deck. Leider erwartete sie dort nicht nur Nina, sondern auch Martin. Und er war außer sich. »Es müssen immer zwei hier sein und den Anker im Blick haben!«, brüllte er.

»Mir war total schlecht«, mischte sich Holly ein, schließlich war es ihre Schuld, dass Nina allein war.

»Das ist indiskutabel! Habt ihr auch nur die leiseste Vorstellung davon, was alles passieren kann, wenn sich der Anker löst?«

»Ich musste mich wirklich schlimm übergeben ...« Holly fiel es nicht schwer, leidend auszusehen.

»Holly, was ist das nur mit dir? Du hältst die Menschen um dich herum auf Trab und verleitest sie dazu, Dinge zu tun, die sie nicht tun sollen! Eigentlich gehört jemand, der so labil ist wie du, nicht auf ein Segelschiff! Verschwinde in deine Koje. Nina, du wirst den Rest der Wache zusammen mit mir absolvieren. Und in Zukunft bitte ich euch, mir umgehend Bescheid zu sagen, wenn ihr euch krank fühlt. Habt ihr mir jemals zugehört, wenn wir Ankermanöver geübt haben? «

»Es tut mir wirklich leid. Aber es ist ungerecht, Nina zu schimpfen, mir war übel ...!«, versuchte es Holly noch einmal, aber Martin unterbrach sie mitten im Satz.

»Sag du mir nicht, was gerecht ist und was nicht! Auf einem Schiff sind wir alle ein Team und nur so stark wie das schwächste Glied in der Kette, und dank dir, Holly, sind wir noch kraftloser als neugeborene Kätzchen.«

Holly lief den Niedergang hinunter. Sie war nicht labil,

so ein Blödsinn! Ich bin kein Mimöschen, dachte sie. Weder bin ich freiwillig über Bord gesprungen, noch habe ich die Luke hinter mir zugemacht.

Immer noch aufgewühlt von den Szenen mit Sam und Martin gelangte sie zu ihrer Kabine. Als sie die Tür aufschieben wollte, hörte sie ein leises Geräusch. Aber Nina war oben und sonst hatte niemand etwas in ihrer Kabine zu suchen. Sie legte den Kopf an die dünne Holztür. Ein Scharnier knackte, eine Schublade wurde aufgezogen. Rascheln.

Sie holte tief Luft, schob mit einem Ruck die Tür zur Seite und zuckte dann überrascht zusammen, als hätte man sie geschlagen.

»Suchst du was Bestimmtes?«, fragte sie Jason, der seine Hände in der Schublade mit ihrer Unterwäsche vergraben hatte.

»Es ist nicht das, wonach es aussieht!«, sagte er, während er sich umdrehte und sie dann so übertrieben angrinste, als wäre er der Hauptdarsteller einer miesen Soap und hätte einen originellen Witz gemacht.

»Wonach sieht es denn aus? Wolltest du unsere Kajüte putzen?« Er sagte immer noch nichts, lachte auch nicht mehr, sondern starrte sie komisch an, als wäre sie hier diejenige, die sich falsch benommen hatte. *Sie,* nicht er!

»Oder stehst du neuerdings auf Mädchenunterhosen?«

Er seufzte laut und fiel dabei in sich zusammen, als trüge er eine schwere Last auf seinen Schultern. Er sackte auf Ninas Koje wie ein alter Mann, klopfte auf die von Holly gegenüber und nickte ihr zu.

Sie setzte sich, obwohl sie ihn viel lieber zum Teufel gejagt hätte. Was fiel ihm ein? Nur weil er ihr Halbbruder war, durfte er noch lange nicht in ihren Sachen wühlen!

Er legte seine Hände auf ihre Knie und tätschelte sie wie einen jungen Hund. Holly schob seine Hände wütend weg. Er seufzte noch einmal.

»Jemand hat mir erzählt, du hättest eine Schachtel Schlaftabletten versteckt, genug, um dich ins Nirwana zu befördern.«

Das verschlug Holly restlos die Sprache. Sie hatte Ausreden erwartet, er hätte Geld gesucht, das sie von ihm geliehen hatte, oder die Telefonnummer ihrer Eltern oder ein sauberes Handtuch, aber doch nicht so was. Sie schluckte ein paar Mal. Gegen ihren Willen musste sie an die bösen *Töchter der Nacht* denken, von denen der Whistler gesprochen hatte. Jemand, der solche Lügen über sie verbreitete, war genau das.

»Wer hat das behauptet?«

»Was spielt das jetzt noch für eine Rolle?«

»Wieso bist du nicht erst zu mir gekommen und hast mich«, sie buchstabierte das Wort: »... g-e-f-r-a-g-t?«

»Was hättest du denn gesagt?«

»Dass es kompletter Schwachsinn ist!«

»Genau das hatte ich erwartet.« Er griff in seine hintere Jeanstasche und zog wie ein Zauberer mit großen Gesten hintereinander fünf metallisch schimmernde Blisterpackungen heraus und reichte sie Holly. »Du hättest es nämlich abgestritten. Wozu also fragen? Du hast sie gut zwischen deinen Klamotten versteckt, aber ich habe sie trotzdem gefunden. Ich hoffe nur, dass mir keine entgangen sind. Holly, was ist los mit dir? Das sind hundert Tabletten Valium à zehn Milligramm. Damit kannst du ein Pferd umbringen.«

In Hollys Kopf drehte sich alles. »Wo genau hast du das her?« Jason irrte sich. »Das gehört mir nicht!«

»Darüber müssen wir mit Astrid und Martin reden! Es ist zu gefährlich, dich unbeaufsichtigt zu lassen. Warum, Holly? Bist du so unglücklich, weil Sam dich verlassen hat, oder hast du vielleicht Schuldgefühle wegen irgendwas?«

Holly brachte keinen Ton raus.

»Los, rede mit mir! Überzeuge mich davon, dass ich nicht mit den Lehrern reden muss! Bitte, ich will doch nur dein Bestes!«

»Wo war das denn alles?«

Jason sah Holly voller Mitleid an. »Das ist doch wirklich egal. Holly, alle machen sich große Sorgen.«

Alle, alle, alle, hallte es durch Hollys Hirn. Wer bitte waren *alle?* Welche *alle* sorgten sich um sie? Sie war okay.

»Es geht mir gut. Ich fühle mich prima.« Okay, das Letzte war gelogen, denn es war beängstigend zu erfahren, dass jemand derartige Lügen über sie verbreitete und nicht davor zurückschreckte, Tabletten in ihrer Kajüte zu verstecken.

»Bitte geh jetzt, Jason, ich bin müde, lass uns morgen darüber reden.« Noch eine Lüge, sie würde kein Auge zumachen.

Er zögerte. »Du meinst, bis dahin fällt dir eine gute Story ein, oder? Und warum bist du eigentlich schon hier und nicht bei der Ankerwache, die geht doch noch bis um drei Uhr?«

Holly gähnte demonstrativ. »Das ist eine lange Geschichte, die willst du gar nicht hören.«

Schlagartig wurde ihr klar, dass ihre vorgeschobene Übelkeit auch wieder die Runde machen und *alle* darin bestärken würde, dass sie labil war.

Jason erhob sich und setzte sich neben sie, legte den Arm

um Holly und drückte sie fest. »Hey, Schwesterherz, wir müssen zusammenhalten, das Leben ist eh schon schwierig genug, findest du nicht? Ganz ehrlich, ich kenne so was. In diesem Umerziehungslager in Utah, da habe ich oft daran gedacht ...«

Holly versteifte sich. »Das tut mir leid, Jason. Aber ich bin nicht wie du.«

Er biss sich auf die Lippen.

Dabei hatte sie doch gar nicht sein Schwulsein gemeint. Sie versuchte ein Lächeln. »Ich würde niemals, verstehst du, nie und nimmer, deine Sachen durchwühlen, davon rede ich. Ist mir egal, ob du schwul bist, aber deine Sachen sind tabu. Nicht mal als Nina behauptet hat, du hättest Nick Drogen geschenkt, nicht mal da hätte ich das getan. So was macht man nicht. Wenn *du* mir nicht vertraust, wer denn dann?«

Seine großen braunen Augen suchten ihren Blick und Holly konnte sehen, dass sie ihn verletzt hatte, aber das hatte er sich selbst zuzuschreiben.

Er wedelte mit den Blisterpackungen. »Das sehe ich anders. Wenn man Angst um seine einzige Schwester hat, auch wenn es nur eine zickige irre und sehr blonde Halbschwester ist, darf man das. Und das mit den Drogen und Nick ist Schwachsinn, das Gerücht hat Nina in die Welt gesetzt, aus Eifersucht. Sie mochte es nicht, wenn Nick irgendwen außer ihr gernhatte.«

»Und warum flirtest du dann so hemmungslos mit ihr?«

»Aus Mitleid, das bin ich Nick schuldig. Er fände es sicher gut, wenn ich sie mal zum Lachen bringe.«

Holly schwirrte jetzt wirklich der Kopf. Sam, der Whistler, Nina, Nick, Valium, *alle sorgen sich,* das Klatschen des

Wassers in ihren Ohren und über all das legte sich die Musik der Meeresorgel. Die Rache der Nixen.

»Jason, lass uns morgen darüber reden, ich bin müde, okay?«

Jason wand sich. »Es sollte jemand bei dir sein.«

»Hau schon ab! Bitte, es geht mir gut.«

Er stand auf und schob die Blisterpackungen in seine Jeansshorts, wo sie bei jeder Bewegung knisterten.

»Schwör, dass du keine Dummheiten mehr machen wirst.«

»Ich schwöre und jetzt schwirr ab.«

Er verließ ihre Kabine und Holly streckte sich auf ihrer Koje aus, aber sie wusste, sie würde kein bisschen schlafen können. Das alles war so verwirrend. Wo kam das Valium her? Wer hatte Jason dazu angestiftet, ihre Kajüte zu durchsuchen? Oder hatte er sich das nur ausgedacht und selbst die Tabletten in Zadar besorgt? Wo war er denn gewesen den ganzen Tag? Aber wozu das alles? Wozu, wozu, wozu? Sie nahm sich vor, wach zu bleiben, bis Nina von der Ankerwache zurückkam, aber die Töchter der Nacht holten sie vorher zu sich, tiefer traumloser, bleierner Schlaf, fast als hätte sie doch etwas von dem Valium genommen.

23. Mai 2015 früh

Mann, ist mir schlecht. Total übel und in meinem Kopf dreht sich alles. Ich möchte die Augen gar nicht aufmachen, aber ich habe das Gefühl, es wäre besser so. Ich versuche mal das rechte.

Wahh, das blendet!

Oh Gott, mir wird gleich noch übler und ich sollte jetzt dringend mal aufs Klo. Ich versuche, mich aufzusetzen, aber mein Hirn schwappt durch meinen Schädel wie saure Gurken, die im halb leeren Glas Kettenkarussell fahren. Saure Gurken, das wär's jetzt. Meine Zunge klebt am Gaumen und der Geschmack ist unbeschreiblich, toter Spüllappen auf verbranntem Toast oder so was. Ich muss jetzt die Augen aufmachen.

Ich tu's, alle beide gleichzeitig. Prompt schneidet mir das Licht in meine Augen wie ein Schwert, das Richtschwert Gottes. Denn zusammen mit dem Licht fällt mir auch ein, was ich getan habe.

Was ich Fürchterliches getan habe.

Ich schließe die Augen. Was ich getan habe, ist unverantwortlich. Das machen nicht mal die allerschlimmsten Schlimmschlampen.

Ich glaube, ich muss mich übergeben.

Ich springe aus dem Bett, renne ins Bad und schaffe es gerade noch, die gelbe Galle ins Klo zu kotzen. Dann breche ich weinend vor der Kloschüssel zusammen.

Ich ekle mich vor mir selbst.

»Ist alles okay bei dir?«, ruft meine Mutter nach oben. Oh Gott, so sollte sie mich nicht sehen, auf keinen Fall, sonst rastet sie wieder aus. Ich schleppe mich zur Tür und rufe

mit, wie ich hoffe, gut gelaunter Stimme nach unten: »Alles bestens!« Ich hoffe, ich kann das durchhalten, bis sie zur Arbeit muss.

»Dann mach's gut, Schatz, du bist spät dran. Ich hab dir einen Smoothie gemacht, bis heute Nachmittag, tschüss!«, ruft sie und dann höre ich dir Tür. Gut. Wenigstens bleibt mir das erspart.

Ich muss mich wieder übergeben, alles krampft sich zusammen, mein Hals tut weh.

Alkohol kauf ich mir selbst als Ausrede nicht ab. Ich hätte Nein sagen können, aber das Schlimme ist, dass ich es wollte, unbedingt wollte.

Weil er mich so angesehen hat, weil er mich zum Lachen gebracht hat und weil ich ein eitles Arschloch bin. Weil er recht gehabt hat mit dem, was er im Kino gesagt hat, dass ich keinen an mich ranlasse, und ich wollte das endlich ändern.

Oh Gott, ist mir schlecht, mich würgt es schon wieder. Ich wollte es, weil es mir gefallen hat, von ihm angebaggert zu werden, wo er doch jede hätte haben können, und eigentlich hat er ja auch eine Freundin.

Ich versuche, mich an die Details zu erinnern, und leider erinnere ich mich nur allzu gut. Ich habe keinen Filmriss, ich weiß genau, was wir getan haben. Wir sind zusammen aufgebrochen, er wollte mich mit seinem Roller nach Hause bringen, weil ich beschwipst war. Aber dann musste ich dringend aufs Klo von all dem Bier, das ich getrunken hatte, und nirgends war ein Klo. Seine Wohnung lag praktischerweise auf dem Weg, klar hab ich da nicht Nein gesagt.

Du elende Heuchlerin! Mir schnürt es schon wieder den

Hals zu. Klar, du wolltest in seiner Wohnung nur aufs Klo gehen!

Sein Vater war geschäftlich unterwegs, seine Mutter hat sich vor Jahren scheiden lassen und lebt mit seiner Schwester in Italien.

Sein Zimmer war dunkelrot gestrichen, er hatte keine Möbel, alles lag auf dem Boden: Matratzen, Teppiche, Zeug. Es roch wie ein Jungszimmer, irgendwie muffig, nach feuchten Socken, leeren Chilichipstüten und Lederbällen.

Als ich vom Klo zurückkam, hat er mir eine Cola angeboten, und weil ich ziemlich betrunken war, dachte ich, das wäre eine gute Idee. Habe sofort gemerkt, dass es nicht nur Cola war, sondern so ein Alcopopzeug, aber das war mir egal, denn es war mordsmäßig lecker. Wahrscheinlich hätte ich mir von ihm auch verdünnten Kuhdung mit Sprudel andrehen lassen, alles, was ich wollte, war bei ihm sein.

Und ich wusste genau, dass ich das nicht hätte trinken sollen, ich hätte nicht mit ihm mitgehen sollen, oh Gott, was bin ich nur für eine Superbitch.

Wir haben uns dann auf den Boden gesetzt und ich hab die ganze Zeit blöd gelacht, ihn angegraben, und als er immer näher gerutscht ist, hab ich gedacht, mein Herz explodiert im Bauch. Ich wollte es so unbedingt, wollte, dass er mich anfasst, und als er mich dann berührt hat, hab ich gar nichts mehr gedacht, nur noch gefühlt.

Mein Hirn war komplett abgeschaltet, zuerst haben wir nur rumgeknutscht und uns geküsst, dabei musste er zugeben, dass Mädchen, die gern Murmeln anfassen, unglaublich gut küssen.

Warum konnte ich da nicht aufhören? Warum bin ich da nicht gegangen, warum hat mir das nicht gereicht?

12

Wie oft löschst du deine SMS?
Deine immer gleich.
;-))

Holly erwachte schon im Morgengrauen, weil Nina wieder im Schlaf wimmerte. Das Laken unter ihr klebte an ihrem Rücken und ihr Körper fühlte sich schwer an, erschöpft, als ob sie die ganze Nacht Baumstämme geschleppt hätte. Bei jeder Bewegung suppte etwas in ihrem Kopf hin und her und verursachte ein Stechen hinter den Augen. So etwas hatte sie erst ein Mal erlebt, nach einer Party, bei der sie zu viel getrunken hatte. Weil das so unangenehm gewesen war, hatte sie beschlossen, bis auf Weiteres keinen Alkohol mehr zu trinken. Aber wieso fühlte sie sich wie bei einem Kater, ohne irgendeinen Spaß gehabt zu haben? Wurde sie krank?

Nein, entschloss Holly, alles, was mir fehlt, ist frische Luft. Um Nina nicht zu wecken, lief sie barfuß und ohne sich etwas überzuziehen nach oben an Deck, wo sie darauf achtete, nicht von der Ankerwache gesehen zu werden. Solange sie sich so mies fühlte, war sie noch nicht bereit für eine Unterhaltung. Sie schlich zu den beiden Rettungsinseln, lehnte sich dort an die Reling und sah zur Küste hinüber.

Gerade färbten sich die Berge hinter Zadar hellrosa, und als die Sonne höher stieg, wurde der magentafarbene

Himmel langsam türkis, während das Meer immer noch schwarz und unbewegt und glatt dalag wie gebügelte Seide für einen gigantischen Sargüberwurf.

Weil es völlig windstill war, schmiegte sich die Luft um ihren Körper wie ein feuchtes Tuch, trotzdem war es angenehmer hier oben als in der Kabine. Nach und nach tanzten die ersten Sonnenstrahlen über das Wasser. Alles war so friedlich, nur in ihrem Inneren summten die Fragen so nervös durcheinander wie ein Bienenstock, der sich bedroht fühlt. Wer hat Jason überhaupt auf die Idee gebracht, ich hätte Tabletten versteckt? Was hat der Whistler Sam gegeben? Warum hat er mich gestern Abend umarmt? Und immer wieder: Wer hat mich über Bord gestoßen?

Ein ganzer Schwarm kleiner silbern schimmernder Fische sprang direkt neben der *Minerva* aus dem Wasser durch die Luft und verschwand nahezu lautlos wieder im Meer.

Plötzliches Aufklatschen durchbrach die Stille. Holly hörte Stimmen und Gelächter, offensichtlich hatte jemand die Badeplattform in Betrieb genommen. Eine gute Idee angesichts dieser Schwüle. Das wird mich auf andere Gedanken bringen, dachte Holly und lief nach Backbord, wo sich die Badeplattform und das ausziehbare Sprungbrett befanden.

Schon von Weitem hörte sie Astrids Lachen. Tief und rauchig, dabei rauchte sie gar nicht.

»Das ist unfair!«, rief sie, dann hörte man ein Platschen und Holly erkannte Sams Stimme. Ihr Herz begann, schneller zu schlagen. Jetzt sah sie die beiden. Sam hechtete gerade bis zum Nabel aus dem dunkelgrünen Wasser, fing einen Ball und pfefferte ihn zurück zu Astrid. Seine muskulösen Arme durchschnitten dabei das Meer und ließen weiße Schaumkronen zurück. Aus seinen dunklen Haaren lösten sich Wassertropfen, spritzten durch die Luft und umgaben ihn mit einem fast überirdisch wirkenden regenbogenfarbenen Schimmer. Holly schluckte. Sam war einfach unanständig schön.

Er winkte ihr fröhlich zu, aber Astrid wirkte genervt, als sie Holly entdeckte. Holly lief zur Leiter, an der Sam gerade hochkletterte. Sie konnte den Blick nicht von seinem glatten nassen Oberkörper wenden, über dessen perfekt gewölbte Muskelstränge das Wasser perlte.

Es muss doch einen Weg geben, überlegte Holly, ihm zu beweisen, dass ich ihm vertraue und dass ich nie etwas anderes als die Wahrheit zu ihm gesagt habe. Es muss einfach!

Sam hüpfte mit zur Seite gesenktem Kopf auf einem Bein, um Wasser aus seinen Ohren zu bekommen, dabei versprühte er dicke Tropfen, die in der Sonne golden aufblitzten. Er lächelte Holly so unerwartet freundlich an, dass sich all ihre Ängste und Fragen auflösten wie eine Brausetablette in Wasser. Alles war gut, wenn sie nur in seiner Nähe sein konnte.

In diesem Moment kletterte Astrid aus dem Wasser und zog Hollys und, wie sie sofort merkte, auch Sams Blicke auf sich. Astrid war geradezu verboten schlank und trainiert. Obwohl der schwarze hochgeschlossene Sportbadeanzug auf den ersten Blick bieder wirkte, war er viel raffinierter als der weiße Häkelbikini von Amy. Offensichtlich konnte Astrid es nicht ertragen, Holly und Sam zu sehen, ohne ihre Beziehung zu ihm klarzumachen. Sie stellte sich dicht neben Sam und legte ihre kleine kräftige Hand auf seine nackte Schulter. »Sam«, flüsterte sie ihm mit rauchiger

Stimme ins Ohr, »denk an das, was wir besprochen haben, ja?«

Holly wurde übel. Sie musste sich sehr sicher fühlen, wenn sie sich traute, Sam so offen und ohne jede Scham in der Öffentlichkeit anzufassen. Und ihm schien das auch noch zu gefallen! Denn er nickte und schenkte ihr ein noch viel schöneres Lächeln als das, mit dem er Holly gerade entzückt hatte.

Dann hatte sie ihn wohl missverstanden, genau wie sein Verhalten gestern Abend. Die beiden waren ein Paar. Es war vorbei. Sie hatte ihn längst verloren.

»Sam, du musst dich beeilen, du hast Frühstücksdienst!«, ermahnte Astrid ihn freundlich, dann rubbelte sie mit einem Handtuch ihre kurzen dunklen Haare trocken.

»Und Holly, was macht deine Hand?«, fragte sie und wickelte sich ihr Handtuch um den Körper. Ein neongrüner Hunderteuroschein. Was für ein lächerliches Handtuch, dachte Holly unvermittelt und dann spürte sie, wie Tränen in ihr hochstiegen. Sie wollte sich verkriechen, nur noch verkriechen. Sie musste hier weg. Wortlos drehte sich Holly um und ging zurück in ihre Kajüte.

»Holly, ich sehe doch, wie traurig du bist«, rief Astrid hinter ihr her. »Du kannst jederzeit mit mir reden, wirklich! Du kannst mir alles sagen.« Dann etwas leiser, aber Holly hörte es doch. »Oder du nimmst dich einfach ein bisschen mehr zusammen!«

Nina saß trotz der langen Ankerwache hellwach und fertig angezogen auf dem Bett und tippte etwas in ihr Smartphone. Als Holly hereinkam, sah sie auf und legte ihr Handy sofort weg.

»Du siehst aus, als wäre dir nicht nur eine einzige, sondern eine ganze Horde von Läusen über die Leber gelaufen, was ist denn passiert?«

Holly setzte sich auf ihr Bett. »Astrid und Sam«, platzte sie endlich damit heraus. »Die beiden sind ein Paar!«

»Unsinn, Sweetie, das bildest du dir ein«, versuchte Nina, sie zu beschwichtigen.

»Nein, ich habe sie zusammen gesehen, sie tatscht ihn ganz offen an und Astrid hasst mich, das sagt doch alles.«

»Echt, die betatscht Jungs, ich dachte, sie wäre lesbisch? Egal, Astrid ist immer so nervig, das hat nichts zu bedeuten ...« Nina hielt plötzlich inne. »Andererseits ...« Sie wich Hollys Blick aus.

»Was?«, fragte Holly.

Nina schüttelte den Kopf.

»Jetzt rede schon!«

»Ich habe mir gestern nichts dabei gedacht, weil ich ja dachte, Astrid würde nur auf Mädchen abfahren. Ich habe sie in Zadar gesehen, also Sam und Astrid. Sie waren in der großen Kirche, die wir später zusammen besichtigt haben.«

»Und was?«

Nina schwieg.

»Waa-aas?«, insistierte Holly. »Sie werden ja wohl kaum geknutscht haben in einer katholischen Kirche.«

»Nein, Sweetie, sie haben eine Kerze angezündet.«

»Klingt ungemein verdächtig!«

Nina seufzte. »Entschuldige, also Astrid hat sich dabei die Hand verbrannt und er hat dann mit ziemlichem Getue draufgepustet, dann Küsse draufgehaucht und sie sich an seine Wange gelegt.«

Holly fühlte sich, als hätte Nina ihr in den Magen geboxt.

»Und warum hast du das mit keiner Silbe während unserer verdammt öden Ankerwache erwähnt?«

Nina sah sie mit um Verzeihung heischenden Augen an. »Hey, Sweetie, ich wollte dich nicht verletzen. Ich dachte, okay, er ist in sie verknallt, und ich hab dich ja eh immer vor diesem Arsch gewarnt. Irgendwie fand ich es gut, dass er eine Lesbe anhimmelt, die er nicht haben kann. Doch weil ich wusste, es würde dich trotzdem kränken, hab ich nichts erzählt. Tut mir echt leid, Holly.«

Sie breitete ihre Arme aus. »Komm her und lass dich drücken.«

Holly zögerte einen Moment, dann legte sie ihren Kopf auf Ninas Schulter. »Ehrlich, Sweetie«, flüsterte Nina, »vergiss den Kerl einfach, der ist viel zu mies für jemanden wie dich.«

Die Glocke zum Frühstück läutete. »Essen hilft bei jeder Art von Liebeskummer, hat meine Oma immer gesagt.« Nina lächelte und zog Holly mit sich nach draußen an Deck.

13

Mann, so kann das nicht weitergehen,
was, wenn sie dahinterkommt?
Süße, das wird sie nicht.
Sie liebt mich.
Alle lieben mich.

Wie betäubt ließ Holly das Frühstück über sich ergehen, nagte lustlos an einem Stück altbackenem kroatischem Weißbrot herum und beobachtete Sam, der mit Amy und Ju scherzte und ihr ab und zu einen besorgten Blick zuwarf.

Den konnte er sich sparen. Wütend zerkrümelte sie den Rest des Brotes mit der linken Hand. Oh, das wird auch wieder Thema, überlegte sie, Holly hat keinen Appetit, das ist besorgniserregend, die wird sicher nachher vor lauter Schwäche wieder über Bord fallen.

Sie versuchte, sich auf die Gespräche der anderen zu konzentrieren, aber es fiel ihr schwer, sich dafür zu interessieren. Erst als sie bemerkte, dass die anderen immer leiser redeten und sich dabei verschwörerisch umsahen, wurde ihr klar, worum es ging.

»Ich habe den Kurs vorhin so eingestellt, dass wir das schaffen müssten«, sagte Jason gerade.

Sam runzelte die Stirn. »Glaubst du nicht, dass Martin eine Kursänderung sofort auffällt?«

»Natürlich hat er die entdeckt, aber ich habe ihm auf der Karte gezeigt, dass hier überall Untiefen sind, und ihn so davon überzeugt, dass es besser ist, den anderen Kurs zu nehmen. Er war noch nicht so oft in dieser Gegend wie ich.«

»Ich bin jedenfalls froh, wenn wir das endlich hinter uns gebracht haben«, ließ sich Amy vernehmen.

»Klar, dass du so darüber denkst.« In Ninas Augen standen plötzlich Tränen. Holly langte über den Tisch und drückte ihren Arm.

»Hey, Nina, so hat Amy das doch nicht gemeint!«

Amy nickte Holly dankbar zu. »Das stimmt, ich hab einfach Angst, okay? Auch wenn ich nur das Beiboot steuern muss.« Amy schob ihre riesige, weiß gerahmte Sonnenbrille ein Stückchen vor und spähte über den Rand in die Runde. »Das allein macht mich schon total nervös. Und der Gedanke, dass ihr dann in diese dunkle Hölle da runtergeht, ehrlich, für mich habt ihr einen Vogel.« Sie schob die Brille mit einem Ruck zurück, dann grinste sie. »Aber es ist natürlich genau das, was sich Nick von uns gewünscht hätte!«

»Hört auf, Astrid ist im Anmarsch«, warnte Ju, schaltete dann sofort auf einen harmlosen Ton um und fragte Amy nach den Top Ten der Sonnencremes, was Holly unter anderen Umständen sicher komisch gefunden hätte.

Astrid schien nichts zu bemerken, sie setzte sich freundlich lächelnd zu ihnen und hörte eine Weile höflich dem Gespräch über Sonnenschutzmittel zu. Als alle langsam unruhig wurden, wandte sie sich endlich an Holly.

»Geht es dir gut?«, fragte sie.

Holly musste schwer an sich halten, um nicht laut zu schreien. »Bestens. Alles wunderbar.«

»Trotzdem muss ich deine Hand noch mal anschauen,

kommst du mit?« Sie erhob sich und wartete, bis auch Holly aufgestanden war.

Schweigend liefen sie den Niedergang nach unten in die Kombüse, genau wie gestern. In der Kombüse setzte sich Holly auf die Bank und fing an, den Verband an der rechten Hand zu lösen, während Astrid die Kiste mit dem Verbandszeug holte. »Holly, warum bist du ins Wasser gesprungen?«, fragte Astrid reichlich barsch. Und bevor Holly auch nur einen Ton herausbringen konnte, fuhr Astrid schon fort.

»Irgendwas geht vor in dieser Gruppe, aber ich weiß nicht, was. Nicht mal Sam will mit der Sprache herausrücken, dabei ist er so ein guter Beobachter. Hat es vielleicht mit deinem Halbbruder zu tun? Ist einer von euch beiden vielleicht der Whistler?«

Und wie in dieser Gruppe was los ist, überlegte Holly. Was wohl passieren würde, wenn ich Astrid das mit Sam direkt auf den Kopf zusagte?

»Nein. Du täuschst dich, *mit uns* ist alles in Ordnung.«

Astrid stieß ein leises »tzzzz« aus und seufzte. »Ich lasse mich nicht für dumm verkaufen, dazu bin ich schon zu lange in meinem Job. Außerdem mache ich mir Sorgen um Nina. Sie war schon seit Monaten nicht mehr in meiner Sprechstunde und sie hat Ringe unter den Augen. Mal wirkt sie aufgekratzt und dann steht sie wieder allein an der Reling und starrt aufs Meer.«

Das war Holly auch aufgefallen, aber sie hatte es mit Ninas Plan in Verbindung gebracht. Und obwohl sie Astrid kein Wort von ihrer angeblichen Besorgnis abkaufte, erinnerte sie sich an Ninas nächtliches Weinen und nahm sich vor, sich mehr um sie zu kümmern.

»Ehrlich gesagt, hätte ich viel eher damit gerechnet, dass sie über Bord springt als du. Um mit Nick im Tod wieder vereint zu sein oder so etwas Verrücktes. Wenn die erste große Liebe so traumatisch endet, dann sucht man nach dem Schuldigen und es ist furchtbar, erkennen zu müssen, dass es keinen gibt.« Sie seufzte wieder und widmete sich dann Hollys Hand.

»Sieht schon sehr viel besser aus als gestern.« Trotzdem sprühte Astrid reichlich grob Desinfektionsspray auf die Wunde.

Astrid suchte Hollys Augen. »Von Nina abgesehen, verrate mir, was hat sich geändert? Ihr kommt mir mit jedem Tag, den wir unterwegs sind, fiebriger vor. Was ist los mit euch? In Zadar habe ich den neuesten Eintrag von eurem Schul-Verleumder gelesen und sogar der scheint zu wissen, dass hier auf der *Minerva* etwas vor sich geht, und das macht mir Angst. Das kann er doch nur wissen, wenn er auch mit an Bord ist. Seid ihr deshalb alle so nervös?«

»Deine Wahrnehmung ist da total falsch, denn nur *du* musst ja Angst vor ihm haben«, platzte Holly heraus. Ihr Herz begann zu hämmern. Und jetzt sagst du ihr auf den Kopf zu, was du davon hältst, dass sie dir den Freund ausgespannt hat. Jetzt oder nie! Aber Astrid kam ihr zuvor.

»Ich sollte Angst vor dem Whistler haben?« Ein merkwürdiges Lächeln breitete sich auf ihrem Gesicht aus. »Wenn ich ehrlich zu dir bin, wirst du dann auch ehrlich zu mir sein?«

Holly nickte. Nie im Leben, schwor sie sich, nie im Leben. Sie schuldete Astrid gar nichts, erst recht keine Ehrlichkeit, nicht für fünf Cent! Sie war gespannt, wie Astrid ihr das mit Sam erklären wollte. Mächtig gespannt.

»Gut, reden wir Tacheles.« Astrid holte tief Luft. »Der selbst ernannte Whistler hat mich dabei fotografiert, wie ich eine Vierzehnjährige geküsst, ihre Haare gestreichelt und sie in den Arm genommen habe ...«

Holly zuckte peinlich berührt zurück. Widerlich! Astrid würde mit ihrem Ablenkungsmanöver offensichtlich sehr weit gehen. Sogar als pädophile Lesbe würde sie sich outen, nur damit Holly ihr auf den Leim ging.

Astrid verzog die Lippen zu einem spöttischen Grinsen. »Es ist wohl immer etwas dran an dem, was der Kerl schreibt. Aber er weiß eben nicht alles. Kennst du diesen Cartoon, wo sechs Blinde einen Elefanten betasten, jeder einen anderen Körperteil? Der das Bein befühlt, sagt, es ist eine Säule, der den Schwanz anfasst, glaubt, es ist ein Seil, der den Rüssel betastet, hält es für den Ast eines Baumes, der den Stoßzahn anfasst, denkt, es ist eine Röhre. Du verstehst, was uns das sagen soll, oder? Man braucht das ganze Bild, um es zu begreifen.« Sie strich ihre kurzen Haare hinter die Ohren und sah Holly direkt in die Augen. »Und jetzt hör gut zu! Ich habe mit fünfzehn eine Tochter bekommen und der ach so schlaue Whistler hat mich mit Julia gesehen und fotografiert.«

Nie im Leben hätte Holly es für möglich gehalten, dass Astrid eine Tochter hatte, die fast so alt war wie sie selbst. Konnte sie das erfunden haben? »Und wo ist deine angebliche Tochter jetzt?«

»Sie lebt bei ihrem Vater.«

»Dann war also überhaupt nichts dran und deshalb wurdest du auch nicht entlassen.«

»Genau. Ich habe nur mal einen Fehler gemacht.« Astrid lachte kurz auf.

Einen Fehler? Vor diesem Hintergrund fand Holly es noch viel ekelhafter, dass Astrid mit einem Jungen rummachte, der kaum älter als ihre Tochter war. Kein Wunder, dass die lieber bei ihrem Vater leben wollte als bei so einer Mutter wie Astrid.

Astrid richtete ihre Augen fest auf Hollys Gesicht. »So und jetzt du!«

Holly stand auf und sah Astrid herausfordernd an.

Astrid erhob sich auch und funkelte Holly an. »Ich dachte, wir hätten einen Deal!«

»Hab's mir anders überlegt!« Holly wusste, sie redete zu laut und zu patzig, aber das war ihr egal. Sie war auf dieses Gelaber über Elefanten und ihre Teile reingefallen, dabei sollte das nur die eigentliche Wahrheit verschleiern.

»Holly, das ist nicht fair!«

»Und was ist schon fair?« Jetzt reichte es Holly und sie hörte selbst, wie sie immer lauter wurde. »Etwa, dass Nick gestorben ist, nur weil er einem kleinen Mädchen ausgewichen ist? Fairness existiert nicht.«

»Aber darüber reden wir doch hier gerade nicht!« Astrid breitete die Hände aus, wie um Hollys Worte abzuwehren, aber Holly konnte sich nicht mehr bremsen.

»Nein klar, wir reden nämlich nicht über das, um was es hier geht. Wir reden nicht darüber, ob es fair ist, wenn sich Lehrerinnen an ihre Schüler ranmachen!«

»Entschuldigt!« Jason schoss zur Tür herein und funkelte Holly wütend an. »Holly, ich brauche dich ganz dringend!«, sagte er und packte sie am Handgelenk.

»Was fällt dir ein! Holly und ich waren gerade mitten in einem Gespräch!« Astrid stellte sich Jason beinahe drohend in den Weg.

»Tut mir echt leid, das ist so ein Bruder-Schwester-Ding!« Jason zerrte Holly an Astrid vorbei nach draußen.

»Hey, lass mich los!«

»Auf keinen Fall, wir gehen in deine Kajüte, bis dahin will ich kein Wort mehr hören.«

Holly boxte ihn in die Seiten, aber er war leider stärker und gab nicht nach, bis die Tür hinter der Kajüte geschlossen war.

»Sag mal, spinnst du? Du hast Astrid so dermaßen laut angebrüllt, dass ich es bis in die Kombüse hören konnte. Wenn du dich hier weiter so beliebt machst, Hollybee, dann kannst du in den nächsten Zug nach Hause steigen!«

»Sie hat mir Sam ausgespannt!«

»Unsinn! Nie im Leben.«

»Sie hat es zugegeben.«

»Das ist Schwachsinn, Sam liebt dich immer noch, das sieht ein Blinder!«

Holly dachte unwillkürlich an den Elefanten und schüttelte den Kopf.

»Keine Ahnung, was du ihm angetan hast, wer weiß schon, was in deinem blonden Gehirn vor sich geht, aber Astrid interessiert sich definitiv nicht für ihre Schüler.«

»Und woher willst du das so genau wissen?«

»Sie hat einen sehr attraktiven Verlobten, der hat sie zum Flughafen gebracht – wenn du ausnahmsweise mal pünktlich gewesen wärst, hättest du ihn gesehen. Ein Herz und eine Seele die beiden.«

»Dann betrügt sie ihn halt.«

»Holly, du spinnst und du solltest dich dringend bei ihr entschuldigen!«

Nina kam herein. »Was ist denn hier los, Sweetie brauchst du Unterstützung gegen deinen bösen großen Bruder?«

»Er will, dass ich mich bei Astrid entschuldige.«

»Verstehe, du bist ausgerastet, weil er ihr das mit den Schlaftabletten erzählt hat.«

Verblüfft sahen sich Jason und Holly an, Jason schüttelte unmerklich den Kopf. Holly wollte klarstellen, dass es um Sam ging, aber Nina war nicht zu bremsen.

»Ich weiß, wie nervig Astrid sein kann, wenn sie sich Sorgen macht. Und jede Wette, bei Schlaftabletten macht sie sich große Sorgen. Ich habe sie manchmal echt gehasst.« Sie atmete tief durch. »Okay, das mit der Trauerseite war wirklich 'ne tolle Idee. Die mich sehr viel weitergebracht hat.« Nina räusperte sich. »Aber darum geht's ja gerade auch gar nicht.« Sie wandte sich an Jason. »Warum soll Holly sich bei Astrid entschuldigen?«

Die Glocke ertönte zweimal lang, einmal kurz. Sie sahen sich an.

»Da sollten wir besser hingehen«, sagte Jason, »und zwar gleich.«

In Hollys Kopf wirbelte alles durcheinander. Das Gespräch mit Astrid, der Gedanke an einen Verlobten, was, wenn Jason recht und sie unrecht hatte? Konnte sie sich denn so täuschen? Sie dachte an heute Morgen, an die beiden im Wasser, und in der Nacht, wie sie auseinandergezuckt waren. Nein, Jason irrte sich, zwischen den beiden lief etwas.

Schweigend stiegen sie an Deck. Die Segel hingen schlapp an den Masten, obwohl die *Minerva* dank des Hilfsmotors etwas Fahrt aufgenommen hatte.

»Diese Flaute ist ungewöhnlich für diese Jahreszeit«, sagte Martin gerade. »Das ist euer Glück. Alle Mann vom Küchendienst ab in die Kombüse, ihr macht Sandwiches für alle. In zwanzig Minuten ist die Abfahrt zum Strand, wir gehen baden.«

Jubel breitete sich über das ganze Schiff aus. Er sah sich suchend auf dem Deck um, als er Holly entdeckte, winkte er ihr zu. »Holly, du checkst mit Astrid, ob du auch wirklich gesund genug bist, um mitzukommen.«

»Gute Gelegenheit für eine Entschuldigung!«, flüsterte Jason, der rechts neben ihr stand.

Martin baute sich vor ihnen auf. »Los, ab mit dir, Holly, ich habe wirklich keinen weiteren Bedarf an krankheitsbedingten Überraschungen! Astrid ist in ihrer Kajüte.« Er machte eine Geste, als wäre sie ein Hund, dem er gerade einen vielversprechenden Knochen hingeworfen hätte.

»Aye-aye, Sir!«, murmelte Nina und zwinkerte Holly zu.

»Zu Befehl!«, ergänzte Jason mit einem breiten Grinsen, wurde dann aber sofort wieder ernst. »Sag ihr, es tut dir leid, dass du dich im Ton vergriffen hast, okay?«

Holly nickte, um ihn zu beruhigen, aber sie wusste, sie würde sich nicht entschuldigen. Auf gar keinen Fall.

Auf der Suche nach Astrids Kajüte lief sie den Niedergang hinunter. Nur die Betreuer und Jason hatten eine Kajüte für sich.

Vor Astrids Tür blieb sie stehen und holte tief Luft.

Jemand war bei ihr. Und die Stimme kam ihr sehr bekannt vor. Es war Sam. Ihr Herz fing automatisch an, schneller zu schlagen. Also doch! Jason war ein Idiot. Ein Verlobter bedeutete gar nichts.

Verstohlen sah sie sich im Gang um, und als sie niemanden entdecken konnte, legte sie ihr Ohr an die Tür in der Hoffnung, einen Gesprächsfetzen aufzuschnappen. Gleichzeitig sah sie sich selbst von außen und fragte sich, ob sie jetzt nicht langsam wirklich völlig überschnappte. Hoffentlich erwischte sie niemand.

Papierrascheln.

»Du musst sie damit konfrontieren. Ich mache mir wirklich Sorgen um sie. Gerade eben hatte ich den Eindruck, sie ist kurz davor durchzudrehen.«

»Das kann ich nicht.«

»Warum nicht? Was hast du denn zu verlieren?«

»Meine Würde.«

Astrid lachte kurz auf. »Deine Würde! Die hast du schon verloren, als du beschlossen hast, etwas zu lesen, das nicht für dich geschrieben war. Das gehört sich nicht. Und es ist unfair. Und ich verrate dir noch was: Jeder, der diesem miesen Arschloch von sogenanntem Whistler auch nur eine Sekunde lang Glauben schenkt, beraubt sich seiner Selbstachtung. Hast du dich denn nie gefragt, woher der Whistler das alles hat? Nein? Das spricht nicht für dich. Du hast auch nicht gerade viel Vertrauen gezeigt, ich würde sogar noch weitergehen und behaupten, du hast dich ziemlich feige verhalten.«

Redeten die von ihr? Gott verdammt, was ging da drinnen vor sich?

Schritte näherten sich der Tür von innen. Holly schaffte es gerade noch, den Kopf zurückzuziehen und so zu tun, also ob sie anklopfen wollte.

Sam stürmte an ihr vorbei und ließ die Tür offen. Astrid schob ihre Nachttischschublade zu und drehte sich dann zur Tür. Als sie Holly entdeckte, huschte ein merkwürdiges Lächeln über ihr Gesicht, das Holly nicht einordnen konnte. Genugtuung? Verärgerung? Zweifel?

»Holly?« Astrid legte einen undurchsichtigen Gesichtsausdruck an wie eine venezianische Maske, lief vor zur Tür und musterte Holly, als wäre sie ein krankes Pferd. »Was gibt es?«

Holly erklärte ihr, warum sie gekommen war. Sie bemühte sich, ruhig und klar zu reden, aber in ihrem Kopf schwirrte alles durcheinander und sie kam immer zu dem gleichen Schluss. Sie musste unbedingt das lesen, worüber Sam und Astrid gesprochen hatten. Wenn sie das finden könnte, würde sie endlich verstehen, was eigentlich los war. Und dazu musste sie an Bord bleiben, während alle anderen baden waren. Ich muss leidend aussehen, dachte sie, leidend und reuig.

»Es tut mir leid, dass ich dich vorhin angeschrien habe«, murmelte sie und hoffte, dass Astrid nicht näher auf das eingehen würde, was sie gesagt hatte. Astrid tat so, als hätte sie Holly nicht gehört, und zwang sie so, ihre Entschuldigung sehr viel lauter zu wiederholen.

»Du solltest auf keinen Fall allein hierbleiben«, sagte sie dann. »Stell dir vor, du fällst über Bord und es ist keiner da, um dich zu retten ...« Ein sarkastisches Lächeln verzog ihren hübschen Mund. Holly verschlug es die Sprache. Ganz offensichtlich hasste Astrid sie.

»Ich verspreche, dass ich in meiner Kajüte bleibe und nicht an Deck gehe.«

»Als du ins Meer gefallen bist, hättest du auch in der Kajüte bleiben sollen. Leider ist keine einzige der Kajüten abschließbar ...« Sie zuckte mit den Achseln.

»Du hättest mich sonst eingeschlossen?«

»Besser als eine Wasserleiche. Also, wer soll bei dir bleiben?«

»Ich brauche keinen Aufpasser, das wäre fies, alle freuen sich auf einen Tag am Strand!«

»Such dir jemanden aus.«

Holly seufzte. Wem konnte sie das antun? Nina, die sie gestern aus dem Meer gerettet hatte, Amy, die für ihren Blog drehen, oder Ju, der beim Schnorcheln nach Wracks Ausschau halten wollte. Sam. Der wäre perfekt, allein schon um Astrid zu ärgern, aber dann konnte sie nicht nach den Papieren suchen. Wer ließ sich am leichtesten austricksen?

Plötzlich grinste Astrid über das ganze Gesicht. »Ich habe noch eine bessere Lösung, bei der keiner wegen dir auf das Schwimmen verzichten muss. Geh in deine Kajüte, ich komme gleich.«

Fünf Minuten später war Astrid zurück mit einer Schwimmweste. »Die wirst du anziehen und nicht ablegen, bevor wir wieder da sind. Am liebsten würde ich dich auch noch festbinden, aber ich gehe jetzt mal davon aus, dass du kapiert hast, wie du dich verhalten sollst.«

Holly nickte und beglückwünschte sich. Alles besser als einen Aufpasser. Sie konnte es kaum erwarten, die anderen von Bord gehen zu sehen. Leider dauerte es über eine halbe Stunde, bis alle mit dem Beiboot hinüber an den Strand gebracht worden waren, dann endlich lag die *Minerva* völlig ruhig.

23. Mai immer noch

Ekelhaft. Du bist nicht besser als der Geschmack in deinem Mund.

Was soll ich denn jetzt machen? Wenn ich ihr davon erzähle, wird sie das nicht überleben. Sie wird mich hassen und ihn auch.

Bisschen spät, oder, dass du mal daran denkst. Was bist du nur für eine Freundin? Könnte ich ihr das jemals verzeihen, könnte ich das wirklich?

Dabei liebe ich ihn doch gar nicht, es war doch nur Eitelkeit. Ich fand's toll, dass er mich toll findet.

Und ich kann von Glück sagen, dass wir nicht schon bei der Isarparty angefangen haben, uns zu küssen, und womöglich von einem Handy gefilmt worden wären. Super, großartig, sonst hast du kein Problem, oder was?

Und dann fällt mir noch was ein: Ich bin nicht nur eine Schlampe, ich bin auch so grottendumm, dass alles zu spät ist!

Dafür gibt es dann doch überhaupt keine Entschuldigung.

Wenn man sich in den Mittelpunkt einer ganz miesen, ganz beschissenen Soap katapultiert und man das beschissenste Drehbuch aller Zeiten auch noch selbst geschrieben hat, dann wundert man sich jeden Morgen, dass die Sonne aufgeht. Man wundert sich, dass andere beschwingt frühstücken, sich anziehen, zur Schule gehen und lustige Sprüche klopfen.

Nein, das habe ich jetzt falsch gesagt, ich wundere mich nicht über all das, denn um mich herum ist es grau. Sogar meine Haut ist nur noch grau. Farben sind aus meinem Leben verschwunden, ich liege in meinem Bett und kann nicht aufstehen. Ich schaffe es einfach nicht. Wenn ich mich aufrichte, wird es mir grau vor den Augen und ich schaffe es gerade so aufs Klo. Kann weder mir selbst noch anderen unter die Augen treten.

Wenn ich früher ein Buch über Schande gelesen habe, kam mir das alles so übertrieben vor. Warum sollte man sich umbringen, nur weil man sich schämt?

Aber das ist jetzt anders. Ich wünsche mir nichts mehr, als dass mein Leben enden soll. Am liebsten wäre mir, zu erlöschen wie eine Flamme, der das Wachs einfach ausgeht, das würde am wenigsten Leid verursachen. Meine Eltern könnten damit besser umgehen, als wenn ich mich umbringen würde. Und ich versuche es, indem ich nichts esse, ich habe sowieso keinen Hunger. Das scheint mir die beste Methode.

Ich würde mich nie vor die U-Bahn werfen, das ist schrecklich für alle, die das anschauen müssen, auch sich erhängen ist grauenhaft, davon abgesehen wäre ich sicher zu blöd, um eine richtige Schlinge zu knoten. Mir in der Badewanne die Pulsadern aufzuschneiden, wäre auch traumatisch für den, der mich findet. Und ja, ich weiß, man muss sich die Adern vertikal aufschlitzen.

Von einem Hochhaus oder einer Brücke runterzuspringen, ist genauso asozial, wie sich vor die U-Bahn zu werfen.

Tabletten wären gut, aber das würden sie rauskriegen, ich müsste es so anstellen, dass niemand auch nur auf die Idee käme, es würde nicht mit rechten Dingen zugehen. Leider haben sie gemerkt, dass ich in den letzten drei Wochen sechs Kilo abgenommen habe, und Mams hat mich schon zu einem Arzt geschleppt, weil ich behauptet habe, mir würde schlecht vom Essen, und tatsächlich ist mir ja auch andauernd übel. Sie hat gedacht, ich habe eine Lebensmittelunverträglichkeit, aber der Arzt konnte nichts finden. Ich habe weiter abgenommen und jetzt will sie mich zu einer Therapeutin für Essstörungen schleppen, was ich irgendwie verhindern muss. Die wollen sicher reden, die haben Tricks. Was, wenn die mich irgendwie in Hypnose versetzt und dann rauskommt, was ich getan habe? Das überlebe ich nicht, dann sterbe ich sofort gleich dort in der Praxis.

Am schlimmsten ist es, dass meine beste Freundin sich Sorgen um mich macht, dass sie mich anruft, mich besucht und wissen will, was los ist.

Ihm dagegen geht es gut, er benimmt sich so, als wäre nie etwas passiert, für ihn ist es ja vielleicht auch, als wäre nichts geschehen. Es hat ihm nichts bedeutet, mir ja auch nicht. Und das ist vielleicht das Schlimmste daran, dass ich damit leben muss, wegen einer eitlen besoffenen unbeherrschten verantwortungslosen Nacht alles verraten zu haben, was mir wirklich wichtig ist. Ich musste ihm versprechen, ihr nichts zu sagen, es sei doch nicht nötig, ihr Schmerz zuzufügen, und da bin ich ganz seiner Meinung, aber wie soll ich aus der Nummer je wieder rauskommen?

Ich habe den Test gemacht, denn es gibt keine andere Erklärung als diese eine. Mein Bauch wird dicker, obwohl ich ständig weiter abnehme. Das ist doch einfach nicht wahr, oder? Das kann doch nicht sein, ich habe gedacht, wenn ich mich auslösche, geht alles weg. Aber so ist es nicht. Ich habe wirklich alles falsch gemacht. Ich hätte mit Mams reden müssen, gleich am Tag danach, da hätte man noch etwas tun können, aber jetzt ist alles zu spät. Doch ich kann es nicht, wie soll ich das erklären, was denken dann alle von mir? Und auch wenn immer so getan wird, als wäre es ganz normal, dass Mädchen ständig mit irgendwelchen Kerlen ins Bett steigen, ist es in Wahrheit nicht so. Niemand, den ich kenne, findet das gut und die zwei Mädchen, von denen ich weiß, dass sie so was machen, sind todunglücklich. Und das, was ich getan habe, wird nicht mal jemand akzeptieren, der Schlampen gut findet. Es gibt einen Unterschied zwischen Rumhuren und Verrat.

Es gibt nur einen einzigen Typen, mit dem ich darüber reden kann, der einzige, der auch dabei war. Bisher habe ich ihn rausgehalten, aber Mr Pfauenauge war genauso verantwortungslos.

Ich muss mit ihm reden, er muss mir helfen, ich kann das alleine nicht mehr. Sie wollen mich in eine Klinik bringen, aber da wird alles herauskommen. Wir sind uns aus dem Weg gegangen, aber ich habe seine Handynummer und jetzt muss ich mit ihm reden.

Er ist sofort dran, sagt mir, dass er bei ihr ist und mich zurückrufen wird. Aber ich lasse mich nicht abspeisen und sage ihm die drei Worte, woraufhin er nur antwortet, dass er in einer Viertelstunde bei mir sein wird und ich keinen Scheiß machen soll und dass alles gut wird und wir das schon irgendwie hinkriegen werden, dann legt er auf.

Und das waren die letzten Worte, die ich je von ihm gehört habe.

14

Wieso gehst du Honk nie ans Telefon?
Weil das Weltende bevorsteht,
mein Leben keinen Sinn mehr macht,
der letzte Tag der Tage gekommen ist,
das komplette Gefüge der Menschheit
zusammenbricht ...
Ruf an, wenn du nüchtern bist.

Vom Ufer drang ein Gemisch aus Gelächter, Kreischen und Platschen, Planschen und Spritzen zur *Minerva* herüber. Holly betrachtete den Strand, weil sie ganz sichergehen wollte, dass nicht jemand etwas vergessen hatte, zurückkam und man sie in der falschen Kajüte erwischen würde. Von Weitem wirkten die anderen wie eine ganz normale Schulklasse, nicht wie eine Gruppe, in der jemand mörderische Gedanken pflegte. Die Relingstangen glühten unter ihren Händen, während die Hitze ihren Körper umschloss wie eine Gummizelle. Unter der Schwimmweste war sie so nass, als wäre Holly wirklich ins Wasser gefallen. Sie gähnte, ihr Körper fühlte sich so nutzlos wie die Segel, die schlapp herabhingen, doch in ihrem Kopf raste alles durcheinander.

Jetzt leg endlich los und beeil dich, ermahnte sie sich, in Kürze sind die anderen wieder da, dann kannst du das mit dem Rumschnüffeln vergessen. Ach ja, meldete sich eine spöttische Stimme, wenn du wenigstens wüsstest, wonach genau du suchst, würde das alles deutlich mehr Sinn machen, oder nicht? Irgendwas, was der Whistler Sam gegeben hatte. Das konnte ja alles sein!

Holly wischte mit dem Handrücken ein paar Schweißtropfen weg, die gerade von ihrer Stirn in die Augen rollen wollten, und leckte über ihre ausgetrockneten Lippen. Sie musste etwas trinken. Danach konnte sie sicher wieder besser denken.

Auf dem Weg in die Kombüse nahm ihr Plan Gestalt an. Vorhin, als die beiden über mich geredet haben, überlegte Holly, hat Astrid etwas in ihrer Nachttischschublade verstaut. Es fiel ihr zwar schwer, ihr Gewissen davon zu überzeugen, dass sie die privaten Dinge von anderen durchsuchen musste, doch wie sollte sie denn sonst weiterkommen? Und weil sie bei Astrid weniger Skrupel hatte als bei Sam, würde sie mit ihrer Kajüte anfangen. Außerdem hatte sie Angst vor dem, was sie bei Sam ganz unbeabsichtigt sonst noch finden könnte, ein sexy Foto von Astrid zum Beispiel.

Holly goss sich ein Glas kaltes Wasser ein und trank es in einem Zug aus. Sie sollte sich besser beeilen. Die anderen hatten zwar Sandwiches mitgenommen, aber vielleicht wollte trotzdem jemand früher zurück an Bord. Sie spülte das Glas ab, legte es in den Geschirrkorb und lief dann zu Astrids Kajüte. Ein leichter Duft von Sonnencreme, irgendwas mit Kokosöl, schlug ihr entgegen, als sie Astrids Kajüte betrat. Das kleine Zimmer war genauso spartanisch eingerichtet wie das von Nina und ihr, es gab auch hier nur einen winzigen Einbauschrank und eine Nachttischschublade neben dem Bett. Alles war klinisch aufgeräumt. Waren die Zimmer von Psychopathen nicht auch immer wie geleckt?, überlegte Holly, während sie die Nachttischschublade aufzog, in die Astrid vorhin etwas reingelegt hatte.

Es war nur eine Zeitung, »Psychologie heute«, eine Packung Papiertaschentücher und eine Brieftasche. Holly schüttelte die Zeitung in der Hoffnung, dass sie etwas zwischen den Seiten verborgen hätte. Doch es flog nur eine Abobestellkarte heraus.

Sie nahm sich die Brieftasche vor. Ein Foto von Astrid mit einem jungen Mädchen, irgendwo auf einer Parkbank.

Auf den ersten Blick wirkten sie nicht gerade wie Mutter und Tochter. Astrids Tochter war rothaarig und hatte eher ein längliches Gesicht, aber ihr Lächeln war ähnlich. Unter diesem Foto war das Bild von einem attraktiven Mann, so einem Elyas-M'Barek-Typ. Könnte das vielleicht Astrids Verlobter sein?

Hinter den Bildern knisterte noch etwas. Da hatte sie etwas versteckt! Mit angehaltenem Atem zog Holly den Zettel heraus.

Es war ein Rezept für Schlaftabletten.

Ein leises Rascheln drang an ihre Ohren, sie drehte sich um und lauschte. Nichts, nur ihr eigener Puls, der sich angesichts des Rezeptes gerade auf das Doppelte erhöht hatte.

Sie befühlte die Brieftasche, fand noch Astrids Personalausweis und etwas, von dem sie nur raten konnte, was es bedeutete, weil es kroatisch war, aber es sah nach der Quittung einer Gepäckaufbewahrung in Zadar aus. Mehr war da nicht. Wieder hörte sie ein Geräusch. Wo kam das her? Stand schon jemand hinter ihr und hatte sie beobachtet? Sie wagte nicht, sich umzudrehen. Das wäre ihr Ende, sie konnte sich gut vorstellen, was man dann über sie tratschen würde. Nicht nur, dass Holly über Bord sprang, nein, sie beklaute auch noch andere.

Klang das nicht wie ein Atmen oder hörte sie sich selbst? Du musst dich jetzt umdrehen und nachschauen oder willst du ewig wie Frau Lot hier zur Salzsäule erstarrt stehen bleiben?

Auf drei, kommandierte sie und drehte sich dann um. Mit einem Ruck.

Nichts. Niemand.

Trotzdem hämmerte ihr Herz aufgeregt gegen die Schwimmweste. In diesem Augenblick wurde eine der Schiebetüren am Niedergang zur Seite geschoben, dieses charakteristisch schmatzende Schleifen war eindeutig.

Nichts wie raus hier. Lauf in deine Kabine.

Leise Schritte näherten sich. Lieber Gott, lass es nicht Astrid sein, die nachschauen will, ob ich schon über Bord gegangen bin oder die Weste noch trage.

Holly huschte zur Tür und schielte in den Gang, wo sie gerade noch die Rückseite von Nina erkannte, die, nur mit ihrem kirschroten Sixties-Badeanzug bekleidet, in Jasons Zimmer verschwunden war.

Was hatte Nina da zu suchen?, fragte sie sich und biss sich dann sofort auf die Lippen. Ziemlich lächerlich, empört zu sein. Wer im Glashaus sitzt und so. Noch dazu wusste sie nicht, was Nina da tat, vielleicht war das alles ganz koscher!

Trotzdem schlich Holly sich zu Jasons Tür und lauschte einen Moment, hörte, wie Nina Schubladen auf- und zuzog, aber dann siegte ihr besseres Ich und sie beendete dieses unwürdige Nachspionieren. Entschlossen schob sie die Tür zur Seite.

»Was machst du denn da?«, fragte sie.

Nina fuhr zusammen, steckte etwas in das rüschenverzierte Oberteil des Badeanzugs und drehte sich mit hochgezogenen Schultern zu ihr um. Als sie Holly erkannte, entspannte sie sich sofort und strich ihre nassen Haare energisch hinter die Ohren.

»Hi, Sweetie, ich bin nur zurückgekommen, weil ich nach dir sehen wollte.«

»In Jasons Zimmer?«

Nina redete weiter, als hätte Holly nichts gesagt. »Und als Jason mitgekriegt hat, was ich vorhabe, hat er mich darum gebeten, ihm ein Handtuch mitzubringen, denn seins ist ins Wasser gefallen. Und wie fühlst du dich so unter deiner Schwimmweste?« Nina grinste sie mitfühlend an.

»Ich kann mir nichts Schöneres vorstellen.«

»Komm doch einfach mit. Wir vermissen dich, ohne dich ist es so langweilig. Jason hat Netz und studiert und vergleicht Wetterberichte auf seinem Handy, Amy testet Bademützen und wird von Ju dabei fotografiert. Sam lässt mies gelaunt Steine über das Meer springen, sein Rekord liegt bei sechs Hüpfern.«

»Klingt wirklich so was von verlockend!«, sagte Holly trocken und dann kicherten sie beide, irgendwie erleichtert.

Nina lief an Holly vorbei aus dem Zimmer und Holly folgte ihr nach oben. Dort wunderte sie sich, weil sie das Beiboot nirgends entdecken konnte. Wie war Nina dann hergekommen und wieso hatte sie sie angelogen? Glashaus hin oder her. Holly kämpfte mit sich, aber schließlich hielt sie es nicht mehr aus.

»Nina, wir haben uns doch in unserer gemeinsamen Nacht an der Isar geschworen, dass wir uns niemals anlügen werden. Also bitte, verrate mir, was du da eben in das Bustier von deinem Badeanzug gesteckt hast.«

Nina betrachtete Holly, als wäre sie übergeschnappt. »Du spinnst. Hier ist nur mein Busen drin und«, sie zwinkerte ihr zu, »falls du es genau wissen willst, keine Einlagen, keine Gummipads, nur Brust.« Sie drückte ihr Oberteil hoch, als wollte sie ihren Busen auf dem Markt präsentieren. »Alles echt!«, sagte sie, ließ ihre Brust wieder los und tippte sich mit der Hand an die Stirn. »Sweetie, manchmal mache ich mir Sorgen um deinen Geisteszustand.«

»Was hältst du von einer Leibesvisitation?« Holly baute sich so drohend vor Nina auf, dass die erschreckt vor ihr zurückwich. »Du machst mir Angst!«

»Jetzt sag schon, ich verrate es auch niemandem.«

Nina kaute auf ihrer Lippe herum, dann griff sie in das Oberteil ihres Badeanzugs und holte einen Schlüssel heraus.

»Was ist das?«

»Okay, Sweetie, tut mir leid. Ich wollte dich da nicht mit reinziehen. Ju hat gesagt, ich soll ihm den Schlüssel zur Rüstkammer mit dem Taucherzeug mitbringen, er wollte sichergehen, dass heute Nacht alle Akkus geladen sind und die Flaschen randvoll mit Sauerstoff.«

»Und wieso kann Ju Jason nicht einfach darum bitten?«

»Dein toller Bruder macht einen Rückzieher, er will heute Nacht nicht nur nicht mitkommen, er verbietet auch, dass wir fahren.«

»Warum?«

»Ich glaube ja, er hat bloß kalte Füße gekriegt, aber er behauptet, es gäbe Sturm, und will den Schlüssel nicht hergeben. Das ist doch lächerlich, oder?« Sie deutete über die

Reling auf das spiegelglatte Meer. »Und wenn Ju einfach verschwunden wäre, hätte Jason vielleicht gewittert, dass wir es trotzdem durchziehen wollen. Wir müssen es heute Nacht machen oder es wird nie was.« Sie kam näher zu Holly und flüsterte. »Bitte, Holly, egal was Jason sagt, bitte lass mich nicht im Stich!«

Nina kam noch näher, legte ihre Arme um Holly und presste sie fest an ihren feuchtkalten Badeanzug. Erst als die Schwimmweste quietschte, lockerte sie ihre Umarmung etwas.

»Bitte!«, flüsterte Nina, »wenn wir es heute Nacht nicht machen, dann können wir das Ganze vergessen!«

»Mach dir keine Sorgen, Nina, wir werden das durchziehen!«, versicherte Holly, auch wenn ihr trotz der Weste eine Gänsehaut den Rücken herunterlief. Ninas Plan hatte ihr von Anfang an Angst gemacht und eigentlich hatte sie sogar gehofft, dass ihn irgendwer noch verbieten würde. Aber sie würde ihre Freundin nie verraten und versprochen war versprochen.

Nina küsste sie auf die Wange und hauchte ein »Danke, Sweetie!«, dann lief sie zur Leiter, kletterte hinunter ins Meer und schwamm zum Strand hinüber. Jetzt wurde Holly auch klar, warum kein Beiboot da war und warum sie kein Motorengeräusch gehört hatte. Unwillkürlich musste sie lachen, damit wurde die Ausrede mit dem Handtuch ja noch absurder. Nina war einfach keine gute Lügnerin. »Das Handtuch!«, rief sie Nina amüsiert hinterher. »Du hast das Handtuch für Jason vergessen!« Nina winkte ihr lachend zu und schwamm zügig weiter Richtung Strand.

Nachdenklich sah Holly zu den anderen. Jason war kein Feigling. Er hatte auch schon öfter als Skipper gearbeitet und vertrat Martin, wenn der anderes zu tun hatte. Sie sollten auf ihn hören und den Plan damit abhaken. Andererseits war Holly stolz darauf, dass sie noch nie eines ihrer Versprechen gebrochen hatte.

Sie ging wieder unter Deck, aber nachdem sie gerade erlebt hatte, wie Nina Jasons Zimmer durchsucht hatte, war ihr noch deutlicher bewusst geworden, wie widerlich das war. Trotzdem brannte sie darauf zu erfahren, worüber Sam mit Astrid gesprochen hatte.

Kaum hatte sie das Zimmer von Ju und Sam betreten, hatte sie ständig das Gefühl, dass ihr jemand dabei zusehen würde. Das ist nur dein schlechtes Gewissen, versuchte sie, sich zu beruhigen. Hilflos starrte sie auf die beiden Kojen und fragte sich, wem welches Bett gehörte und wem welcher Schrank, denn die beiden hatten ihre Klamotten so gleichmäßig über die Kajüte verteilt, dass sie beim besten Willen nicht sagen konnte, wem welche Koje gehörte.

Sie ließ sich auf eine der Kojen sinken. Ihr Oberschenkel drückte auf etwas Hartes. Sie griff unter die Decke und zog ein Buch heraus. »Die Geschichte der Schönheit« von Umberto Eco, las sie und musste angesichts der vielen bunten Einmerker schmunzeln.

Aha, daher also bezog Ju das Wissen, mit dem er versuchte, Amy auf sich aufmerksam zu machen. Die Post-its raschelten, als sie das Buch wieder zurück unter das Kissen schob.

Dann musste die andere Koje die von Sam sein. Sie durchsuchte sein Bett, sah unter das Kopfkissen und in den Einbauschrank. Nur ein paar Klamotten. Sie bückte sich und fand unter der Koje seinen Rucksack. Holly hob ihn hoch und schüttelte ihn. Es raschelte, aber er war sehr leicht. Viel konnte nicht drin sein. Leere Kaugummipapiere? Umso besser, dann wäre sie schnell damit fertig. Sie griff in den Sack und zog mehrere zusammengeknüllte Papierseiten hervor. Dicker als Kaugummi oder Schokoladenpapiere. Eher DIN-A4-Seiten wie für eine Seminararbeit. Warum hatte er die nicht weggeworfen, nachdem er sie zusammengeknüllt hatte? Sie strich eine Seite glatt. Offensichtlich hatte er das schon öfter gemacht, so verknittert und angeschmuddelt, wie sie waren.

Es waren Ausdrucke. Zuerst fielen ihr nur Buchstaben ins Auge, aber dann erkannte sie auch ein Selfie von sich und Sam, das sie am allerersten Tag, an dem sie zusammen gewesen waren, von sich geschossen hatten. Jetzt war ihre Neugier geweckt, sie konzentrierte sich auf die Buchstaben, die jetzt, nachdem sie genauer hinsah, zu einem Text wurden, und fing an zu lesen:

Warum tut sie so was, sie hätte doch absagen können, stattdessen schickt sie ihn alleine mit mir ins Kino.

Und jetzt stehen wir da und ringen uns ein Lächeln ab, aber es gelingt mir nicht wirklich. Das hat sie absichtlich eingefädelt, weil sie findet, ich hätte Vorurteile gegen ihn und wir sollten uns endlich näherkommen. Ich hätte ihr eben nie erzählen sollen, dass ich ihn vor der Eisdiele beim heftigen Flirten mit Amy gesehen habe. Man sollte sich nicht einmischen, das bringt einen nur selbst in die Bredouille. Meine Freundin hat mir kein Wort geglaubt und behauptet, ich wäre eifersüchtig, weil er so ein unglaublich gut aussehender Typ ist.

Sie musste es zweimal lesen, um es wirklich zu kapieren, und beim zweiten Mal stieg eine solche Wut in ihr hoch, dass sie den Zettel wieder zerknüllte und dann aufstehen und tief durchatmen musste. Sie lief in der engen Kajüte zwischen den Kojen hin und her und bekam kaum Luft.

Verdammt!

Das waren Ausdrucke aus ihrem Tagebuch. Woher hatte er die? Und wozu? Ihr wurde übel und vor ihren Augen flimmerte es. Was hatte das hier zu suchen? Der Eintrag war vom Mai.

Schon kurz danach hatte sie aufgehört, Tagebuch zu schreiben, weil sie ihr Handy verschlampt hatte und weil sie jede Minute ihres Tages mit Sam zusammen gewesen war.

Am ganzen Körper zitternd sank sie auf Sams Bett. Tränen stiegen ihr in die Augen. Denk nach, Holly, denk nach, was das zu bedeuten hat.

Sie hatte nie auf Papier geschrieben, hatte nur diese App auf ihrem Handy mit ihren Gedanken gefüttert und ganz sicher nie etwas davon ausgedruckt. Was sie dann bitterlich bereut hatte, nachdem ihr Handy verschwunden war. Kurz nach Nicks Tod. Mit all den heißen und romantischen WhatsApps, die Sam und sie sich geschrieben hatten, weg, alles weg.

Holly starrte auf die Ausdrucke und versuchte zu verstehen, was das bedeutete. Hatte Sam etwa ihr Handy geklaut und sich ihr Tagebuch ausgedruckt oder hatte der Whistler es gestohlen und dann Sam zugespielt? So was in der Art hatte er ja behauptet und es kam Holly auch plausibler vor. Sam würde nie ihr Handy klauen. Oder Sam war selbst der Whistler – nein, er war nicht feige und hätte Astrid nie mit Dreck beworfen. Es musste noch eine andere Erklärung geben. Der Whistler hatte sich ihr Handy geschnappt und

Sam mit ihrem Tagebuch gefüttert. Aber warum hatte sie dann nicht alles, was sie geschrieben hatte, gefunden, sondern nur einige Seiten, schließlich hatte sie ein Jahr lang Tagebuch geführt. Warum hatte wer auch immer genau diese ausgewählt? Was stand denn da so Spannendes drin?

Leises Motorengeräusch drang an ihre Ohren und wurde dann vom plötzlich einsetzenden Gesang einer ganzen Horde übertönt: *»What shall we do with the drunken sailor …«*

Sie musste sich beeilen.

Hektisch holte sie alle Papierbälle aus dem Rucksack und glättete sie. Es waren nicht mal zehn Seiten. Abfotografieren, dachte sie und im selben Atemzug fragte sie sich, ob sie nicht doch langsam geisteskrank wurde. Ausdrucke von ihren eigenen Tagebüchern abfotografieren, um sie dann zu lesen? Nein, es waren nur wenige Blätter, sie würde es nicht riskieren, das Handy zu holen, vielleicht war der Akku nicht geladen, vielleicht speicherte es wieder nicht richtig.

Das Motorengeräusch wurde noch lauter.

Lies Holly, lies!

Sie konnte auf die Schnelle keine Reihenfolge erkennen, weil das Datum nicht auf den Ausdrucken war, also griff sie sich wahllos einen der Zettel:

Meine Zunge klebt am Gaumen und der Geschmack ist unbeschreiblich, toter Spüllappen auf verbranntem Toast oder so was. Ich muss jetzt die Augen aufmachen.

Ich tu's, alle beide gleichzeitig. Prompt schneidet mir das Licht in meine Augen wie ein Schwert, das Richtschwert Gottes. Denn zusammen mit dem Licht fällt mir auch ein, was ich getan habe.

Was ich Fürchterliches getan habe.

Ich schließe die Augen. Was ich getan habe, ist unverantwortlich. Das tun nicht mal die allerschlimmsten Schlimmschlampen.

Was stand denn da für ein Zeug? Holly starrte auf die Buchstaben, die keinen Sinn ergaben oder einen so schrecklichen, dass ihr Hirn sich weigerte, das zu verstehen, ja nicht mal mehr hinschauen wollte. Vor ihren Augen tanzten flirrend rote Sternchen und in ihren Ohren rauschte es, während ihr Körper schlotterte, als wäre sie eine Stoffpuppe, die von einem bösen Riesen brutal hin und her geschüttelt wurde.

Das da, dieses Zeug, was in ihrem Tagebuch stand, das klang wirklich ganz nach ihr, nach Holly, aber sie hatte das niemals geschrieben.

Das war nicht von ihr.

15

Ich hab mich von dir einwickeln lassen,
so wie du das immer machst.
Aber jetzt musst du zu dem stehen, was passiert ist.
Aber ich streite doch gar nicht ab,
dass ich ein testosterongesteuerter
Vollhorst bin ...
Deshalb liebt ihr mich ja alle so ;-)

Holly nahm nur durch dicken Nebel wahr, dass das Boot angelegt hatte. Sie hörte Stimmen und Schritte und es war nur eine Frage von Minuten, bis sie entdeckt werden würde. Aber sie fühlte sich außerstande, auch nur einen Schritt zu machen.

Sie griff nach einem anderen Papier und starrte darauf in der Hoffnung, dass sie dann verstehen würde, was das alles zu bedeuten hatte.

Sie hatte sich getäuscht, es war einfach unmöglich. Ein dummer Zufall, das alles waren die Blätter von verschiedenen Tagebüchern, von anderen Mädchen, die jemand ausspioniert hatte. Sie griff hektisch nach den Papieren und versuchte zu erfassen, was dort stand.

Aber ihr war so schwindelig, dass die Buchstaben vor ihren Augen zitterten. Fokussieren, konzentrieren, streng dich an, Holly, und vor allem beeil dich:

Mir ist so heiß, dass ich es bereue, nicht doch ein leichtes Sommerkleid angezogen zu haben, so wie Amy, mit der ich am Ufer der Isar sitze. Wir halten unsere Füße ins kalte Wasser, trotzdem schwitze ich in meinen abgeschnittenen Jeans wahnsinnig. Obwohl es schon nach acht Uhr ist, steht die Luft und es ist so schwül, dass sogar die Mücken zu faul zum Zustechen sind. Ich frage mich gerade, wie Amy es schafft, dass ihr aufwendiges Make-up nicht wie eine Brühe an ihr herunterläuft, da entdecke ich Mr Pfauenauge, der ganz allein am Rand der Party steht.

Sie übersprang ein paar Zeilen.

Okay, ja doch, das war von ihr, das hatte sie über Jus Isarparty geschrieben. Sie griff nach einem anderen Zettel.

Wenn ich früher ein Buch über Schande gelesen habe, kam mir das alles so übertrieben vor, warum sollte man sich umbringen, nur weil man sich schämt?

Holly biss sich auf die Lippen, um diesen zähen Nebel und das Rauschen aus ihrem Kopf zu vertreiben. *Sich umbringen.* Warum sollte sie sich umbringen, das war nicht von ihr. Während sie weiterlas, wurde ihr kalt und ihre Nackenhaare stellten sich auf.

Aber das ist jetzt anders. Ich wünsche mir nichts anderes, als dass mein Leben enden soll. Am liebsten wäre mir, zu erlöschen wie eine Flamme, der das Wachs einfach ausgeht, das würde am wenigsten Leid verursachen. Meine Eltern könnten damit besser umgehen, als wenn ich mich umbringen würde. Und ich versuche es, indem ich nichts esse, ich habe sowieso keinen Hunger. Das scheint mir die beste Methode, ich würde mich nie vor die U-Bahn werfen, das ist schrecklich für alle, die das anschauen müssen, sich erhängen ist grauenhaft, davon abgesehen wäre ich sicher zu blöd, um eine richtige Schlinge zu knoten.

Tabletten wären gut, aber das würden sie rauskriegen, ich müsste es so tun, dass niemand auch nur auf die Idee kommt, es würde nicht mit rechten Dingen zugehen.

Das war nicht von ihr. Ein Schwall Magensäure schoss hoch in Hollys Mund, kalter Schweiß tropfte von ihrer Stirn auf die Oberschenkel. Sie musste hier raus, dringend raus. Sie zerknüllte die Blätter, warf sie zurück in den Rucksack und schleppte sich zu ihrer Koje. Dort riss sie sich in der Nasszelle die Schwimmweste vom Leib und verriegelte die Tür. Holly hockte sich vor das offene Klo und spuckte ihr frugales Frühstück in die Schüssel. Sie spülte, schloss den Deckel und setzte sich dann darauf. Der bittere Geschmack in ihrem Mund vereinte sich mit dem flauen Gefühl in ihrem Bauch zu einer Symphonie des Elends.

Jemand klopfte an die Tür.

Sie konnte nicht aufstehen. Nicht sprechen. Nicht bevor sie rausgefunden hatte, was da lief.

Das Klopfen wurde lauter und ging in ein Hämmern über.

»Holly, bist du dadrin? Ist alles okay?«, fragte Nina. »Geht es dir gut, soll ich jemanden holen?«

»Nein, alles bestens, ich komme gleich«, stammelte Holly, während sie versuchte, sich zu beruhigen. Beruhigen, nach so einem Schock?

Offensichtlich hatte also jemand ihre Tagebucheinträge geknackt. Klar, Holly, wenn man sein Geburtsdatum als Passwort verwendete, war das wahrscheinlich nicht so schwer. Das alles war auf dem geklauten Handy gewesen. Jemand hatte es ausgedruckt und Sam zugespielt. Aber dieser jemand hatte es nicht dabei belassen, sondern mit widerlich kreativen Passagen ergänzt. Ergänzungen, die sie wie eine selbstmitleidige Schlampe dastehen ließen. Ihr dämmerte plötzlich, warum Sam sich von ihr getrennt hatte. Sie beide waren sich schon vor der Isarparty nähergekommen, er musste nach dieser Lektüre glauben, dass sie sich gleichzeitig auch noch an Nick rangemacht hatte. Denn diese beste Freundin, die da erwähnt wurde, das sollte ja wohl Nina sein. Ihr wurde schon wieder übel, sie sprang auf und musste würgen. Es kam nichts mehr, trotzdem hörte das trockene Würgen nicht auf, krampfte ihren ganzen Körper, bis sie schließlich weinend vor die Kloschüssel sank. Das war es also, was Sam, ihr geliebter Sam, über sie dachte. Ganz sicher hatte ihn das alles so angeekelt, dass er sie einfach verlassen musste.

Es klopfte wieder, diesmal zarter als vorhin.

»Holly, bist du okay?« Jason klang aufrichtig besorgt.

»Nein«, murmelte sie. »Und es wird auch nicht mehr gut, nie mehr.«

»Was sagst du da? Ich verstehe dich nicht!«

Holly wusste, ihr Bruder würde die Tür eher eintreten, als sich mit einer Lüge abspeisen zu lassen. Es gab nur einen Weg, ihn zu überzeugen. Ein Scherz musste her.

Sie räusperte sich, zog die Nase hoch, nahm die Schultern zurück und zwang sich, mit fester Stimme zu sprechen.

»Hey, mir geht's bestens, ich habe gerade all das Valium ausgekotzt, das du neulich in meinem Zimmer nicht gefunden hast.«

»Dann ist es ja gut, weiter so, Herzchen!« Jason klang amüsiert.

Durch Witzeleien konnte sie ihn beruhigen, das wusste sie. Er würde jetzt irgendein weibliches Syndrom vermuten und sie in Ruhe lassen. Sie hörte, wie er mit Nina redete, und dann entfernten sich die Stimmen von der Klotür.

Trotzdem konnte sie nicht mehr lange hier drinbleiben. Sie ging zum Waschbecken, spritzte sich Wasser ins Gesicht und riskierte dann einen Blick in den Spiegel.

Ihre braunen Augen sahen aus wie tote Löcher, umgeben von blauschwarzen Ringen, und ihre blonden Haare hingen um ihren Kopf wie Schnittlauch auf Crack.

Jeder Idiot konnte sehen, dass sie zutiefst erschüttert war.

Sie lächelte schief, probierte ein paar Zungenbrecher, um auf andere Gedanken zu kommen, und wischte wütend die Tränen ab, die ihr dabei heiß über die Wangen rollten. Dann lächelte sie schon etwas überzeugender. Sie nickte sich zu. Du warst lange genug das Opfer, du musst aktiv werden, Holly. Du wirst jetzt stark sein und rauskriegen, was hier gespielt wird. Und das geht nicht, wenn du rumheulst. Doch die traurige Wahrheit von allem war, dass sie niemandem vertrauen durfte, denn wer auch immer das getan hatte, musste sie kennen, verdammt gut kennen.

16

Lass uns 'ne Pizza essen gehen.
Nur wenn sie so scharf ist wie du ...
Und komm ja nicht wieder zu spät!

Holly wollte sich auf ihre Koje legen, um mit niemandem reden zu müssen und ungestört nachdenken zu können, doch Jason und Nina scheuchten sie nach oben, weil sie fanden, dass sie so blass aussah. Dort verzog sie sich an ihren Lieblingsplatz zwischen den Rettungsinseln, wo sie Löcher in den blaugrauen Himmel starrte, der gerade begann, sich orange zu verfärben.

Sie versuchte, Ordnung in ihre Grübeleien zu bringen. Aber das Einzige, was sie denken konnte, war: warum, warum, warum? Das Wort ploppte mal größer, mal kleiner vor ihren Augen auf, wie die Tag-Cloud von Amys Blog. Nur mit dem Unterschied, dass bei Amy viele schöne Worte in einer türkisen Wortwolke standen, während Hollys Hirn nur durch finstere Warum-Wolken in allen Variationen vernebelt wurde.

Als Ju plötzlich neben ihr stand, freute sie sich, weil seine Anwesenheit diesem sinnlosen Warum ein Ende setzte. Doch dann redete er übergangslos und ohne Punkt und Komma über das Wrack, zu dem sie heute Nacht tauchen würden. Er bemerkte überhaupt nicht, wie verstört sie war, und obwohl sie ihm nie und nimmer anvertraut hätte, weshalb sie so durcheinander war, spürte sie, wie ihr Zorn wieder aufloderte. Alle gaben vor, ihr Freund zu sein, doch in Wahrheit spielte einer ein ganz böses Spiel mit ihr.

Das Wrack, hatte Ju denn gar kein anderes Thema? Das verdammte Wrack war ihr so was von egal. Wo war er denn gewesen, als sie das letzte Mal zum Wrack getaucht waren?

Sie betrachtete ihn genauer. Ju war so groß wie Sam und auch so muskulös. Allerdings hingen seine Schultern immer nach vorne, als wären sie zu schwer für ihn, deshalb wirkte er viel schlaksiger als die anderen Jungs. Seine graugrünen Augen hatten etwas leicht Verschlafenes, Träges, nur Halboffenes, aber das täuschte, dachte Holly, wie bei einem Krokodil. Natürlich hätte er die Luke zuwerfen können, aber das brachte sie wieder zu der Frage nach dem Warum. Warum hätte er sie töten sollen? Er war jetzt richtig in Fahrt gekommen, ohne zu merken, dass sie nicht zuhörte. Sie hielt es nicht mehr aus. Nach Ju würde sie sich jeden Einzelnen vorknöpfen.

»Wieso bringst du Leute dazu, Dinge aus dem Zimmer meines Bruders zu klauen?«

Auf Jus Oberkörper breiteten sich explosionsartig rote Flecken aus und er fing an, seine linke Ellenbeuge zu kratzen.

»Was redest du denn da für einen Schwachsinn!«

»Tu doch nicht so. Du hast dafür gesorgt, dass Jason beklaut wird.«

Zwischen Jus Krokodilaugen bildete sich eine steile Falte, er schob die Unterlippe vor, sah sie verblüfft an und hörte schlagartig auf, sich zu kratzen. Er hob seine Hände hoch und breitete sie beruhigend aus wie ein Priester.

»Holly, bisher habe ich wirklich gedacht, die anderen haben Unrecht, wenn sie behaupten, dass bei dir ’ne Schraube locker ist, aber jetzt glaube ich das langsam auch.«

Nichts sagen, kalkulierte Holly, das bringt ihn dazu weiterzusprechen, sich um Kopf und Kragen zu reden.

»Glaubst du das, weil der Whistler behauptet hat, einer von uns hätte Geld aus der Klassenkasse für seine Tauchausrüstung geklaut, und du denkst, ich wäre das gewesen?«

Schweigen, schön den Mund halten. Ju las also auch alles, was der verdammte Whistler von sich gab. Sag bloß kein Wort, Holly.

»Weißt du eigentlich, Holly, dass alle glauben, du wärest der Whistler?«

Schweigen.

Er verdrehte die Augen. »Mal im Ernst, Holly, was sollte ich denn aus Jasons Zimmer haben wollen?«

Als Holly weiterhin schwieg, hob er unvermittelt sein T-Shirt hoch und entblößte seinen rührend verletzlich aussehenden Nabel.

»Willst du vielleicht ’ne persönliche Leibesvisitation machen?«, versuchte er, das Ganze mit einem schiefen Grinsen ins Scherzhafte zu ziehen.

Holly fühlte sich zunehmend mieser und sagte trotzdem kein Wort.

»Mir reicht’s, du spinnst doch!« Er ließ das T-Shirt los, wandte sich abrupt zum Gehen, stolperte über einen Wuling und schlug lang auf das Deck.

Das hatte Holly nicht gewollt, sie stand sofort auf und reichte ihm ihre Hand, um ihm zu helfen. Aber er verschmähte sie und rappelte sich mühsam mit rotem Kopf wieder hoch.

»Ehrlich, dein Bruder und sein Zeug interessieren mich genauso sehr wie tote Kakerlaken auf einem Grill in Timbuktu.«

Entweder war Ju ein fantastischer Schauspieler und log wie Münchhausens Zwillingsbruder oder aber er hatte wirklich nichts mit Ninas Suche in Jasons Zimmer zu tun.

Holly musste sich entscheiden, wer von beiden sie belogen hatte. Nina oder Ju. Bis vorhin hätte sie keine Sekunde darüber nachgedacht, wem sie Glauben schenken musste. Natürlich ihrer besten Freundin! Aber angesichts der Tatsache, dass Nina vorhin zuerst versucht hatte, sie für dumm zu verkaufen, lag die Vermutung nahe, dass ihre Freundin nicht davor zurückschrecken würde, sie ein zweites Mal anzulügen.

»Es tut mir leid, Ju«, lenkte Holly ein. »Ich weiß nicht, welcher Teufel mich geritten hat. Ich schätze mal, ich bin nervös wegen heute Nacht.«

Ju wirkte erleichtert. »Das verstehe ich gut, ich war auch nur selten nachts beim Tauchen und leider auch nicht im Meer.«

Holly dachte an das einzige Mal, als sie beim Nachttauchen gewesen war. Das war, kurz nachdem Nina sie in ihren Plan eingeweiht hatte. Sam war der Meinung gewesen, sie müssten das üben, weil unter Wasser nachts alles anders war. Bei Vollmond hatte er sie zum Olympiasee gebracht. Aber alles, woran Holly sich erinnerte, war das Gefühl, mit ihm zusammen zu sein. Berauscht wie von einer starken Glücksdroge.

»Bist du okay?« Ju zwang sie zurück in die Gegenwart.

»Ja. Aber ich mache mir Sorgen, Jason sagt, es gibt Sturm.«

»Echt? Das wundert mich, sieht das etwa danach aus?« Ju zeigte über die Reling auf das vollkommen ruhige Meer, das sich durch die langsam untergehende Sonne gerade flammend rot verfärbt hatte, während am Himmel schon der Abendstern funkelte.

Das war ein Sonnenuntergang, den man eng aneinandergeschmiegt zu zweit irgendwo an einem einsamen Strand erleben sollte, dachte Holly und seufzte unwillkürlich. Ein Sonnenuntergang, um sich zu küssen.

»Immer wieder schön«, sagte Ju und klang genauso sehnsüchtig, wie Holly sich gerade fühlte.

Die Glocke zum Abendessen durchbrach die Stille und ließ sie beide zusammenfahren.

»Glaubst du, wenn man tot ist, kann man so etwas noch sehen?«, fragte Ju und lief vor Holly her zu den gedeckten Tischen am mittleren Deck.

»Nein, ich denke, wenn man tot ist, ist man tot. Dann ist alles vorbei«, antwortete Holly.

»Was redet ihr denn da für morbides Zeug?«, fragte Sam, der das gehört hatte.

Holly merkte, wie ihr die Röte ins Gesicht stieg. Aber zum Glück war die Sonne kurz davor, im Meer zu versinken, und hatte alles Licht in ein einziges rosaorangerotpurpurfarbenes Schimmern verwandelt, sodass auch Sam wirkte, als wäre er eine glühende Statue aus Kupfer und Gold.

Sie konnte ihm nicht in die Augen schauen, weil er dann ihre Verzweiflung gesehen hätte. Warum hatte er ihr diese Seiten nicht einfach gezeigt? Es wäre nur fair gewesen, sie mit den Einträgen zu konfrontieren und sie zur Rede zu stellen. Stattdessen hatte Sam immer nur von Ehrlichkeit und Vertrauen gefaselt. Dabei war er selbst überhaupt nicht ehrlich zu ihr gewesen. »Morbides Zeug?«, fragte jetzt auch Astrid und scannte Holly schon wieder mit ihrem Psychologinnenblick.

»Das hast du falsch verstanden«, erbarmte sich Ju und zwinkerte Holly zu, was sie überraschend anständig von ihm fand, nach ihrem Verhör von gerade eben.

»Wir haben uns über den Sonnenuntergang unterhalten«, erklärte Ju und zog Holly weg von Astrid an den Tisch, wo Nina, Jason und Amy sich schon hingesetzt hatten.

Sam folgte ihnen.

Beim Essen betrachtete Holly ihre Freunde. Sie wirkten so unbefangen, so freundlich. Nina machte sich über Ju lustig, der als Einziger die fade dünne Tomatensuppe lecker fand und in sich reinschaufelte. Amy erklärte Jason gerade, wie erstaunlich mies die Ergebnisse ihres Bademützentests ausgefallen waren – alle waren undicht.

Nur Sam saß schweigend da, wie sie selbst. Es kam ihr völlig unmöglich vor, dass einer aus dieser Gruppe sie über Bord stoßen oder ihr Tagebuch fälschen würde. Und warum auch? Wer hatte etwas davon, wenn Sam und sie getrennt waren? Einzig und allein Astrid. Und Astrid konnte tauchen.

In diesem Moment nahm Nina Jus Hand und hielt sie hoch. Zuerst wirkte er verblüfft, doch als Nina anfing zu reden, begann er zu lächeln.

»Ihr seid mein Team. Ihr alle und ich kann gar nicht ausdrücken, wie dankbar ich euch bin, dass ihr heute Nacht mitkommen werdet. Ich bin sicher, Nick wäre wahnsinnig stolz auf das, was ihr für ihn tut. Ihr wisst ja, was das Tauchen und vor allem Wracks für ihn bedeutet haben. Und ganz besonders dieses, das er nur gefunden hat, weil er so ein Abenteurer war. Nie im Leben hätte ich gedacht, dass er ausgerechnet bei einem Vespa-Unfall sterben würde.«

Sie drückte Jus Hand, dann sah sie demonstrativ jeden am Tisch der Reihe nach an, bis es auch der Letzte kapiert hatte und jeder die Hand seines Nachbarn genommen hatte.

Holly musste widerwillig Sams Hand anfassen, und als er freundlich zudrückte, lief ihr eine Gänsehaut über den Rücken, weil es sich vertraut anfühlte und gleichzeitig so fremd.

»Für Nick!«, sagte Nina.

Unvermittelt schüttelte Jason den Kopf.

»Es tut mir leid, Nina, aber das geht nicht. Wir können das nicht machen, nicht heute Nacht.«

Nina lächelte spöttisch. »Oh ja, ich weiß, Jason hat Angst.«

Jason ließ sich nicht provozieren. »Schaut mal dort drüben zu dem Gebirgszug. Was seht ihr da?«

Plustrige Sahnewolken am Kamm des Gebirges, die man gerade noch so im untergehenden Sonnenlicht erkennen konnte. Harmlos, fand Holly.

»Wir kriegen heute Nacht eine Bora, die sich gewaschen hat.«

»Bora?«, fragte Amy.

»Ein abartiger Sturm, der mehrere Tage anhalten kann. Niemand ist bei einem solchen Wetter draußen. Wir werden deshalb auch den Kurs ändern und schauen, dass wir es noch in irgendeine Marina schaffen. Vielleicht segeln wir auch nach Sutomiscica zurück, weit sind wir ja nicht gekommen.«

»Das ist doch Blödsinn.« Nina zeigte auf das glatte Meer.

»Weiß man denn, wann genau der böse Sturm kommen soll?«

Jason wand sich etwas und allen war klar, dass er das nicht gerne sagte.

»Gegen Mitternacht.«

»Wenn wir starten, sobald es dunkel ist, sind wir um Mitternacht längst wieder da!«, sprang Ju Nina bei. »Und wenn wir es heute Nacht nicht durchziehen, können wir das Ganze vergessen! Dann sind wir einfach zu weit weg von dem Wrack. Das Beiboot hat zwar einen starken Motor, aber ihr wisst alle, dass es nicht die nötige Power hat, um so viele Seemeilen zu bewältigen.«

»Können die vom Wetterdienst denn so genau vorhersagen, wann ein Sturm kommt?«, fragte Amy.

Jason nickte widerwillig.

»Bitte. Das war das Einzige, was mich in den letzten Monaten irgendwie aufrecht gehalten hat.« Nina hatte Tränen in den Augen. »Ich kann jetzt nicht aufgeben! Ich werde es tun, auch wenn ihr nicht mitmacht.«

»Vielleicht ist es besser, etwas aufzugeben, als unsere Leben aufs Spiel zu setzen«, sagte Amy.

»Nick ist ja schon tot, ich verstehe, wenn ihr für ihn nichts riskieren wollt.« Ninas Stimme erstickte in einem Schluchzen.

»Jetzt mal langsam, was wäre denn«, mischte sich Sam ein, »wenn wir gleich um neun Uhr runtergehen, dann sind wir spätestens um zehn Uhr wieder oben. Mehr Sauerstoff haben wir sowieso nicht und dann hätten wir noch zwei Stunden, um einen sicheren Hafen zu erreichen. Wir sind doch nicht weit von der Küste entfernt.«

»Das hört sich gut an«, assistierte ihm Ju.

Nun hatten sich alle geäußert und sahen fragend zu Holly. Ihr schauderte bei dem Gedanken daran, in völliger Dunkelheit zu dem Wrack hinunterzutauchen, das schon bei Tageslicht so unheimlich gewesen war. Was, wenn nicht nur eine Luke zufiel, was, wenn sie den anderen da unten wieder verloren gehen würde? Sie starrte in ihre Gesichter, freundliche, aber undurchdringliche Masken. Plötzlich schoss ihr der Gedanke durch den Kopf, dass alle dachten, sie – die widerliche Schlampe – wäre schuld an Nicks Tod und hätte es verdient, dort unten zu sterben. Es ging gar nicht darum, Nick einen letzten Gefallen zu erweisen, sondern darum, seinen Mörder zu bestrafen und dort zu begraben, wo Nick so gern gewesen war. Die Töchter der Nyx, die den Lebensfaden der Dreckfresserin durchtrennten ...

Sie schüttelte sich, um diesen kranken Gedanken sofort loszuwerden, dann schluckte sie den klebrigen Knödel in ihrer Kehle runter. Du kannst dich weiter herumschubsen lassen oder du kannst endlich aktiv werden, befahl sie sich. Du wirst aufpassen müssen wie ein Luchs. Aber anstatt sich erleichtert zu fühlen, weil sie eine Entscheidung getroffen hatte, sah sie plötzlich die gespenstischen Fischernetze vor sich, die sich an der Kommandobrücke des Wracks verfangen hatten.

»Holly?«, fragte Sam.

»Wenn du Ja sagst, fahr ich das Boot und halte oben die Stellung«, murmelte Amy.

»Bitte, Sweetie«, flehte Nina.

Holly erkannte, wie verzweifelt Nina sich an diesen Plan klammerte. Das alles musste ein Ende haben. Sie sah ihrem Bruder fest ins Gesicht. »Wir haben Nicks Wrack gefunden. Keiner hat geglaubt, dass es wirklich da ist. Aber wir haben es geschafft. Ich finde nicht, dass wir nach Hause zurückfahren können, ohne ihm die letzte Ehre zu erweisen. Wir müssen uns eben beeilen.«

Nina stand von ihrem Platz auf, rannte um den Tisch und umarmte Holly. »Sweetie, das werde ich dir nie vergessen!«, flüsterte sie.

Jason schürzte unwillig die Lippen, sah zu den Wolkentürmen auf dem Gebirgszug und schüttelte den Kopf. Dann grinste er plötzlich. »Ihr seid vollkommen verrückt, total und vollkommen verrückt, und weil ihr imstande wärt, das Ding glatt ohne mich durchzuziehen, komme ich lieber mit und habe ein Auge auf euch. Aber wir müssen uns beeilen. Sam hat als Einziger genügend Erfahrung mit dem Nachttauchen, deshalb hat er das Kommando und ich werde mir persönlich jeden vorknöpfen, der nicht spurt. Er ist unser Divemaster. Ist das klar?«

»Aber ich habe das Wrack gefunden!«, meldete sich Ju zaghaft zu Wort. »Und den richtigen Platz ausgesucht.«

»Das bestreitet keiner, aber wie oft warst du nachts schon im Meer?«, fragte Jason.

»Noch nie, okay.« Ju drehte sich zu Sam und tippte sich mit zwei Fingern an die Stirn, als hätte er eine Mütze auf. »Aye-aye, mein Captain!«

»Moment, aber was ist mit Martin und Astrid?«, fragte Amy. Wenn wir so früh losmüssen und nicht warten können, bis die im Bett sind, kriegen die das doch mit. Und das werden sie niemals zulassen.«

»Die beiden könnt ihr getrost meine Sorge sein lassen«, sagte Nina und lächelte geheimnisvoll.

»Willst du sie mit einer Keule außer Gefecht setzen oder was?«, fragte Sam stirnrunzelnd.

»Nein, sie werden einfach sehr müde sein.« Nina nickte bekräftigend. »War auch ein harter Tag mit viel Sonne heute.«

Schlaftabletten, dachte Holly, klar. Nina wusste, dass Astrid welche hatte, und offensichtlich wusste sie auch, wo sie die finden konnte.

In diesem Moment verschwand der allerletzte Zipfel der Sonne mit einem rosagrünen Aufglühen im Meer und nur wenige Minuten später fiel bei völliger Windstille schon türkisgrau die Nacht vom Himmel.

Zeit für ihren Plan.

17

Bist du noch sauer?
Schlimmer als Essig.
Dann lass mich dein Öl sein.
Vergiss es.

Eine Stunde später schlichen sie sich zur Rüstkammer, wo jeder seine eigene Tauchausrüstung anlegte. Beseelt von dem, was sie vorhatten, lag ein heiliger Ernst in der Luft. Ju erzählte keine Tauchwitze, niemand sagte *Ich zieh dir die Flossen lang* oder *Noch ein Wort und ich dreh dir das Ventil zu,* sondern es war geradezu gespenstisch still, weil sich alle darauf konzentrierten, schnell fertig zu werden. Sam reichte Holly wortlos seinen Handschuh, weil ihr eigener wegen des Verbandes zu eng war. Als Holly dagegen protestieren wollte, wies Jason sie darauf hin, dass Sam heute Nacht der Chef war, und Holly fügte sich, obwohl sie es mies von ihrem Bruder fand, dass er ihr nicht seinen geliehen hatte. Solange das mit den Tagebüchern zwischen ihnen nicht geklärt war, wollte sie durch nichts mit Sam verbunden sein, nicht mal durch Hautschuppen in einem Neoprenhandschuh. Und es ärgerte sie, dass Sam gar keine Handschuhe anhatte und ihr sein Opfer während des ganzen Tauchganges so immer vor Augen sein würde.

»Wartet«, sagte Nina, nachdem alle bis auf Amy ihre Neoprenanzüge angelegt hatten. Sie zog vorsichtig eine längliche, altmodische Schatztruhe mit gewölbtem Deckel aus einem Leinenbeutel. Die Kiste sah aus, als wäre sie aus Holz mit eisernen Beschlägen.

»Hier drin ist sie, seine Asche.«

»Wirklich cool, dass seine Eltern damit einverstanden waren«, sagte Amy.

»Es war nicht ganz einfach, sie zu überzeugen. Aber nachdem sie meine Trauerseite für Nick gesehen haben, mit all den Bildern, die ihn beim Tauchen zeigen, da ist ihnen, glaube ich, noch mal klar geworden, dass Nick sich im Meer am wohlsten gefühlt hat. Und ich habe ihnen versprochen, dass wir alles so machen, wie es sich gehört. Man muss die Asche in einem geschlossenen Behälter ins Meer bringen, der sich dann innerhalb von zwölf Stunden auflöst. Die Truhe ist aus Pappmaschee. Die Asche wird eins mit dem Sand und Nick wird für immer mit dem Wrack und dem Meer verbunden sein.« Sie holte tief Luft. »Dort unten können wir ja nachher nicht reden. Aber vielleicht möchte noch jemand von euch zum Abschied etwas sagen?«

Betreten sahen sie sich an. Holly vermutete, dass es für alle mehr ein Abenteuer war als ein Abschied. Die Trauerfeier lag mehr als ein Vierteljahr zurück.

Amy durchbrach als Erste die Stille und räusperte sich. »Also alles, was ich von meiner Seite aus dazu sagen möchte, ist *Bye, bye Nick!*«

Jason stieß seinen Ellenbogen in ihre Seite. »Sei nicht so geschmacklos, Amy! Nina, mir fehlt Nick auch sehr und ich bin froh, dass wir ihm so noch eine letzte Ehre erweisen können. Ich bin nicht so gut in so was, aber vielleicht könnte man es so ausdrücken: Nick ist zwar nicht mehr bei uns, aber trotzdem immer noch überall dort, wo wir sind.«

Holly überlegte, was sie sagen könnte, aber ihr fielen nur schreckliche Plattitüden ein, wie *Er wird immer in unseren Herzen sein* und *In unserer Erinnerung wird er weiterleben.*

»Wir sollten uns beeilen«, meldete sich Sam sanft zu Wort, griff nach seinen Flossen und nickte ihnen auffordernd zu.

Jason nahm Nina an die Hand und tätschelte sie. »Er hat recht, wir sollten jetzt los.« Er wollte ihr die Schatzkiste abnehmen, aber Nina steckte sie zurück in den Leinenbeutel und presste ihn an sich.

Schweigend schlichen sie zu der Badeplattform.

Aber sie waren nicht leise genug, die Ankerwache erwischte sie und Mariana und Lisa hatten den allergrößten Spaß daran, sie quer über das Deck zur Rede zu stellen. Ob das ein genehmigter Tauchgang sei? Soweit sie wüssten, müssten doch neuerdings Astrid oder Martin immer mittauchen. Holly fürchtete, dass die beiden Zicken gleich das ganze Schiff aufwecken und so ihren Plan in letzter Sekunde zum Scheitern bringen würden.

Jason rettete sie, indem er ganz ruhig blieb und den Skipper herauskehrte. Er lobte die Mädels für ihre Wachsamkeit und erklärte ihnen, dass sie den Schiffboden wegen des kommenden Sturms nach Rissen absuchen mussten. Er war so überzeugend, dass Holly ihm diesen Unsinn beinahe selbst abgekauft hätte. Er bat Mariana und Lisa eindringlich nachzusehen, ob alles sturmtauglich aufgeräumt war, während seine Tauchgruppe das Schiff unten checkte. Sie müssten umherliegende Wulinge beseitigen, überprüfen, ob die Segel alle richtig eingeholt waren, und sicherstellen, dass die Leuchtraketen funktionierten. Leuchtraketen! Holly grinste. Jetzt übertrieb es Jason aber. Doch Mariana und Lisa waren so entzückt über Jasons Aufmerksamkeit und das Gefühl von Wichtigkeit, das er ihnen dabei vermittelte, dass sie immer nur nickten und ihnen dann sogar noch dabei halfen, in das Beiboot zu steigen.

Es war ziemlich eng in dem Schlauchboot, das eigentlich ausreichend groß für zehn Personen war, aber sie waren nicht nur in voller Tauchmontur, also Neoprenanzügen und Tarierwesten, sondern hatten auch Sauerstoffflaschen, Flossen und Tauchmasken dabei, außerdem Schnorchel, Messer und Lampen.

Das Boot lag wegen all dem Gewicht sehr tief im Wasser, aber nachdem Jason den Außenbordmotor angeworfen hatte, glitt es sofort mit einem satten Brummen über das Wasser, das im Mondlicht glatt und träge wie Öl dalag.

»Unvorstellbar, dass es nicht die ganze Nacht so friedlich bleiben soll«, murmelte Amy, die am Ruder saß und versuchte, den Kurs zu halten, den Ju ihr über den Kompass in seinem Handy vorgab.

»Hast du keine Angst, in diese schwarze Masse abzutauchen?«, fragte Amy Holly leise.

»Doch und wie«, sagte Holly, die wie vor jedem Tauchgang mit leichter Panik erfüllt war. Sonst hörte das ja auf, sobald ihr Körper im türkisblauen Wasser schwebte und die Atemblasen regelmäßig und silbern von ihr aufstiegen, aber nun war alles um sie herum rabenschwarz. Am Himmel blinkten zwar ein paar Sterne und der Halbmond spiegelte sich zitternd auf dem Wasser, aber es war klar, dass sie unter Wasser nur die Lichter ihrer Lampen haben würden.

»Eigentlich ist es passend, dass es so dunkel ist wie im Grab«, flüsterte Amy, »trotzdem glaube ich, dass ihr verrückt seid.«

»Warum kommst du denn dann mit?«, fragte Holly.

»Weil ich diesen Blödmann geliebt habe.«

»Warum dann nur *Bye, bye Nick?«,* fragte Holly.

»Weil das, was zwischen ihm und mir war, keinen was angeht.«

Das leuchtete Holly ein.

»Gehen wir noch mal alles durch«, schlug Sam vor. »Amy, du musst dafür sorgen, dass die Lampe immer gut sichtbar über Bord hängt, damit wir wissen, wohin wir zurückmüssen. Hast du die Ersatzlampe griffbereit?«

Amy tastete den Berg mit Ausrüstung ab, der vor ihr lag, und zog einen Scheinwerfer hervor.

»Gut! Jeder von euch hat eine eigene Lampe. Ju und Jason, ihr habt außerdem die Ersatzlampen, ja?«

»Okay!«

»Wir gehen zügig runter, damit wir genug Zeit haben, die Urne abzulegen, und wir bleiben eng beieinander, ist das klar?«

»Klar!«, antworteten sie im Chor.

»Ich werde Holly im Blick haben, Jason und Ju, ihr kümmert euch um Nina. Ist das klar?«

Alle nickten.

»Nur zu eurer Erinnerung: unter Wasser niemanden direkt anstrahlen oder wild mit den Lampen rumfuchteln. Wir verwenden die Handzeichen, die ihr alle kennt, und beleuchten unsere Hände.«

»Halleluja und amen«, murmelte Amy leise.

Sam ließ sich davon nicht beirren. »Tiere werden erst

recht nicht direkt angeleuchtet, manche verhalten sich nachts anders als tagsüber, vor allem die nachtaktiven Jäger wie Muränen und Meeraale.« Holly spürte, wie sich Amy neben ihr schüttelte, und sie erinnerte sich nur zu gut an den riesigen Aal, der sie im Wrack so erschreckt hatte.

»Prüft ein letztes Mal nach, ob ihr eure Finimeter, Tiefenmesser, Computer und den Kompass im Dunkeln ablesen könnt.«

»Wir sind da!« Jason schaltete den Motor aus und Sam bat Amy, die Lampe über Bord zu hängen.

Jason ließ sich als Erster rückwärts von Bord ins Wasser fallen, ihm folgten Nina und Ju, als Vorletzte Holly und schließlich Sam.

Alles um Holly herum war schwarz. Sofort schaltete sie ihre Lampe ein und konzentrierte sich darauf, sich auszutarieren, damit sie nicht zu schnell nach unten sank. Sie versuchte, ganz ruhig zu bleiben, was zu ihrer großen Verblüffung gar nicht so schwer war, wie sie befürchtet hatte. Die Dunkelheit, die sie umgab, zwang sie dazu, sich zu sammeln und auf den Lichtstrahl zu fokussieren. Im Licht der Lampe entdeckte sie die unzähligen winzigen Teilchen, die im Wasser herumwirbelten und die sie im Hellen noch nie so deutlich gesehen hatte.

Sam paddelte dicht neben ihr, tippte sie an, beleuchtete dann seine Hände und führte Zeigefinger und Daumen zu einem Kreis zusammen. Damit fragte er sie, ob alles okay wäre. Nein, dachte sie, nichts ist okay, aber sie antwortete mit der gleichen Geste. Jetzt war nicht der Moment für Diskussionen.

Er nickte ihr zu und leuchtete dann zu den anderen hin, alle schwebten nahe beieinander langsam nach unten.

Nina versuchte, neben Holly zu gelangen, aber Sam zeigte ihr mit den Daumen, dass Nina Jason folgen sollte, was Holly nicht so ganz verstand. Hauptsache war doch, dass sie alle zusammen waren. Nina schien das auch so zu sehen, denn erst als Sam seine beiden Zeigefinger aneinanderlegte, was so viel bedeutete, wie *Geh mit deinem Buddy,* schien Nina zu begreifen, was er ihr damit sagen wollte.

Während sie langsam und stetig in die immer tiefere Dunkelheit absanken, fühlte sich Holly wie berauscht. Als sie sich dem Meeresgrund näherten, schaltete Sam wieder seine Lampe ein und Hollys Blick folgte dem Lichtstrahl. Die Felsen, die im Tageslicht unbelebt gewirkt hatten, erwachten jetzt zu völlig neuem Leben. Blumenartige rosafarbene Röhren ragten aus den Algen und schnappten nach Plankton. Krebse und Schnecken, die sich tagsüber in Höhlen oder Spalten verkrochen, wagten sich im Schutz der Nacht aus ihren Verstecken auf der Suche nach Futter.

Plötzlich hielt Sam inne, drehte sich zu ihr, beleuchtete sein Gesicht, zeigte dann mit Zeige- und Mittelfinger direkt auf seine Augen und dann nach unten, was so viel wie *Schau mal dort!* bedeutete. Er richtete seine Lampe hinter einen Felsvorsprung. Ein riesiger braunroter Kalmar mit hellen Punkten auf dem Rücken schwamm eilig vor ihnen davon. Während drei unangenehm große bleiche Meeresspinnen sich in Angriffsstellung warfen.

Sam beleuchtete sich selbst und fragte schon wieder, ob alles okay wäre. Als Holly mit *Okay* antwortete, zeigte er nach unten und tauchte tiefer.

Wenn ich nicht wüsste, dachte Holly, dass in diesem Universum aus Dunkelheit dieses noch schwärzere Loch da unten nur das Wrack ist, würde ich es heute Nacht für den Eingang zur Hölle halten.

Das erinnerte sie an die Netze, die sie beim letzten Mal erschreckt hatten. Sie leuchtete sorgfältig vor sich her, um sie rechtzeitig zu entdecken. Darüber hätte sie im Vorfeld mit ihren Buddies sprechen müssen, vor allem mit Nina und Jason, die noch nicht hier unten gewesen waren.

Der Höhenmesser verriet ihr, dass sie schon bald am Wrack angekommen sein mussten, und sie verstärkte ihre Aufmerksamkeit. Doch dann wurde sie abgelenkt. Unter ihr bewegte sich etwas sanft und wunderschön in der Strömung hin und her. Ein Stoff aus Millionen glitzernder Glühwürmchen. Sie zeigte es Sam und zusammen schwammen sie darauf zu. Wenn ich eine Meerjungfrau wäre und heiraten würde, dann hätte ich gern ein solches Hochzeitskleid, dachte Holly unvermittelt und ermahnte sich sofort, mit diesem Unsinn aufzuhören. Man wusste ja, was mit der Meerjungfrau passiert war, die sich verliebt hatte. Liebe macht einen nicht nur stumm, sondern auch unglücklich, dachte sie und war froh, dass beim Tauchen ein Gespräch unmöglich war.

Als sie näher kamen und dieses zarte Wunder aus Licht mit den Lampen anstrahlten, verschwanden die vielen schimmernden Pünktchen und es wurden wieder hässliche alte Netze daraus, die mit grünen Algen und kleinen Muscheln überzogen waren. Obwohl sie so aufgeregt war, spürte Holly das Bedürfnis zu gähnen, was sie natürlich unterdrücken musste. Sie bekam nur schwer Luft, aber ihr Atemgerät zeigte keine Störung. Es gab also keinen Grund, die anderen in Panik zu versetzen.

Kurze Zeit später waren sie alle an dem Platz angekommen, den Ju dafür ausgesucht hatte, und Holly fand, er hatte seine Sache gut gemacht. Dieser Ort wirkte wie ein rundes Zimmer mitten im Meer. Den Boden bildete ein Teppich aus Seegras, in dem sich ein paar Mönchsfische versteckt hatten, die vor ihren Lichtern flohen. Auf der einen Seite war der Platz von einem gigantischen mit Muscheln verkrusteten Anker begrenzt. Die anderen Wände bildeten halbhohe mit Korallen und Schnecken bedeckte Felsansammlungen. Vor denen ragten grüne Säulen auf, deren Bewuchs aus sonnenblumengroßen rotbraunen Schraubensabellen bestand, deren runde Köpfe aus vielen einzelnen federboaartigen Strängen von der Strömung sanft hin und her bewegt wurden. Diese Säulen waren sicher einmal eiserne Stützpfeiler in dem Schiff gewesen, aber jetzt im Licht ihrer Lampen wirkte dieser Platz auf Holly wie der heilige Altar im Tempel eines Meeresgottes.

Das würde Nick gefallen, dachte Holly und hatte Mühe, ihre Gedanken zu ordnen. Sie fühlte sich ein bisschen wie berauscht und sah sich nach Nina um, für die sie hier unten waren, denn Nick war tot und niemand wusste, ob er etwas von ihrer Aktion mitbekommen würde.

Erwartungsvoll schauten sie alle Nina an. Diese malte mit ihrer Lampe einen Kreis über den Boden, woraufhin sie sich ringförmig um Nina gruppierten und sie mit ihren Lampen anleuchteten. Nina wartete einen Moment, bis sie einen sicheren Stand in der Seegraswiese austariert hatte, dann hob sie die kleine Schatzkiste hoch über ihren Kopf wie eine antike Priesterin, die ein Opfer darbringt, und verharrte dann so, als würde sie auf die Anweisungen der Götter warten.

Schließlich beugte sie sich hinunter, um die Kiste auf

dem Teppich aus Seegras abzustellen, und die Lichtkegel von Jason, Ju, Sam und Holly folgten ihren Bewegungen.

In dem Augenblick, als die Kiste den Grasteppich berührte, schoss eine blaue Muräne wütend aus einem der Felsen, die den Platz umgaben. Nina zuckte zusammen und ließ ihre Lampe fallen. Aber die Muräne schnappte mit ihrem riesigen harten Maul nach der Kiste und nach Nina, die erst erstarrt war und dann versuchte, der Muräne zu entkommen. Die anderen bemühten sich, das Tier mit ihren Lichtern abzulenken, aber es war hartnäckig.

Hollys Puls fing an zu rasen, sie atmete hektischer und bekam immer weniger Luft. Sie machte sich Sorgen, ob die Muräne Nina gebissen hatte, denn das konnte sehr schmerzhaft sein. Beunruhigt paddelte sie zu Nina, doch Sam war schon bei ihr und kümmerte sich um sie, ebenso wie Ju und Jason.

Dann werde ich mich anderweitig nützlich machen, dachte sie, und Ninas Lampe suchen. Holly bekam immer weniger Luft. So stark habe ich mich doch auch wieder nicht erschreckt, überlegte sie und zwang sich, ihren Atem unter Kontrolle zu bringen. Ein und aus. Ein und aus.

Sie leuchtete den Boden ab, verscheuchte damit ein paar Krebse, die es sich im Seegras gemütlich gemacht hatten, und hielt Ausschau nach Ninas Lampe. Was man alles entdeckte, wenn man so genau und konzentriert hinschaute: Schwämme, Feuerwürmer und Seesterne, alles, nur keine Lampe.

Mittlerweile hatte Holly das Gefühl, dass ihre Lungen gar keine Luft mehr bekamen, ganz egal, wie tief sie einatmete. Sie spürte mehr und mehr das irrationale Bedürfnis, sich die Maske vom Gesicht zu reißen, um mal so richtig tief durchzuatmen. Das war kein gutes Zeichen und sie sah sich Hilfe suchend nach ihren Buddies um, aber die waren mit Nina beschäftigt. Du musst dich einfach nur ein bisschen zusammenreißen, Holly! Sie wendete sich wieder dem Boden zu – da lag etwas mitten im Gras, das ihre Aufmerksamkeit auf sich zog. Sie schwamm näher hin und erkannte jetzt erst, was es war. Eine Ecke der Schatzkiste ragte aus dem Gras hervor, zerlöchert vom Angriff der Muräne. Dann konnte die Lampe nicht weit sein. Trotzdem zögerte sie, näher hinzupaddeln, vielleicht wartete das Vieh dort noch irgendwo.

Die Schatzkiste ... Holly hatte noch nie die Asche eines Toten gesehen. Sie wäre auch nie auf die Idee gekommen, Nina darum zu bitten, die von Nick betrachten zu dürfen. Es wäre ihr einerseits unheimlich gewesen und andererseits irgendwie unanständig vorgekommen, so als würde man jemanden heimlich beim Umziehen beobachten. Aber in diesem Moment siegte ihre Neugier und sie riskierte einen schnellen Blick in die Schatzkiste.

Die Urne aus Pappmaschee war leer.

Leer?

Leer! Das war unmöglich! Es müsste sich doch irgendeine Art von grauer Substanz darin befinden, etwas, das langsam dabei war, sich im Wasser aufzulösen, aber sie konnte nichts entdecken. Rein gar nichts. Sie schwamm noch näher hin und richtete das Licht ganz direkt in die Kiste.

Leer!

Konnte sich Asche so schnell verteilen? Seit dem Angriff der Muräne waren doch nur Minuten vergangen. Sie leuchtete die nähere Umgebung ab.

Nichts, nur das Seegras. Sie leuchtete weiter. Sie musste

sich wirklich mehr anstrengen, um Luft in ihre Lungen zu bekommen. Ah, dort drüben schimmerte etwas rosa. Aber Asche war doch nicht so knallpink. Es musste ein Fisch sein, eine Krabbe oder eine Languste. Vielleicht lockte die Asche Tiere an, vielleicht war das ein Leckerbissen. Holly schauderte, aber dann dachte sie daran, was die Würmer mit den Leichen bei Erdbestattungen auf dem Friedhof anstellten. Es war der Kreislauf der Natur. Vorsichtig näherte sie sich dem Farbklecks.

Sie hechelte mehr, als sie atmete, und fühlte sich seltsam benommen, deshalb starrte sie zuerst nur auf den Gegenstand und konnte ihn nicht einordnen. Doch als langsam in ihr Bewusstsein einsickerte, was es war, hatte sie das Gefühl zu träumen. Das musste ein Traum sein, es blubberte auch so komisch in ihren Ohren.

Das Ding, das da halb verborgen in der Seewiese lag, war ihr Handy, ihr altes Handy.

Sie griff danach, aber ihre Hände machten nicht das, was sie sollten, machten einfach gar nichts, aber das war nicht schlimm, es war so schön hier, so wundervoll. Sie spuckte den Atemregler aus, da kam nichts raus, wozu also die Anstrengung? Sie würde die Luft einfach anhalten. Etwas in ihrem Inneren sagte dauernd *Oktopus*, aber sie sah gar keinen. Nur das Seegras und die Schraubensabellen. Sie versuchte, sich auch so zu drehen wie sie und mit der Strömung zu tanzen, aber das war gar nicht so einfach. Und die Luft wurde jetzt doch sehr knapp. Ich sollte die Maske abnehmen und mal richtig durchatmen, dachte Holly. Was für ein Schwachsinn, diese Maske. Sie nestelte mit beiden Händen an ihrer Maske, dabei entglitt ihr die Lampe. Egal, dachte sie, als es dunkel um sie herum wurde, ich möchte mich hinlegen und schlafen. Ja, schlafen. Der Gedanke breitete sich in ihrem Körper aus, beruhigte sie und ein Gefühl tiefen Friedens durchströmte ihre Brust.

18

Casanova war ein Heiliger
gegen dich!!!
Hab Mitleid, es nahm
ein übles Ende mit dem Mann.
Mit dir auch, das ist sicher.
Ich jedenfalls hab keinen
Bock mehr auf diese Lügen.

Plötzlich wurde Hollys Gesicht angestrahlt. Lass mich in Ruhe, dachte sie, ich will einfach nur meine Ruhe haben. Das Licht wurde noch heller, jemand blendete sie absichtlich. Was sollte denn das?

War das Sam? Sam, sie wollte ihm winken, aber sie konnte nicht. Dabei wäre es doch schön, wenn sie jetzt in Sams Armen einschlafen würde. Er machte ihr Zeichen, war so hektisch.

Jetzt schüttelte er sie, wie lästig, er sollte sie in Ruhe lassen, einfach nur in Ruhe lassen. Aber er ließ nicht locker und stopfte ihr etwas in den Mund, etwas, das Luftblasen blubberte, dabei hielt er ihre Arme fest. Aber wozu das alles? Sie spuckte das Ding aus.

Er zwickte sie in den Hals, fest und gemein, stopfte ihr das Blubberding wieder in den Mund und sie atmete ein, mehr zufällig als gewollt. Das brachte alles durcheinander, war wie ein Weckruf. Sie musste husten und spuckte das

Ding aus, aber er hielt sie fest und schob es ihr wieder in den Mund. Jetzt wollte sie Luft, gierte nach Luft und geriet in Panik. Atmete viel zu schnell, wusste, sie musste ausatmen, musste ihren Atem kontrollieren, was war mit ihr passiert, was um Himmels willen war mit ihr geschehen? Fieberhaft versuchte Holly, klar zu werden, zu sich zu kommen.

Sam hielt sie weiter fest und half ihr dabei, einen Atemrhythmus zu finden. Dann zeigte er mit dem Daumen nach oben. Holly brauchte einen Moment, um zu kapieren, was er meinte, er wollte nach oben. Er leuchtete nach oben, sie nickte und dann begannen sie zusammen den Aufstieg. Holly versuchte weiterhin, ihre Panik zu unterdrücken, jetzt wollte sie nur so schnell wie möglich raus aus diesem schwarzen Grab. Aber Sam zwang sie immer wieder zu einem Dekompressionsstopp.

Plötzlich durchzuckte sie die Erkenntnis, dass sie ja nicht allein hier gewesen waren, wo waren die anderen?

Je höher sie kamen, desto ruhiger wurde Holly. Ihr Atem stabilisierte sich, doch es kam ihr so vor, als ob das Wasser unruhiger wurde, oder schien das nur so, weil ihr Körper innerlich noch so aufgewühlt war?

Nein, das Wasser war so unruhig, dass es fast unmöglich wurde, Luft von Sams Ersatzatemregler, dem *Oktopus,* zu nehmen, sie mussten alle Kräfte aufbieten, um nicht auseinandergetrieben zu werden.

Holly wunderte sich, dass es kein bisschen heller wurde, je höher sie schwammen, müsste nicht das Licht von Amys Boot hier irgendwo auf sie warten?

Aber es wurde nur dunkler statt heller. Und das Wasser wurde immer wilder. Sie erreichten die Wasseroberfläche.

Doch es war gar keine Oberfläche mehr, Wellen türmten sich auf und klatschten auf sie herunter, Wind peitschte so heftigen Regen auf sie herab, dass Holly ihn wie kalte Nadelstiche durch den Neoprenanzug spürte. Sie versuchten beieinanderzubleiben, aber die Strömung trieb sie auseinander. Sam riss sich die Maske vom Gesicht, eine Welle schlug sie ihm aus der Hand, aber er holte sie sich zurück. Er versuchte, mit ihr zu reden, doch schon klatschte ihm die nächste Welle Salzwasser in den geöffneten Mund und brachte ihn zum Husten. Holly schwamm näher zu ihm hin, um ihn besser zu verstehen. Sie schob ihre Maske vom Gesicht und achtete darauf, nicht mit dem Mund zu atmen.

»Sam!«

»Das Boot!«, krächzte er. »Das Boot!«

Holly versuchte, sich etwas aus dem Wasser zu schrauben, um besser zu sehen, aber das Meer war so aufgewühlt, die Wellen so hoch, dass sie nichts erkennen konnte. Sie musste sich darauf konzentrieren, nicht unter einer Welle begraben zu werden.

»Ich glaube, da drüben blitzt etwas!«, keuchte Sam. »Komm mit, aber lass uns dorthin tauchen, schwimmend schaffen wir das niemals.« Sie legten ihre Masken wieder an und tauchten gerade so weit ab, bis das Wasser etwas ruhiger wurde, in die Richtung, in der Sam etwas gesehen hatte.

Jetzt klappte das mit dem Oktopus viel besser als vorhin, weil Holly wieder völlig bei sich war. Dafür breitete sich Angst in ihrem Körper aus. Was, wenn das Boot weg war? Würden sie damit überhaupt bis zum Schiff kommen? Wo waren die anderen?

Kein Licht weit und breit. Trotzdem schien Sam seiner

Sache sicher, er bedeutete ihr, dass er jetzt aufsteigen wollte, und Holly nickte ihm zu.

Dann sah sie auch ein Licht, aber es verlöschte sofort wieder. Doch es spornte sie an, gab ihr Hoffnung. Sie tauchten auf und wurden sofort von einer gewaltigen Welle begraben, die donnernd über ihnen zusammenbrach. Aber das Donnern hielt an, als die nächste Woge sich schon wieder über ihnen aufbaute, und das Licht flackerte auch wieder auf. Es gewitterte.

»Da drüben!« Sam schwamm zu Holly, nahm ihre Hand und paddelte in rasendem Tempo durch die Wellen.

Er hatte recht! Erleichtert erkannte Holly beim Heranschwimmen, dass es ihr Boot war, aber sie verstand auch sofort, dass sie damit niemals bis zum Schiff kommen würden. Das Schlauchboot wurde von den Wellen hin und her geschleudert, als wäre es ein Babyspielzeug in den Händen von Riesen. Wo war Amy? Wo waren die anderen?

Als sie es noch näher an das Boot geschafft hatten, hörte Holly Amy schreien, und als der nächste Blitz mit fast gleichzeitigem Donner krachend niederging, sah sie jemanden, der in dem Boot auf dem Boden kauerte und verzweifelt versuchte, sich festzuhalten.

Holly schob die Maske weg und wartete auf eine Donnerpause. »Hey, hallo, Amy bist du das? Wir brauchen Hilfe.«

Es kam keine Antwort.

»Hey, wir brauchen Hilfe!«, brüllte Holly verzweifelt. Sie würde es nicht mehr lange schaffen, sich über Wasser zu halten.

Immer noch keine Antwort, aber sie sah Hände, die sich an den Rand des Schlauchbootes klammerten, und am Glitzern der langen Nägel erkannte sie, dass es wirklich Amy war. Doch in dem Augenblick, als ihr klatschnasses

Haar über den Rand lugte, wurde das Boot schon wieder von einer Welle weggetrieben.

»In das Boot kommen wir bei dem Sturm niemals rein, nicht in voller Montur«, keuchte Sam, der neben sie geschwommen war. »Wir müssen die Flaschen und die Jackets abwerfen und dann die anderen suchen!«

»Können wir sie nicht Amy geben?«

Das Boot wurde gerade vom Wind angehoben und davongewirbelt, sie hörte Amys Kreischen im Heulen des Windes, dann klatschte es weit entfernt wieder hart aufs Wasser.

Nein, beantwortete Holly ihre Frage selbst, nie im Leben konnten sie das bewerkstelligen. Sie hatten Glück, wenn sie es in das Boot schafften.

»Damit verplempern wir nur kostbare Zeit und Energie, wir sollten zusehen, dass wir irgendeinen Unterschlupf finden.«

Holly verkniff sich ein hysterisches Lachen. Einen Unterschlupf? Weit und breit war nur Wasser und sonst nichts.

Es donnerte wieder.

»Hast du das gehört?«, fragte Sam.

»Den Donner?«

»Da ruft jemand.«

Holly hörte nur das Klatschen der Wellen und das Heulen des Windes. Aber Sam beharrte darauf.

»Wir müssen das Boot holen und schauen, was mit den anderen los ist! Lass uns wieder runtertauchen, sonst schaffen wir das nie.«

Holly fragte ihn nicht, ob sie noch genug Luft hatten, sie fragte ihn nicht, wie er das schaffen wollte, denn die Antwort war völlig klar: Sie würden es nie hier rausschaffen. Dennoch nickte sie und zog die Maske fest, was inmitten der Wellen fast unmöglich war, schließlich tauchten sie nach unten, wo sie als Erstes ihre Masken vom Wasser befreien mussten, dann leuchtete Sam mit der Lampe nach oben.

Erst nach einer gefühlten Ewigkeit erkannten sie die Umrisse des Bootes und er gab das Zeichen zum Aufstieg.

Der Wind war noch stärker geworden und trieb das Boot ständig von ihnen weg.

Jetzt entledigte Sam sich seines Jackets und kraulte zum Boot, wo er nach der Griffleine angelte, was ihm nach einigen fruchtlosen Versuchen schließlich gelang. Amys Kopf tauchte auf und sie half Sam dabei, sich hochzuziehen.

Holly überlegte nicht lange, zog ihr Jacket aus, fühlte sich spürbar erleichtert, wurde aber kalt von einer Welle erwischt und schluckte eine Menge Wasser. Das Boot, dachte sie, das Boot, ich muss zum Boot. Sie schwamm darauf zu, aber die Griffleine hing so hoch, dass sie nicht drankam. Mit letzter Kraft rief sie nach Sam und Amy.

Sam beugte sich weit über das Boot, um ihr zu helfen, und wurde von Amy an den Beinen festgehalten. Er erwischte ihre Hand und zog sie ins Boot, wo sie wie eine zu Tode erschöpfte Robbe am Boden liegen blieb und nach Luft schnappte, während der Regen in Strömen auf sie niederprasselte.

Amy kauerte sich neben sie und nahm ihre Hand. »Das überleben wir nie!«, schrie sie durch den Wind. »Niemals!«

»Wir müssen die anderen suchen!« Sam versuchte, den Außenborder zu starten, aber außer einem kleinen Rülpser gab er nichts von sich. »Abgesoffen!«

»Amy, wo sind die Ruder?«

»Weg! Rausgeschleudert.«

»Seid mal still, ich habe was gehört«, unterbrach Holly die beiden, war sich aber nicht sicher, ob es nicht doch nur das Heulen des Windes war.

Es klang wie »... Oo ... iiii!«

»Das kommt von da drüben«, sagte Amy.

»Versuchen wir es mit Paddeln?«, schlug Sam vor.

»Unsinn, aber wie wäre es, wenn einer von uns sich die Festmacherleine umlegt und mit dem Boot in die Richtung der anderen schwimmt?«, sagte Holly.

»Bei dem Sturm? Blödsinn!«

»Und wenn wir es zu zweit machen?«

»Nein«, wimmerte Amy, »lasst mich hier nicht mehr allein!«

»Zu zweit ist es genauso schwachsinnig, aber etwas Besseres fällt mir auch nicht ein.« Sam versuchte zu grinsen, aber es gelang ihm nicht.

»Vorher ziehen wir die Schwimmwesten an.« Holly kroch zu einem der Sitze und zerrte im Kampf gegen das Schwanken des Bootes mühsam eine Weste darunter hervor, die ihr sofort vom Wind aus der Hand gerissen wurde.

»Verdammt!«

Jetzt hörten sie alle drei Hilfeschreie durch den Wind. Sie mussten sich beeilen.

Sam kroch zu Holly und versuchte, sie vor dem Wind etwas abzuschirmen. So schafften sie es, nacheinander drei Westen herauszuziehen und anzulegen. Dann holte Sam die Festmacherleine ein und knüpfte mit einem doppelten Palstek zwei Schlingen, die eine legte er um Hollys, die andere um sein Handgelenk.

»Das ist eine Scheißidee!«, sagte Amy, als die beiden wieder ins Wasser glitten und sich auf die Suche nach den anderen machten. Völlig sinnlos, dachte Holly, während sie keuchend gegen den Sturm anschwamm. Es kam ihr so vor, als ob jeder Millimeter, den sie gewonnen hatten, von dem Schlag einer einzigen Welle wieder ausgelöscht würde. Wir sollten umkehren, dachte sie, ich kann nicht mehr. Meine Arme und Beine sind schwer wie Blei, ich hänge nur noch in der Weste. Aber dann fragte sie sich, ob Jason aufgeben würde, wenn sie irgendwo im Wasser um Hilfe rufen würde. Niemals. Das würde er niemals tun.

Sam zeigte ihr einen Daumen hoch. »Da vorne schwimmt etwas«, brüllte er ihr durch den Sturm zu.

Hoffentlich ist es nicht nur ein Baumstamm, dachte Holly.

Einen Moment später erkannte sie, dass es wirklich Nina, Ju und Jason waren, die noch in voller Tauchermontur nach ihnen winkten.

Obwohl sie es noch lange nicht geschafft hatten, liefen Holly heiße Tränen über die Wangen. Sie lebten alle!

Sam und sie verdoppelten ihre Bemühungen, vorwärts zu kommen.

Doch als ob der Sturm das um jeden Preis verhindern wollte, wurde der Wind noch schneller und die Wellen stiegen noch höher auf als vorher.

Als Jason sah, dass Sam und Holly keine Flaschen mehr auf dem Rücken hatten, nahm er die Lampe aus einer der Taschen und klemmte sie in den Ärmel seines Neoprenanzugs, dann entledigte er sich seines Jackets und Ju tat es ihm sofort nach, nur Nina nicht.

»Sie ist zu schwach«, rief Jason ihnen zu. »Diese elende

Muräne hat sie gebissen, wir müssen sie als Erste ins Boot schaffen!«

Wenn ich das überlebe, werde ich nie mehr zum Tauchen gehen, nie mehr schwimmen, dachte Holly, während sie ständig Salzwasser schluckte und ihre Augen brannten. Wenn ich das überlebe, müssen Sam und ich miteinander reden. Wenn ich das überlebe, werde ich den Whistler finden und verprügeln.

Nachdem sie endlich alle im Boot saßen, zogen sie die restlichen Rettungswesten an und klammerten sich am Griffseil fest, denn der Sturm tobte ständig noch stärker. Keiner sagte ein Wort und Holly fragte sich, wer von ihnen zuerst schlappmachen würde. Und sie hoffte sehr, dass es nicht sie sein würde.

Sie suchte Ninas Blick, aber die starrte katatonisch vor sich hin, als wäre sie eingefroren.

Immer öfter wurde das ganze Boot hochgerissen und durch die Luft gewirbelt, bis es wieder hart auf das Meer knallte, wo regelmäßig große Brecher über ihnen zusammenkrachten. Die ganze Zeit mussten sie Wasser aus dem Boot schöpfen. Dazu verwendeten sie die Flossen, denn etwas anderes hatten sie nicht mehr, weil der Sturm alles aus dem Boot rausgeschleudert hatte, was nicht niet- und nagelfest war.

Es hatte keinen Sinn, sich zu unterhalten, weil jedes Wort vom Heulen des Windes übertönt wurde. Irgendwann wird auch diese Nacht vorbei sein, dachte Holly, irgendwann wird der Sturm aufhören. Aber dann fiel ihr ein, dass Jason erzählt hatte, dass diese Bora drei Tage lang dauern könnte. Könnte, Konjunktiv, er *könnte* so lange dauern. Das musste nicht zwingend so sein. Wenn er jetzt so verheerend war, war er vielleicht schneller vorbei als ein mäßiger Sturm.

Sam deutete auf die Leeseite. Holly folgte seinem Zeigefinger, erkannte erst nichts und kniff dann die Augen zusammen. Da leuchtete etwas Weißes und ein Stückchen weiter links noch etwas. Was war das? Felsen? Felsen, gegen die man geschleudert werden konnte? Wunderbar, das wurde ja immer noch besser! Sie fokussierte ihren Blick, aber die Gischt war so stark und es war einfach zu dunkel, um Genaueres zu erkennen.

Gerade als Holly dachte, schlimmer könnte es ganz sicher nicht mehr kommen, spürte sie, wie die pralle Umrandung des Bootes schlaffer wurde, schlaffer und schlaffer. Sie verloren Luft.

Und was jetzt?

»Das Boot muss unten aufgeschlitzt worden sein«, rief Sam mit fester und so lauter Stimme, dass sie sich gegen den Wind durchsetzen konnte. »Wir müssen schwimmen.«

»Wie sinnlos, wo sollen wir denn hin?«, stöhnte Amy.

»Das ist ein gutes Zeichen!«, beschwichtigte Sam und Holly hätte beinahe einen hysterischen Lachanfall bekommen. Ihr Boot schrumpfte gerade im Zeitraffertempo dahin, oh ja, klar, das war toll!

»Es bedeutet, dass wir in der Nähe von Land sein müssen, wir können das schaffen!«

Ju legte den Arm um Amy und drückte sie fest. »Du bist eine gute Schwimmerin.«

»Im Hallenbad. Ihr habt alle Neoprenanzüge, ich werde sofort auskühlen. Und die Felsen da unten werden Hackfleisch aus meiner Haut machen.«

Das Schlauchboot verlor jede Spannung, der Außenborder versackte im Meer, Wasser schwappte von allen Seiten hinein und machte jede weitere Diskussion hinfällig.

Amy schrie auf, als sie von einer Welle erwischt wurde, und bekam sofort einen Schwall Salzwasser in den offenen Mund. Sie rang nach Luft. Holly schwamm zu ihr, um ihr zu helfen, aber Wind und Wellen waren so stark und sie selbst so viel schwächer als noch vorhin, dass sie alle Mühe hatte, sich über Wasser zu halten. Ohne die Weste wäre sie zwischen den Wellenbergen verloren. Das Krachen und Klatschen, das Pfeifen und Heulen des Sturms vermischte sich mit weit entferntem Donnern zu einer bedrohlichen Melodie, von der ihr schwindelig wurde. Schnell verlor sie die anderen aus den Augen, musste sich ganz auf sich selbst konzentrieren. Sie hatte einen Moment nicht aufgepasst, tauchte nicht schnell genug ab und eine gigantische Welle riss sie unter Wasser. Jetzt werde ich ohnmächtig, dachte Holly, jetzt ist alles vorbei.

In diesem Moment wurde sie von der nächsten Welle gegen eine spitze Felskante geschleudert. Schmerz brandete von ihrer Wade hoch in den Oberschenkel bis direkt in ihren Kopf, wo er wütend explodierte. Sie atmete nur noch hechelnd.

Felsen, dachte sie, Sam hatte recht. Sie tastete mit den Füßen unter sich und fühlte den schroffen Karstfelsen an ihren bloßen Füßen, ihre Flossen waren mit dem Boot untergegangen. Wenn sie sich nur irgendwo festhalten könnte, aber das war unmöglich, die Wellen schlugen sie entweder gegen den Felsen oder sogen sie mit aller Kraft davon weg.

Aber war das nur ein Felsen oder gehörte er zu einem Stück Land, einer Insel? Sie versuchte, durch die Gischt etwas zu erkennen, und wurde dabei erneut gegen den Felsen geschleudert, diesmal an eine andere Stelle, mit den Knien voran. Die nächste Welle katapultierte sie nach vorne, wo sie unverhofft einen rauen Felsvorsprung zu fassen bekam, an dem sie sich festhalten konnte. Da rauf, raus hier, nur raus. Sie zog sich hoch, doch sie war viel zu schwach, ihre Füße fanden keinen Halt, sie sackte zurück. Da erfasste sie eine neue Welle, zog sie mit sich und spuckte sie auf einen Kiesstrand mit scharfkantigen Steinen. Auf allen vieren kroch sie voran, weg, nur weg von diesem wahnsinnigen Sturmgebrodel. Immer noch leckten die Wellen an ihren Füßen, also noch ein Stück weiter. Weiter, du musst weiter.

Erschöpft blieb Holly schließlich liegen und tastete den Boden ab, er war voller Steine, die zwar nass vom Regen waren, aber auf einem festen Untergrund lagen. Hier war sie in Sicherheit.

Tränen liefen ihr über die Wangen, das Meer hatte sie wieder ausgespuckt. Sie würde es schaffen.

Aber was war mit ihren Freunden? Vielleicht hatten die anderen nicht so viel Glück gehabt. Sie versuchte, sich aufzurichten, schaffte es aber nur auf die Knie, die gegen die messerscharfen Steine mit Schmerzen protestierten. Dann brüllte Holly mit aller Kraft, die sie noch aufbringen konnte, gegen den tobend schwarzen Sturm an. Immer und immer wieder »Hallo, hallo, hallo!«, um die anderen auf diesen Strand aufmerksam zu machen. Wie dumm, dass sie ihre Lampe nicht mehr hatte, dann könnte sie den anderen jetzt Signale geben. In diesem Moment blinkte ein Licht etwas unterhalb von ihr auf. Das musste Jason sein, er hatte als Einziger noch eine Lampe. »Jason«, brüllte sie, »Hier, Jason, hier!« Sie wollte hinlaufen und ihm helfen, aber sie schaffte es nicht, keinen Schritt mehr, nicht mehr kriechen, einfach nur noch liegen bleiben. Der Sturm würde sie mitnehmen auf seinen Flügeln wie ein fliegender Teppich und dorthin bringen, wo es keinen Schmerz mehr gab.

19

Fuck, und jetzt auch noch das.
Du Schwein, das Ergebnis ist positiv,
wenn du dich nicht sofort kümmerst,
dann bist du nur ein elender Feigling.
Jetzt komm mal wieder runter,
es findet sich für alles eine Lösung.

Heftiger Regen weckte Holly aus ihrem komatösen Schlaf. Verwirrt sah sie im Licht der Dämmerung an sich herunter. Entdeckte den zerschnittenen Neoprenanzug, die zerkratzten Füße, wusste nicht mehr, was genau passiert war, wo sie sich befand und warum ihr alles wehtat. Der Wind peitschte ihre Ohren mit seinen heulenden Böen. Schaudernd sah sie auf das schaumig aufgewühlte Wasser. Das Ende der Welt, dachte sie. Jason hat uns gewarnt und wir glaubten, er würde übertreiben. Niemals hätte Holly es für möglich gehalten, dass sich das spiegelglatte friedlich daliegende Meer in weniger als einer Stunde in eine so wütende Bestie verwandeln konnte. Doch nicht so schnell. Aber Jason hatte sie gewarnt, verdammt, wo war Jason, wo waren die anderen?

Sie versuchte aufzustehen, aber sie war lahm, alle Knochen im Leib schmerzten und der kalte Regen prasselte hart auf ihren Neoprenanzug. Amy fiel ihr ein, Amy, die furchtbar frieren musste. Nachdem es Holly gelungen war, sich aufzurichten, taumelte sie ein paar Schritte und musste sich mit aller Kraft gegen den mächtigen Wind stemmen, um stehen bleiben zu können.

Wo waren die anderen?

Sie sah nach unten zum Meer, konnte aber wegen eines Felsvorsprungs nichts sehen. Sie kämpfte sich ein paar Schritte Richtung Meer. Dort unten, was war das? Angespültes Treibgut oder Menschen? Mit jedem Schritt, den sie näher kam, wurde sie sicherer. Ja, das Schwarze waren Neoprenanzüge und dann erkannte sie Nina, Sam und Ju und daneben lag Jason, der Amy im Arm hielt.

Holly frohlockte, als hätten sie einen gewaltigen Sieg errungen, dabei waren sie weit davon entfernt. Immerhin hatten sie das Meer besiegt, sie lebten! Und sie würden diesen Sturm auch überleben. Sie rief nach ihren Freunden, der Sturm verwehte ihre Stimme, trotzdem hoben Sam und Ju ihre Köpfe. Sam versuchte aufzustehen, schaffte es aber nicht. Doch der Blick, den er ihr zuwarf, traf Holly mitten ins Herz und wärmte sie von innen. Er wollte zu ihr, er freute sich nicht nur, sie zu sehen, er war glücklich darüber.

Jason winkte ihr matt zu, nur Nina und Amy reagierten nicht.

Nachdem sie näher herangekommen war, wurde ihr klar, dass Amy schwer verletzt sein musste. Jason war dabei, an Amys Bein einen Druckverband anzulegen. Als Holly näher kam, versuchte er zu lächeln, aber er sah fürchterlich dabei aus, wie ein kranker Clown.

Holly umarmte Jason und unterdrückte ein Schluchzen angesichts von Amys Wunde. »Es sieht schlimmer aus, als es ist, weil sich ihr Blut mit dem Regen vermischt.«

»Was ist mit den anderen?«

»Sam hat sich das Sprunggelenk verletzt, als er mir geholfen hat, Amy an Land zu bringen, Ju und Nina sind unverletzt, nur erschöpft. Aber Nina scheint unter Schock zu stehen, sicher von dem Biss der Muräne. Kannst du mit ihr reden?«

Holly schleppte sich zu Nina und nahm sie in den Arm. »Wie geht es dir?«, fragte sie.

»Gut«, murmelte Nina nicht sehr überzeugend.

»Tut dir etwas weh, hast du Verletzungen?«

Nina schüttelte den Kopf. »Nur der Biss von dem Fisch und Schnittwunden. Aber wir haben es geschafft, Sweetie. Nick ist jetzt da, wo er immer sein wollte. Komischer Zufall, das mit dem Sturm, wie ein Zeichen, oder?«, flüsterte sie.

Holly zuckte mit den Schultern. Darüber konnte sie jetzt nicht nachdenken, sie mussten überlegen, wie sie hier wegkamen. Sie erhob sich und ging wieder hinüber zu Jason.

»Was machen wir denn jetzt?«

»Warten, bis der Sturm aufhört.«

»Das ist nicht dein Ernst!«

»Was denn sonst?«

»Wir müssen doch irgendwas tun!«

Jason rang sich ein Lächeln ab. »Schwesterherz, du klingst reichlich blond, ehrlich. Es gibt nichts, was wir tun könnten!«

»Unsinn, als Erstes müssen wir aus dem Regen raus, sonst erfrieren wir. Wir müssen irgendwohin, wo wir vor dem Sturm geschützt sind, wir müssen Feuer machen, ein Notsignal senden. Irgendwas. Hier herumliegen und warten ist das Einzige, was ich nicht kann!«

»Na gut, schau dich mal um, aber pass auf deine Füße

auf. Und nimm jemanden mit. Sam kann nicht gehen, aber er kann mir hier helfen.«

Holly hockte sich neben Amy, die gerade ihre Augen aufschlug. »Ich muss in der Hölle sein«, stöhnte sie, »ich kann mir nichts Schlimmeres vorstellen, alles tut weh, ich friere, der Scheißwind bläst einem das Hirn raus und wir sehen schon aus wie Zombies.« Amy hielt inne und nahm dann Hollys Hand in ihre. »Hör mal, findest du nicht, der Lärm hier klingt wie diese Meeresorgel? Und zwar wie das todbringende Finale ...«

Holly streichelte sachte über Amys Hand. »Schsch, alles wird gut. Ich suche uns einen besseren Platz.«

»Ist doch egal, wo man stirbt.«

»Finde ich nicht und jetzt spar deine Kräfte.«

»Das ist die Strafe für das, was wir getan haben. Man darf die Totenruhe nicht stören und deswegen sterben wir jetzt alle. «

Holly drückte Amys Hand fest, dann strich sie ihr die nassen Haare aus dem Gesicht und versuchte, ihr Entsetzen über Amys glühend heiße Stirn zu verbergen.

»Amy, niemand stirbt. Du fantasierst nur weil du Fieber hast. Dieser Sturm hat nichts mit uns zu tun, der wäre so oder so gekommen. Das weißt du doch.«

Amy verdrehte die Augen. Holly dachte erst, es wäre ein Kommentar zu dem, was sie gesagt hatte, aber dann wurde ihr klar, dass Amy ohnmächtig geworden war. Voller Panik schüttelte sie Amy und war erleichtert, als diese die Augen wieder öffnete. Amy musste aus diesem Unwetter raus!

Holly fragte Ju, ob er sie beim Auskundschaften begleiten wollte. Er stand sofort auf. Gemeinsam humpelten sie los, bis Holly unvermittelt stehen blieb.

»Wir müssen unsere Kräfte sparen«, keuchte sie und hielt die flache Hand über ihre Augen, um den Regen abzuhalten, der unablässig über ihr Gesicht strömte. »Wir können nicht einfach so rumlaufen.«

»Gut, finden wir raus, wo wir hier sind«, sagte Ju. »Ob es eine Insel ist, bewohnt oder unbewohnt, oder Festland.«

»Meiner Meinung nach brauchen wir zuerst einen Unterschlupf.«

»Von mir aus.« Ju nickte zustimmend. »In den vielen Büchern über diese Region hab ich gelesen, dass die Gegend eine Karstlandschaft ist, deshalb gibt es hier viele Höhlen. Im Zweiten Weltkrieg wurden die sogar dazu benutzt, Menschen aus dem Weg zu räumen. Man hat sie in Karstgruben oder Höhlen geworfen und einfach darin verhungern lassen.«

»Eine wirklich aufbauende Info. Hast du sonst noch irgendwas gelesen, was uns weiterhelfen könnte?«

Ju zuckte mit den Schultern. »Höhlen finden wir sicher eher Richtung Meer, weil das Wasser die Felsen aushöhlt.«

Das klang logisch.

Schweigend kämpften sie sich durch den Wind Richtung Ufer. Die Dämmerung war vorüber, doch der Himmel, aus dem unaufhörlich der Regen prasselte, war von einem so dunklen Grau, dass es Holly vorkam, als wäre der neue Tag schon wieder vorbei und die Nacht käme zurück.

»Entmutigend, dass man nirgendwo einen Weg erkennen kann«, brüllte Ju ihr durch den Wind zu. »Anscheinend sind wir auf einer der unbewohnten Inseln gelandet. Super, Wasser gibt es auf den unbewohnten Inseln der Kornaten nämlich nicht.«

»Wasser? Du machst dir Sorgen um Wasser? Soll das ein

Witz sein?« Holly zeigte in den Himmel, aus dem der Regen unablässig auf sie herabstürzte, und dann auf das Meer.

»Und wieso Kornaten, das Wrack lag doch gar nicht in den Kornaten.«

»Nein, aber dieser Sturm ist eine Bora, die hat uns wahrscheinlich in nordöstliche Richtung getrieben.«

»Du hast gewusst, wie wahnsinnig diese Bora sein kann, und hast Jason nicht dabei unterstützt, alles abzubrechen?«

»Ja, idiotisch. Aber ich war wie paralysiert. Ich dachte, wenn wir die Urne mit Nicks Asche versenkt hätten, würde Amy endlich aufhören, an Nick zu denken. Einmal wollte ich als Held dastehen und jetzt bin ich nur wieder ein Idiot. Hab ihr nicht mal den richtigen Verband angelegt.«

In dem Moment, als Ju die Asche erwähnt hatte, kamen alle Erinnerungen an ihren Tauchgang schlagartig zurück in Hollys Kopf.

Asche, welche Asche? Es war keine Asche in der Schatzkiste gewesen, stattdessen hatte sie etwas anderes gefunden. Aber was war es noch? Außer der Farbe Rosa kam ihr nichts in den Sinn, ihr Hirn wollte noch nicht wirklich rund arbeiten.

Ein Blitz zerteilte das Grau des Himmels und beleuchtete alles mit seinem fahlen Gelb. Wenige Minuten später hallte schon der Donner über das Meer.

»Verdammt, wir brauchen wirklich dringend einen Unterschlupf«, stellte Ju fest und versuchte, schneller voranzukommen. »Um eine Höhle zu entdecken, wäre es normalerweise am einfachsten, um den Strand zu schwimmen, aber bei der Brandung kann man das vergessen.«

Brandung? Das Meer sah aus wie eine kochende Suppe aus wild gewordenem Beton.

»Rechts oder links?«, fragte Ju, als sie am Ufer angekommen waren.

Holly deutete nach links, aber dann hatte sie eine bessere Idee. »Wenn wir uns trennen, geht es schneller.«

»Das tun wir nicht. Was, wenn einer ausrutscht oder den Weg zurück nicht findet. Die Schreie hört niemand!«

Er hatte recht. Der Wind hatte vom Donner befeuert wieder an Fahrt aufgenommen und machte eine Unterhaltung fast unmöglich.

Keine Asche, keine Asche, ging es Holly durch den Kopf, während sie über die spitzen, von Regen und Gischt glitschigen Steine kletterte. Warum war keine Asche in der Urne gewesen? Etwas in Rosa war aber da gewesen. Rosa Asche? Unsinn. Hatte das noch jemand außer ihr gesehen, hatte es überhaupt eine Bedeutung oder war einfach nur ihr Kopf beeinträchtigt, weil in der Nacht ihr Atemgerät versagt hatte? Sie erinnerte sich vage, dass sie keine Luft bekommen hatte, aber wie war sie dann hochgetaucht? Oder hatte sie einfach keine Ahnung und Asche löste sich unter Wasser durchsichtig auf? Aber wo kam dann das Rosa her? Würde Ju sie für verrückt erklären, wenn sie ihn dazu fragte?

Darüber konnte sie später nachdenken, jetzt musste sie aufmerksam sein, einen Unterschlupf finden, einen Ort, an dem Amy sich nicht zu Tode frieren musste. Sie gab sich wirklich alle Mühe, aber sie konnte weder den Gedanken an rosa Asche aus ihrem Kopf löschen noch eine Höhle oder Felsauswaschungen entdecken, in der mehr als eine Möwe Platz gehabt hätte. Es gab einfach keine. Nach einer weiteren Ewigkeit entdeckte Holly aber etwas anderes.

»Schau mal, da drüben!«, brüllte sie gegen das Heulen des

Windes zu Ju hin, der weiter unten die Felsen absuchte. Er hörte sie erst nach dem dritten Anlauf, dann kam er zu ihr, sah, was sie entdeckt hatte, und hob den Daumen zu einem Okay-Zeichen. Es war zwar keine Höhle, aber hier hatte die Natur die Felsen zu einer Art kleinen Kathedrale angeordnet, die ihnen wenigstens etwas Schutz vor dem Sturm bieten würde.

Zwei Felsenplatten lagen so übereinander, dass die obere ein Dach für die untere bildete, außerdem wurde der Nordwind auf der einen Seite von einem weiteren Felsvorsprung abgehalten.

Ju schlug vor, alleine zurückzugehen und die anderen zu holen, damit Holly sich ausruhen konnte, aber das lehnte sie ab, ihre Freunde konnten jede Hilfe gebrauchen.

Um sicherzugehen, dass sie den Felsvorsprung auch schnell wiederfinden würden, legte Holly als kleine Wegweiser alle paar Meter Steine zu kleinen Türmen übereinander. Nach anfänglichem Zweifel half ihr Ju und sie kamen schneller vorwärts.

»Wenn wir die anderen dorthin gebracht haben, erkunden wir die Insel«, schlug er vor, als sie dicht genug beieinanderstanden.

»Vielleicht ist es eine Landzunge und keine Insel, dann könnten wir Hilfe holen«, sagte Holly, die den Mut nicht verlieren wollte. Immerhin hatten sie bis jetzt überlebt, dann würden sie es auch nach Hause schaffen.

»Das glaube ich nicht, alles spricht dagegen.« Ju zuckte nur müde mit den Schultern, als wäre er zu schlapp, um ihr ernsthaft zu widersprechen. Den Rest des Rückwegs schwiegen sie.

Holly dachte wieder an den Tauchgang und versuchte,

sich zu erinnern, was da genau passiert war. Sie sah Nina vor sich mit der Kiste, dann die Muräne, die sie angegriffen hatte, aber danach nichts mehr. Ab da gab es nur noch Bruchstücke in ihrer Erinnerung. Sam, sie würde Sam fragen, sie erinnerte sich daran, dass sie zusammen das Boot gefunden hatten.

Die anderen waren zuerst nicht begeistert, sich bewegen zu müssen, aber Holly redete mit Engelszungen auf sie ein, und nachdem Jason ihnen versichert hatte, dass diese verdammte Bora tagelang dauern konnte, machten sie sich auf den Weg. Holly war froh, dass sie ihn vorhin mit den Türmchen markiert hatten, denn es schüttete wieder so stark, dass man kaum einen Meter weit sehen konnte.

Es dauerte Stunden bis alle in der kleinen Felskathedrale untergebracht waren, weil es einen Unfall gab, als Jason und Ju Amy über die Felsen tragen wollten. Ju war über einer nassen Felskante abgerutscht, konnte sich nirgends festhalten, wollte aber Amy auch nicht loslassen und hatte eine Art Spagat hingelegt, bei dem er sich wahrscheinlich die Schulter ausgerenkt hatte. Jedenfalls saß er jetzt blass neben Amy und konnte sich nur unter großen Schmerzen bewegen.

Dann hatte Holly Jason geholfen, Amy zu tragen, und danach hatten sie und Nina Sam beim Humpeln als Stützen gedient. Nina war zwar immer noch sehr ruhig, aber nicht mehr so schockstarr wie heute Morgen.

Nachdem sie alle unter dem Felsdach einen Platz gefunden hatten, an dem sie wenigstens vor dem Regen und dem Wind geschützt waren, atmete Holly auf. Endlich konnte man miteinander sprechen, ohne sich anschreien zu müssen.

»Wir brauchen dringend Hilfe!«, stellte Holly mit Blick auf die drei Verletzten fest. »Ich erkunde die Umgebung, vielleicht kommt man hier irgendwie weg, vielleicht wohnt hier sogar jemand. Was auch immer, ich werde etwas finden, das uns hilft.«

»Du wirst nichts finden.« So hoffnungslos hatte Ju noch nie geklungen. »Das ist eine Insel.«

»Ich komme mit!«, sagte Nina.

Gut, dachte Holly, dann kann ich mit ihr über die rosa Asche reden. Sie kann das sicher erklären. Nina muss schließlich wissen, wie Nicks Asche ausgesehen hat.

»Okay«, stimmte Jason zu, »dann geht ihr beide zusammen, ich kümmere mich um die Verletzten.« Er reichte Holly seine Neoprenhandschuhe. »Hier, zieh dir das über deine Füße, dann holst du dir nicht noch mehr Wunden. Das hätte mir schon mal eher einfallen müssen, aber ich musste erst Ninas Neoprensocken sehen, um draufzukommen. Wie geht's deiner Hand?«

»Okay.« Holly nickte, ihre verletzte Hand hatte sie völlig vergessen angesichts der neuen Schnittwunden an Füßen und Beinen. Aber das war alles nur oberflächlich, sie konnte immerhin noch laufen und sie wollte laufen, denn sie wollte, nein, sie musste ihre Freunde hier wegbringen. Und unerklärlicherweise hatte sie das Gefühl, es bliebe ihr nicht mehr viel Zeit dazu.

20

Ich hätte nicht gedacht,
dass du so ein Arsch sein kannst.
Es geht hier ja
nicht nur um dich
oder um Nina.

Sie marschierte mit Nina weg vom Meer. Es regnete nicht mehr ganz so heftig wie im Morgengrauen und auch der Wind hatte nachgelassen. Aber wie um an seine Kraft zu erinnern, flammte er immer wieder zu orkanartigen Böen auf und Holly hatte dann alle Mühe, ihm Stand zu halten. Nina schien das kaum etwas auszumachen, sie lief immer ein paar Schritte vor ihr, obwohl sie doch so viel zarter war als Holly.

Sie bahnten sich den Weg zwischen Felsbrocken und Steinen. Dann wurde es immer steiler, fast als wäre dieses Stück Land im Meer ein rechtwinkliges Dreieck, auf dessen Diagonale sie sich voranbewegten. Die Felsbrocken wichen einer geschlossenen glatten Felsenplatte, aus der hie und da etwas stacheliges Gras wuchs und deren Ränder steil ins Meer abfielen.

Keuchend hielt Holly inne. Sie waren etwa zehn Meter über dem Meer und von hier aus hatte man schon einen guten Blick. Aber ihr gefiel nicht, was sie zu sehen bekam. Wasser. Nichts als Wasser. Sie waren auf einer verdammten

Insel, einer kleinen verdammten Insel und ganz sicher war sie nicht bewohnt.

Rechts, nicht weit von ihnen, erhoben sich gewaltige Felsformationen aus dem Wasser, aber Holly konnte nicht erkennen, ob das auch wieder nur eine Insel war oder Festland.

Der Regen ging mehr und mehr in sanfte Tröpfchen über und die Farbe des Himmels verwandelte sich langsam von nassem Asphalt in die von schmutzigem Autobahnschnee.

»Nina, warte. Ich muss dich etwas fragen.«

»Okay.« Sie blieb stehen und musterte Holly so erstaunt, als wäre sie ein Wal in der Wüste.

»Wir sehen schlimm aus in diesen Neoprenanzügen, findest du nicht?«, fragte Holly, weil sie dachte, dass Nina sie deshalb so anstarrte, und weil sie mit ihrer Frage zur Asche nicht so rausplatzen wollte.

Nina nickte immer noch völlig abwesend und Holly wurde klar, dass sie Nina aus ganz anderen Gedanken gerissen hatte.

»Denkst du an Nick?«, fragte sie.

Nina schüttelte den Kopf. »Nicht mehr, jetzt nicht mehr.«

Sie lief ein paar Schritte an den rechten Rand der Felsplatte und setzte sich dorthin.

»Ich brauch 'ne Pause. Meine Bisswunde tut so weh.« Sie klopfte neben sich. »Der Regen hat fast ganz aufgehört, Sweetie, komm her.«

»Lass uns noch etwas höher raufgehen, vielleicht kriegen wir dann eine Idee, wie wir von hier wegkommen.«

»Na ja, überall um uns rum ist Wasser, sieht für mich nach einer Insel aus. Ich schätze, wir müssen warten, bis uns jemand entdeckt. Wir haben also alle Zeit der Welt. Holly, bitte, ich bin so schlapp, nur einen Moment.«

Zögernd setzte Holly sich neben ihre Freundin. Sie sollten sich lieber beeilen, bevor der Sturm wieder zu voller Stärke auflief. Mit Schaudern sah sie, wie steil der Fels von hier ins Meer abfiel. Das Meer wirkte allerdings viel ruhiger als auf der anderen Seite.

Nina lehnte ihren zarten Kopf erschöpft an Hollys Schulter. Holly kam sich prompt mies vor und zögerte, ihre Frage zu stellen. Sie hatten sicher alle einen Schock davongetragen, aber dann ließ es ihr doch keine Ruhe.

»Warum war keine Asche in der Kiste?«

Nina zuckte so leicht zusammen, dass Holly nicht sicher war, ob sie sich es nur eingebildet hatte.

»Du irrst dich.« Nina hob den Kopf und sah direkt in Hollys Augen. »Klar war da Asche.«

»Bitte versuch nicht, mich für dumm zu verkaufen, nicht nach allem, was passiert ist!« Holly schob Nina weg. Warum log ihre beste Freundin sie an? Wegen Ninas Plan, den sie alle nur knapp überlebt hatten, waren sie schließlich hier. Und jetzt hatte sie die Wahrheit verdient. Und zwar nichts als die Wahrheit.

»Also bitte sag mir, was da unten passiert ist.«

Diesmal wich Nina ihrem Blick aus. Doch als sie dann anfing zu reden, straffte sie ihre Schultern und sah Holly direkt an. Ihre stachelbeerfarbenen Augen wirkten wie tiefgefroren und verursachten ein merkwürdiges Kribbeln in Hollys Bauch.

»Gut, reden wir, Holly, reden wir über alles. Ich frage mich, wie du dich auf dich selbst verlassen kannst, jemand wie du, der über Bord fällt und komische Dinge tut? Eine wie du, in deren Brust zwei Seelen wohnen?«

Was denn für zwei Seelen? Ob Nina sich den Kopf gestoßen hatte? Das würde auch den Ausdruck in ihren Augen erklären.

»Sweetie, du warst einmal meine beste Freundin und dann hast du hinter meinem Rücken mit Nick rumgemacht. Du bist Tlazolteotl, die Dreckfresserin, die Göttin der verbotenen Liebe und Wollust. Die sich auch noch von Nick hat schwängern lassen! Du hast gedacht, dass es niemand rauskriegt. Du hast gedacht, dass niemand je erfahren wird, warum er so schnell gefahren ist an dem Tag und wo er hinwollte ... Aber einer hat es rausgefunden.« Sie lächelte trübe.

»Der Whistler!« Entsetzt starrte Holly Nina an. Dieser miese Dreckskerl hatte nicht nur Sam gegen sie aufgehetzt, er hatte auch noch Nina mit falschen Infos fertiggemacht.

»Nina, das ist alles völliger Müll. Ich habe nie mit Nick rumgemacht. Wir waren nur Freunde.«

»Oh ja, ich weiß!«

Angesichts ihres unpassend amüsierten Tones begann es jetzt, in Hollys Bauch noch heftiger zu grummeln.

»Das hat sich alles dieser Whistler ausgedacht!«, stammelte Holly.

»Du lügst. Wann immer du den Mund aufmachst, lügst du! Ich hab gesehen, was ihr euch auf WhatsApp geschrieben habt. Ich kann sie auswendig, eure lustigen, kleinen, ach so hintergründigen Botschaften. *Lass mich dein Öl sein. Nur, wenn sie so scharf ist wie du. Wann sagst du's ihr endlich, ich kann ihr nicht mehr ins Gesicht sehen ...*«

»Es gab keine hintergründigen Botschaften! Nie. Du weißt doch, wie Nick immer rumgeflachst hat. Mehr war das nicht. Warum hast du mich nicht gefragt, ich hätte es dir erklärt!«

»Oh, aber ich habe dich gefragt. An dem Tag von Nicks Tod hat er dir als Letztes eine Nachricht geschrieben. Nie hast du mit mir darüber gesprochen, dabei habe ich dich immer und immer wieder gefragt, ob du wusstest, wohin er so dringend gewollt hat. Keine Ahnung, hast du gesagt. Kein Ahnung, er hätte dich nicht erreicht!«

Da hatte sie recht, aber das hatte sie Nina doch nur verschwiegen, um sie zu schützen und um Amy zu schützen.

»Und als ich mit der Trauerseite angefangen habe, Mann, Mann, Mann, was habe ich da für interessante Bilder von ihm und dir bekommen. Vor allem von dieser Isarparty, auf der ich nicht gewesen bin.«

»Das waren doch nur bescheuerte Selfies, ohne irgendeine Bedeutung. Da gibt es auch Bilder mit Amy und anderen Mädchen.«

»Ohne Bedeutung? Beweise, das waren Beweise!«

Das rosa Telefon in der Aschekiste.

Das Grummeln in Hollys Bauch breitete sich überall aus, ihr wurde mulmig, während ihr Herz anfing, schneller zu schlagen. Es war überhaupt nie um Nick gegangen, sondern um sie, um das, was sie angeblich getan hatte. Ihr altes Handy, das, auf dem auch ihr Tagebuch gewesen war und die Nachrichten, die sie mit Nick geschrieben hatte, das war in der Kiste gewesen und keine Asche. Nina hatte sie an der Nase herumgeführt, es musste sie ziemlich amüsiert haben, wie bereitwillig alle bei dem obskuren Plan mitgemacht hatten. Was für eine Schauspielerin sie doch war. Holly bekam eine Gänsehaut.

»Gestern mein Atemgerät ...«

»Ich finde, man sollte seine Sinterfilter wirklich immer sauber und trocken halten, diese Lektion habe ich von Nick gelernt.« Nina lächelte Holly an, sah dabei aber durch sie hindurch.

»Es gab also nie Asche ...« Obwohl Hollys Herz immer schneller schlug, war ihr eiskalt.

»Nein, an Asche kommt man nicht so einfach ran, ich konnte doch seine Eltern nicht um ein Löffelchen bitten, oder?« Nina lachte, als wäre das ein lustiger Witz. »Niemand von euch hat auch nur einmal gefragt, wie ich mir die beschafft habe. Und zwar ganz einfach deshalb, weil es keiner wissen wollte. Niemand wollte wissen, wie es mir wirklich ging. Ihr wolltet nur dabei sein, weil ihr es so wahnsinnig cool fandet, seine Asche heimlich ins Meer zu kippen. Asche, also echt!« Sie kicherte vor sich hin.

Dieses Kichern brachte in Hollys Kopf eine kilometerlange Schlange von rabenschwarzen Dominosteinen zum Umfallen: das Wrack, die Luke, Ninas nasser Badeanzug, die Tabletten, das dauernde Benommensein, das Nachttauchen. Ihr verschwundenes Handy. Das defekte Atemgerät. Der Schlüssel zur Kammer.

Etwas in ihrer Brust weigerte sich, das zu glauben. Das würde Nina nicht tun. Doch nicht ihre Nina! Sie war nur ein weiteres Opfer des Whistlers und seiner gefährlichen Manipulationen. In Wahrheit wollte sie ihr nichts antun, warum sonst hätte sie Holly denn gerettet? Nina war nur eine Marionette, deren Schmerz der Whistler für sich ausgenutzt hatte. Und Holly schämte sich, dass sie nicht mehr davon bemerkt hatte, kein Wunder, dass Nina nachts im Schlaf geweint hatte. Sie musste sich furchtbar allein und von allen verraten gefühlt haben.

»Es tut mir so leid, Nina. Ich möchte es dir gern erklären. Du liegst völlig falsch.«

Nina deutete über Hollys Kopf auf etwas hinter ihr.

»Ich fasse es nicht, dahinten kommt Sam, mein Gott, wie der sich quält und humpelt! Vielleicht ist was mit Amy, wir sollten ihm helfen!«

Holly drehte sich um und in diesem Moment packte Nina sie an ihren Schultern, warf sie auf den Bauch, verdrehte ihren Arm, setzte sich auf ihren Rücken, presste ihre Knie in Hollys Taille und rutschte mit ihr Zentimeter für Zentimeter über den feuchten Felsen an die Kante zum Abgrund.

Hollys Herz raste, sie machte sich schwer, bäumte sich auf, aber Nina saß fest im Sattel und der verdrehte Arm schmerzte entsetzlich. Denk nach, feuerte sie sich an, denk nach, Nina ist ein Hänfling, du bist stärker als sie. Viel stärker.

»Nina, das willst du doch gar nicht wirklich!«

»Es ist alles, was ich noch will.« Nina, klang sicher und gelassen, so logisch, als würde sie Holly das kleine Einmaleins aufsagen. »Sam hat dir nicht gereicht, du hast mir auch noch Nick weggenommen, wegen dir ist er tot. Also wirst du auch sterben.«

»Nina, wie willst du denn damit weiterleben? Niemand kann das.«

»Wer sagt denn, dass ich weiterleben will? Du hast alles zerstört, was mir wichtig war, unsere Freundschaft, meine Liebe. Und dann das ganze dumme Gerede davon, dass die Zeit alle Wunden heilt, was für ein lächerlicher Schwachsinn. Jeden Tag wache ich auf und denke voller Glück an Nick und dann reißt mir die Erinnerung daran, dass du ihn getötet hast, das Herz raus. Und das meine ich genau so – eine Eisenhand holt es raus, zerquetscht es, und das jeden Tag wieder und wieder und wieder.«

»Nina, ich habe ihn nicht getötet, es war ein Unfall. Ein Auto musste einem kleinen Mädchen ausweichen, das auf die Straße gerannt war. Nur deshalb ist es in Nicks Vespa gefahren. Ein Unglück!« Holly rang verzweifelt nach Worten, die Nina überzeugen würden. »Glaub mir, Nina, wir sind doch Freunde! Es wird wieder besser werden, man kann es überleben, wenn jemand stirbt.«

Nina lachte. »Freunde? Jedes Mal, wenn ich dich Sweetie genannt habe, hätte ich am liebsten dabei gekotzt. Du warst so dermaßen selbstgefällig und überzeugt von dir und davon, dass du mit allem davonkommen wirst. Aber du wirst es nicht überleben. Du nicht!« Sie sprang auf, versetzte Holly einen letzten Tritt in den Rücken und Holly flog über die Kante, flog in den Abgrund, flog hinunter ins Meer, dem sie doch gerade erst entkommen war.

21

Wo bist du?
Schwing deinen Arsch
sofort hierher, du weißt schon, wo,
und bring das in Ordnung.
Wenn du in einer halben Stunde
nicht da bist, mach ich dich fertig.
Reg dich ab,
ich komme,
ich fahr sofort los.

Ich werde sterben, dachte Holly und gleichzeitig: Das bin nicht ich, das passiert jemand anderem, das hier ist ein Film, den ich sehe. Doch der Wind jaulte in ihren Ohren, das Fauchen der Wellen kam entsetzlich schnell näher und näher, obwohl ihr Sturz viel länger dauerte als der vom Schiff. Klippenspringer, denk an Klippenspringer, vielleicht überlebst du das hier ohne Querschnittlähmung. Füße strecken, bloß nicht mit dem Bauch aufklatschen. Alles egal, denn ich werde sterben, ganz sicher, jetzt ist es aus. Nein, protestierte etwas in ihr, du hast den Neoprenanzug, der wird dich schützen, aber nur wenn da keine Felsen sind. Gib nicht auf, bete, dass du nicht querschnittgelähmt aus dem Koma erwachst, bete, dass das alles ein mieser Traum ist.

Sekunden später war sie so wach wie noch nie in ihrem Leben.

Der Druck beim Aufprall auf das Wasser ging ihr durch Mark und Bein. Ihre Nase fühlte sich komisch an, in ihren Ohren summte es und durch die Risse im Neopren drang überall Wasser in den Anzug. Das Salzwasser brannte in ihren Augen, die sie unter Wasser aufgerissen hatte, um nach Felsen Ausschau zu halten. Es brannte in all ihren Schnittwunden, aber das war ein gutes Zeichen, sie lebte, sie konnte ihre Beine fühlen und die Füße.

Jetzt brauchte sie nur noch Sauerstoff, sie strampelte, um nach oben zu kommen.

Gierig schnappte sie nach Luft, während sie mit Armen und Beinen paddelte. Ihr Herz raste immer noch und sie zitterte am ganzen Körper, aber sie fühlte sich tonnenschwer und müde. Ich muss mich hinlegen und schlafen. Ich kann nicht mehr. Sie drehte sich einmal um sich selbst. Neben ihr war die steile Felswand, von der Nina sie herabgestürzt hatte, da gab es keine Möglichkeit, an Land zu gehen. Unmöglich. Sie musste um die Insel herumschwimmen zu der Stelle, wo sie heute Nacht angelandet waren. Das schaffe ich nicht noch einmal, dachte sie voller Verzweiflung.

Aber ihr Körper war anderer Meinung, der wollte überleben und zwang Holly zu Schwimmbewegungen, zwang sie zu atmen, zwang sie weiterzumachen.

Nachdem der Schock etwas abgeflaut war und ihr Zittern nachließ, wurde ihr klar, dass die Wellen an dieser Stelle der Insel gar nicht so wild waren. Der Wind streifte zwar das Wasser und hinterließ kleine weiße Gischtpunkte, dort wo er das Wasser berührt hatte. Aber das hier waren keine Brecher, die sie fressen wollten, wie die gestern Abend, sondern kleine Wellen, gegen die sie anschwimmen konnte.

Ein Blick in den Himmel, an dem sich die Wolken schon wieder dickbäuchig in dunklem Eselsgrau aufeinandertürmten, zeigte ihr, dass der Sturm noch lange nicht abflauen würde. Aber warum war das Wasser hier dann relativ unbewegt? Etwas hielt den Wind ab, wahrscheinlich die großen Felsformationen, die sie vorhin rechts von der Insel gesehen hatte. Das ist doch jetzt alles egal, du musst so schnell wie möglich hier raus. Sie legte sich auf den Rücken und machte toten Mann, um besser nachdenken zu können und um Kraft zu sparen.

Wohin sollte sie schwimmen? Zurück zu den Felsen, wo ihre Freunde waren? Dazu musste sie um die Insel herumschwimmen, dorthin, wo das Wasser so wild war. Auf dieser Seite hier konnte man nirgendwo hochklettern. Oder würde sie es hinüber zu diesen Riesenfelsen schaffen? Vielleicht gehörten die zu einer bewohnten Insel oder zum Festland. Aber wie weit war das? Von oben hatte es recht nah ausgesehen, von hier unten kam es ihr meilenweit vor. Und es würde sicher bald wieder ein Gewitter losbrechen. Sie paddelte immer noch zitternd mit Armen und Beinen, um nicht abzusacken. Was, wenn das dort drüben auch nur wieder eine unbewohnte Insel war? In den Kornaten gab es so viele Inseln wie Tage im Jahr, hatte Ju gesagt. Und von denen waren die meisten unbewohnt. Dann würde sie dort ganz alleine sitzen, wäre zu schlapp, um zurückzuschwimmen, und vielleicht würde man gar nicht nach ihr suchen, sondern sie für tot erklären. Unsinn.

Was, wenn Nina noch weiter ausrastete? Sie hatte gesagt, dass sie nicht weiterleben wollte, jemand musste sie vor sich selbst schützen.

Komischerweise war Holly nicht wütend auf Nina, sondern nur auf den Whistler. Dann dachte sie an Amys blutende Wunde, an Jus blasses Gesicht, an Sams Verletzung. Wie lange würde Jason es schaffen, alleine für sie zu sorgen, und was würde Nina ihnen womöglich antun?

Ich gehe das Risiko ein, ich muss es eingehen, überlegte sie. Es bringt überhaupt nichts, zurück zur Insel zu schwimmen, es könnte leicht sein, dass ich mich bei der heftigen Brandung dort noch schlimmer verletze als letzte Nacht. Ich muss es riskieren und mich zu der anderen Insel hinüberkämpfen.

Sie warf einen letzten Blick auf den düsteren Himmel, drehte sich auf den Bauch und fing an, gleichmäßig zu schwimmen. Immer die Felsen als Ziel im Blick.

Zuerst schwamm sie zu hektisch, bekam zu oft Wasser in den Mund, obwohl die Wellen nicht hoch waren, doch dann wurde sie ruhiger und fand endlich einen guten Rhythmus.

Während sie nur das Blubbern des Wassers in ihren Ohren und ihren eigenen Atem hörte, strömten Gedanken durch ihren Kopf, erst wirr und chaotisch, aber mit der Zeit ordneten sie sich zu einem Bild. Alles hatte damit angefangen, dass sie mit Nick ins Kino gegangen war, auf Ninas Wunsch hin. Sie hatten sich angefreundet, mehr nicht, denn zu diesem Zeitpunkt war sie ja schon in Sam verliebt gewesen. Sam. Der sie heute Nacht gerettet hatte. Ohne ihn wäre Ninas Plan aufgegangen, sie hätte sich die Maske vom Kopf gerissen und wäre ertrunken. Sie wünschte sich, Sam würde neben ihr schwimmen, er müsste gar nichts sagen, allein seine Gegenwart würde sie schon beflügeln. War es falsch gewesen, über Amys Affäre mit Nick zu schweigen und nicht zu verraten, dass Amy von ihm schwanger war? Holly hatte es niemandem erzählt, nicht mal Sam. War Nicks Unfall ihre Schuld? Auf diese Idee war sie nie gekommen. Vielleicht wenn Nick wegen ihrer Nachricht zu schnell gefahren oder wenn er betrunken oder ohne Helm gefahren wäre. War er aber nicht. Und wer von ihnen hätte denn ahnen können, dass genau an diesem Tag, in dem Moment, dieses kleine Mädchen auf die Straße rennen würde? Niemand. Ja, sie hatte Nick eine wütende Nachricht geschickt, aber nur weil sie Amy mit dem Test in der Hand weinend im Schulklo gefunden hatte. Sie hatte den beiden helfen wollen. War das falsch gewesen? Hätte sie Amy an Nina verraten sollen? Wäre es richtig gewesen, Nina nach Nicks traumatischem Tod damit zu belasten, dass Amy von ihrem Freund schwanger war? Nie im Leben! Weder Amy noch Nina hätten etwas von der Ehrlichkeit um jeden Preis gehabt. So verhielt sich doch nur der herzlose Whistleblower, der sich einen Dreck darum scherte, was die sogenannte Wahrheit den Menschen antat. Der sich einen Dreck um den ganzen Elefanten scherte. Der sich für den Gott der Gerechtigkeit hielt. Wer zur Hölle spielte hier das schlimmste Spiel, wem machte es solchen Spaß, Menschen zu manipulieren und dann fertigzumachen? Wer versteckte sich hinter der Fassade eines Whistleblowers?

Je näher sie dem Felsen kam, desto ruhiger wurde das Wasser. Erst nahm sie nur schemenhafte Flecken wahr, aber als sie noch näher heranschwamm, erkannte sie, dass es Häuser waren. Häuser sein mussten. Aber freu dich nicht zu früh, ermahnte Holly sich, es konnten verlassene und unbewohnte oder uralte Ferienwohnungen sein, in denen sich keine Menschenseele aufhielt. Trotzdem schwamm sie schneller, auch weil es wieder anfing zu regnen. Sie drehte sich auf den Rücken und riskierte einen Blick in den Himmel. Die Wolken hatten sich in unzählige riesenhafte nachtschwarze Krähenflügel verwandelt, an deren Rändern es graugelb blitzte. Hektisch drehte sie sich wieder um, sie musste sich beeilen. In der Drehbewegung sah sie etwas auf dem Wasser, eine Bewegung?

Obwohl sie schneller werden wollte, stoppte sie und sah genauer hin. Vorne links von ihr bewegte sich wirklich etwas über der Wasseroberfläche. Oder war das doch nur eine kleine Welle? Sie schwamm weiter, aber dann sah sie es deutlicher. Es war ein kleines Dreieck, das aus dem Wasser ragte. Sie musste schlucken, in ihrem Hals wurde es eng. Das war ein Hai. Ihr Albtraum fiel ihr ein, der, in dem der Hai in ihre Hand gebissen hatte. Unsinn, an der Adria gab es keine Haie, das waren Schauergeschichten. Schwimm weiter und konzentriere dich auf deine Atmung. Sie schwamm, so schnell sie konnte, doch plötzlich verkrampfte sich ihre Wade, wurde eisenhart und schmerzte unerträglich.

»Ahhh!« Nicht jetzt, nicht hier, dachte Holly, die verzweifelt versuchte, ruhig zu bleiben, aber der Krampf war so heftig, dass sie völlig konfus war. So würde sie es auf keinen Fall schaffen! Wie ein Messer durchschnitt der Schmerz ihr Bein, zwang sie, hechelnd zu atmen, sie griff sich an die Zehen und bog sie um, während gleichzeitig der Regen so gewaltig donnernd losbrach, als hätte der Himmel ein Remake der Sintflut im Auge.

Ich kann nicht mehr, dachte Holly, ich kann einfach nicht mehr. Ich bin am Ende. Sie umklammerte den Fuß, traute sich nicht, ihn loszulassen, und war vom Regen wie blind. Es war ein blöder Plan gewesen. Sie hätte zu den anderen zurückschwimmen müssen, sie hatte überhaupt alles falsch gemacht. Tränen kullerten über ihr Gesicht und sie fing wieder an zu zittern.

Es war vorbei. Sie würde das nicht überleben.

Plötzlich schwamm die Flosse, die sie vorhin gesehen hatte, quer vor ihrem Körper vorbei.

Holly schnappte entsetzt nach Luft und erstarrte.

In diesem Moment schoss ein riesiger blauer Delfin vor ihr aus dem Wasser, sprang in die Luft und tauchte unter, dann ein zweiter und ein dritter. Eine ganze Delfinschule umringte sie.

Wer zuerst Delfine sieht, hat gewonnen, dachte sie unvermittelt, keine Ankerwache für Holly heute Abend. Das löste ihre Starre und sie musste lachen. Sie wurde so von Lachen geschüttelt, dass sie beinahe ertrunken wäre, mitten im Regen, mitten im Meer, mitten im Sturm. Das schien den Delfinen zu gefallen, denn sie gaben sich alle Mühe, Holly noch weiter aufzuheitern. Sie sprangen aus dem Wasser, gaben Töne von sich, jagten sich gegenseitig, neckten sich und dann plötzlich schwammen sie pfeilschnell davon, geradewegs hin zu dem Ufer, wo Holly hingewollt hatte.

Holly schwamm ihnen nach. Und jedes Mal, wenn sie aufgeben wollte, sah sie plötzlich wieder einen Delfin vor sich, ganz so, als läge ihnen etwas daran, dass sie es bis zur anderen Seite schaffen würde.

22

Holly fand es lächerlich, dass sie im Rollstuhl herumgeschoben werden musste, aber Mira, die sonst so freundliche kroatische Krankenschwester, hatte keinen Millimeter nachgegeben. Dabei hatte Holly als Einzige keine Verletzungen, die operiert werden mussten, nur Prellungen und Fleischwunden. Allerdings hatte sie auch starkes Fieber und niemand wusste so recht, warum. Deshalb war sie viel zu schwach, um mit Mira länger zu debattieren, außerdem war sie froh, dass Mira überhaupt ihrem ständigen Drängen endlich nachgegeben hatte. Denn in den Augen der Krankenschwester gehörte Holly ins Bett. Sie musste sich also mit Mundschutz und einer Decke über den Knien im Rollstuhl in die orthopädische Station fahren lassen, wo man Ju und Sam operiert hatte.

Amy lag noch immer auf der Intensivbeobachtung, weil sie nicht nur viel Blut verloren hatte, sondern ihre Wunde sich auch noch mit bösartigen Keimen infiziert hatte. Bisher hatte Holly sie nur durch eine Glasscheibe anschauen dürfen.

Ju und Sam lagen zusammen in einem Zimmer. Als Sam sie erkannte, lächelte er sie an und streckte eine Hand nach ihr aus. Holly fühlte sich sofort besser. Sam war die beste Medizin für sie. Sie sah fragend zu Jus Bett hinüber, das leer war.

»Er ist nur bei einer Nachuntersuchung, es geht uns beiden wirklich gut«, erklärte Sam.

»Nur fünf Minuten!«, mahnte Mira und schob Holly neben Sams Bett.

»Endlich!« Sam nahm ihre unverletzte Hand und drückte sie. Holly liebte das Gefühl, das sich in ihrem Körper sofort ausbreitete, und hätte sich gern an ihn geschmiegt, aber Mira hatte es verboten. Zu gefährlich, schließlich war Sam frisch operiert und Holly hatte Fieber.

Sie hatten noch kein einziges Wort miteinander gewechselt, seit der Hubschrauber alle von der Insel gerettet hatte, weil sie danach sofort getrennt voneinander ins Krankenhaus nach Rijeka verfrachtet worden waren.

Sam streichelte ihre Hand und Hollys Sehnsucht wurde trotz des Fiebers stärker. Aber sie wollte zur Abwechslung mal vernünftig sein.

»Verrätst du mir jetzt, wie du das geschafft hast? Du hast überhaupt keine Ahnung, was wir an diesem Tag noch durchgemacht haben. Nachdem ihr ewig nicht wiedergekommen seid, haben wir uns wahnsinnige Sorgen gemacht. Als wir es gar nicht mehr ausgehalten haben, ist Jason losgezogen und hat euch überall gesucht. Aber er hat nur Nina gefunden.« Sam drückte Hollys Hand sehr fest.

»Wo ist sie?«, fragte Holly, gleichzeitig breitete sich kalter Nebel in ihrem Bauch aus, der sie davor warnte, weiter nachzufragen, lieber nicht, lieber nicht!

»Sie war nicht mit euch im Hubschrauber.«

»Sie war, sie ist ...« Sam schluckte ein paar Mal, »Hat dir das denn niemand gesagt?«

Holly schüttelte den Kopf, dabei rutschte der Mundschutz runter und sie ließ ihn, wo er war.

»Holly, es tut mir so leid, aber sie war tot, als Jason sie gefunden hat. Nina muss über die Klippen gestürzt sein.

Danach waren wir alle wie vor den Kopf gestoßen, wir haben uns gefragt, was zwischen euch passiert ist, warum lag sie dort und wohin warst du verschwunden?«

Holly sah deutlich die Felskante vor sich, wo sie miteinander gekämpft hatten, sah Ninas unglückliche grün gefrorene Augen, musste daran denken, wie sie sie an ihrem allerersten Tag gefragt hatte, was mit der Luft passiert, die der Badmintonschläger durchschneidet. Sie fühlte ihre Umarmung, als sie ihr weinend erzählt hatte, dass sie sich nicht mehr an Nicks Gesicht erinnern konnte, und dann schließlich sah sie Nina unter Wasser wie eine Priesterin mit erhobenen Armen im Strahl ihrer Lampen und konnte nicht glauben, dass Nina wirklich tot war. Aber sie wusste, dass es stimmte. Denn das konnte sie fühlen und es war entsetzlich. Sie hätten schneller sein, sie hätten ihr helfen müssen.

Holly brach in Tränen aus. Nina war so unglücklich gewesen. Sie alle hatten versagt.

»Holly?« Sam drückte ihre Hand sehr fest. »Holly, was auch immer es ist, ich liebe dich. Das weiß ich jetzt.« Er lächelte ihr aufmunternd zu. »Da kannst du sehen, was für ein Trottel ich bin, dass ich erst mit dir auf einer einsamen Insel landen muss, um das endgültig zu kapieren.«

Das brachte Holly nur dazu, noch mehr zu schluchzen, und Sam streichelte ihre Hand und ließ sie weinen.

Nachdem sie sich etwas beruhigt hatte, erzählte sie Sam alles, angefangen von Astrid, den Tagebüchern und Amy, von Nina und den Klippen bis hin zu dem Moment, in dem sie sich an Land geschleppt hatte, in einem Haus Licht gesehen und dort angeklopft hatte.

»Komm her zu mir.« Sam streckte beide Arme nach ihr aus, »ich kann ja nicht aufstehen.«

Holly zögerte, von wegen vernünftig sein, dann erhob sie sich, kletterte auf sein Bett und schmiegte sich eng an ihn. Sie schnupperte an ihm und erkannte trotz all der undefinierbaren medizinischen Gerüche seinen vertrauten Duft nach Waldpilzen und Zahnpasta, Apfelblüten und Benzin wieder, sog ihn ein und seufzte glücklich.

Er legte den Arm um sie und drückte sie leicht an sich. »So ist es viel besser, aber du bist ganz schön heiß. Und ich schätze mal, das liegt nicht nur an mir, oder?«

Holly lächelte, in seinen Armen war alles gut erträglich, sogar Fieber.

»Ich kapiere einige Sachen immer noch nicht«, sagte er.

»Was denn?«

»Nina wollte dich umbringen, weil sie dachte, du hättest was mit Nick gehabt.«

»Genau.«

»Aber wie zur Hölle ist sie darauf gekommen?«

»Durch den Whistler, so wie du auch, oder?«

Sam hatte den Anstand, rot zu werden.

»Aber wir sind uns einig, dass der Whistler irgendwie an dein Handy gekommen sein muss, sonst hätte er nicht all diese Infos gehabt, und ohne deine Tagebucheinträge als Vorlage hätte er die niemals so gut fälschen können, dass ich drauf reinfalle.«

»Das stimmt.« Holly ahnte langsam, worauf er hinauswollte, und das gefiel ihr überhaupt nicht. Aber Sam war in seinem Element.

»In der Urne war keine Asche, sondern dein rosa Handy, das mit all den Infos. Und nur Nina kann das Handy in die Urne getan haben, oder?«

»Aber das würde bedeuten, dass Nina der Whistler war.«

Holly sah Sam zweifelnd an.

»Ich war ganz sicher, dass den Blog nur ein Typ geschrieben haben kann«, sagte Holly.

»Und ich war einhundert Prozent sicher, dass du diese Tagebucheinträge geschrieben hattest. Ich bin nicht eine Sekunde auf die Idee gekommen, dass sie nicht von dir sein könnten.«

»Sam, warum hat Nina das gemacht, warum hat sie uns an der Nase herumgeführt?«

»Vermutlich war sie so wütend auf die ganze Welt, die sie betrogen hat. Nick war tot und dann wolltest du ihr nicht verraten, wohin Nick an dem Tag gefahren ist. Ich schätze, sie hat sich dein Handy gemopst, ist dann aus allen Wolken gefallen und hat von da an überall nur noch Verrat gewittert. Hat gesehen, dass Amy Ideen klaut, dass Astrid mit einer Schülerin rummacht ... und sich berufen gefühlt, die Lügner an den Pranger zu stellen.«

Langsam fing Holly an zu verstehen, was in Nina vorgegangen sein musste. Sie war wütend gewesen, weil Holly ihr nicht verraten hatte, was Nick an dem Tag seines Unfalls gewollt hatte. Deshalb hatte sie Hollys Handy gestohlen, dort die Tagebücher und Nachrichten gefunden, alles falsch verstanden, sich aufs Schlimmste betrogen gefühlt und ihre Wut war in Hass umgeschlagen. Deshalb hatte sie die Tagebücher mit dem ausgeschmückt, was sie für die reine Wahrheit gehalten hatte. Schließlich hatte Nina ihre Machwerke Sam zugespielt, um sie auseinanderzubringen.

Doch das hatte Nina noch nicht gereicht, dachte Holly, sie wollte nicht nur, dass ich leide, sie wollte, dass ich sterbe, so wie Nick gestorben ist. So wie Nina selbst sterben wollte.

Nina war also nicht nur ein Opfer, nein sie hatte das alles akribisch geplant und meinen Tod als wahnsinnige Inszenierung vorbereitet, an einem Ort, der Nick glücklich gemacht hätte.

»Trotz allem verstehe ich nicht, wie sie auf die Idee kommen konnte, Nick und ich wären mehr als nur Freunde. Zwischen uns gab es nicht eine einzige unanständige Nachricht.«

»Ach, hör doch auf, sogar die Nachrichten meiner Mutter könnte man falsch verstehen, schau mal, was sie mir heute gesimst hat: *Wann kommst du endlich nach Hause, Schatz? Bin so traurig, dass ich nicht zu dir kommen kann ... Herzsymbol, Herzsymbol.*

Trotz allem musste Holly lächeln.

»Hmm, wie kann ich sicher sein, dass die Nachricht nicht von Astrid oder Amy ist?«

»Es ist 'ne SMS.«

Sam wurde plötzlich wieder ernst.

»Ich war so ein Dummkopf, das ist mir erst klar geworden, als ich dachte, ich würde dich für immer verlieren.«

»Und was war mit Astrid?«

Sam grinste sie an. »Du denkst allen Ernstes Astrid und ich? Sie ist doch gar nicht mein Typ! Sie hat sich Sorgen gemacht, sie wusste, irgendwas geht da ab.«

»Und warum hat sie ausgerechnet mit dir drüber geredet?«

Sam zuckte mit den Schultern, was ihn sein Gesicht vor lauter Schmerz verzerren ließ. »Zuerst hat sie vermutet, dass ich dahinterstecke, dann habe ich ihr das mit den Tagebüchern erzählt und sie war entsetzt, wie sehr der Whistler die Stimmung zwischen uns allen vergiftet hat.«

»Für mich sah das ganz anders aus, so als würde sie mit dir flirten.«

»Oh, das hat sie, und ehrlich gesagt, ich fand es super zu sehen, wie dich das aufregt. Ich wollte dich auch bestrafen für das, was du getan hast.«

»Aber ich hatte nichts getan!«

»Ja, und das ist grauenhaft. Wie alles, was geschehen ist.« Er versenkte seine blauen Augen in ihren. Dann nahm er ihre Hand fest in seine und streichelte sie. »Holly, niemand soll sich je wieder zwischen uns drängen, kein Whistler, kein niemand. Ich verspreche dir, ich werde nie wieder an dir zweifeln.«

Sam grinste jetzt fast so unverschämt wie früher. »Diese Geschichte mit den Delfinen allerdings, die finde ich schon reichlich seltsam.«

In diesem Moment kam Mira wieder zur Tür herein und sah stirnrunzelnd auf Holly. »Gott steh mir bei, Verliebte!«, sagte sie, doch sie unterdrückte ein Lächeln.

»Was für eine seltsame Geschichte mit Delfinen? Ich liebe Delfine!« Sie zog einen kleinen silbernen Delfin, der an einer Kette um ihren Hals hing, aus dem Ausschnitt ihres Schwesternkittels.

Während Holly ihr von den blauen Delfinen erzählte, verfrachtete Mira sie kurzerhand zurück in den Rollstuhl. Dann schüttelte sie den Kopf. »Eine schöne Geschichte, aber unsere kroatischen Delfine schwimmen nie so nah an die Küste, das ist viel zu gefährlich für sie. Sie sind sehr schlau.« Sie zwinkerte Sam zu und fuhr mit Holly zurück in deren Zimmer.

»Aber unser Gehirn ist auch schlau«, sagte sie nach einer Weile, »vielleicht haben Sie eine Art Fata Morgana gehabt.«

»Für mich waren die Delfine sehr echt und ohne sie hätte ich aufgegeben. Für mich waren sie wirklich da«, sagte Holly.

Genau das war das Problem, dachte Holly, jeder glaubte, dass nur seine beschränkte Wahrheit die einzig richtige war, so wie der Whistler. So wie Nina. Aber so einfach war es eben nicht, es war wirklich so wie mit den Blinden und dem Elefanten. Wer wusste schon, was ihr Erlebnis in Wahrheit gewesen war, wirkliche Delfine, eine Fata Morgana, eine Begegnung mit Nicks wiedergeborener Seele oder eine verkleidete Meerjungfrau mit ihren Gefährten, die Mitleid mit ihr gehabt hatten, oder schlicht ein seltener Zufall. Im Grunde waren sie alle doch auch nur Blinde, die nach Erklärungen für die Puzzlestücke in ihrem Leben suchten. Jedes Puzzlestück war für sich genommen absolut wahr und doch tauchten immer wieder neue auf, die das ganze Bild veränderten. Das musste man zulassen und ertragen. Der feste Glaube daran, dass einer allein wüsste, was die Wahrheit war, konnte Menschen umbringen.

Mira half Holly dabei, sich ins Bett zu legen, und sah sie nachdenklich an. »Ist der hübsche junge Mann Ihr Freund?«, fragte sie.

Holly wurde rot. »Ja«, sagte sie, dachte kurz nach, ja doch, sie waren wieder zusammen. »Ja! Warum fragen Sie?«

»Er hat Augen, so wunderschön blau wie unsere Delfine. Sie sollten ihn gut festhalten.«

Das werde ich, dachte Holly, und wie.

Zwei Wochen später

Eine schöne Urne«, sagte Amy und betrachtete den Engel aus weißem Marmor, der eine silberne Urne in der Hand hielt wie eine Laterne.

»Jetzt sind Nick und Nina beide tot. Doch ein bisschen wie Julia und Romeo.« Sie war noch sehr wackelig auf den Beinen, hatte aber trotzdem nicht auf hochhackige Schuhe und einen kurzen Rock mit blickdichten Strümpfen verzichten wollen. Die Wunde an ihrem Bein war gut verheilt, hatte jedoch eine tiefe Narbe zurückgelassen.

»Ich fühle mich irgendwie schuldig«, flüsterte Amy, »glaubst du, wenn ich ihr das mit Nick erzählt hätte, wäre das alles nie passiert?«

Amy, wenn du gar nicht erst mit Nick 'ne Affäre angefangen hättest, wäre das vielleicht nicht passiert, dachte Holly. Aber was würde das bringen, es auszusprechen, und wer wusste schon, was stattdessen geschehen wäre.

»Wir machen alle Fehler«, sagte Holly und schob dann mit einem Lächeln nach, »aber lass ja die Finger von Sam.«

»Ich träume von Nina«, flüsterte Amy.

»Ich auch«, sagte Holly, »in meinen Träumen kämpfe ich mit ihr und stoße sie selbst die Klippen runter. Und sie fliegt dann elegant wie ein Drachenflieger und winkt mir zu, als wäre sie glücklich, und erst wenn ich aufwache, fällt mir wieder ein, dass sie tot ist.«

»So was träume ich nicht, in meinen Träumen übernimmt sie meinen Beautyblog und ist besser als ich.« Amy schüttelte sich. »Übrigens haben meine Schminktipps für Beerdigungen alle Klickrekorde gebrochen.«

»Du bist wirklich geschmacklos.«

»Unsinn, geschmacklos finde ich, dass Astrid gefeuert wurde, aber Martin weiter am Lion-Feuchtwanger unterrichtet. Immerhin hatte Nina allen beiden Schlaftabletten gegeben. Vielleicht sollten wir den Whistler wieder auferstehen lassen, wie Phönix aus der Asche, und für Astrid kämpfen.«

»Hör mir bloß auf mit Asche!« Holly sah zu der Urne und kämpfte gegen die Gänsehaut, die über ihren Rücken lief.

»Doch, ja, wir sollten uns wirklich für sie einsetzen«, sagte Holly und fand, dass sie sich ziemlich lahm anhörte. Offensichtlich hatte sie Astrid immer noch nicht verziehen, dass sie mit Sam geflirtet hatte, auch wenn es ganz unschuldig gewesen war. Holly seufzte, sie musste wirklich lockerer werden. Immerhin hatte Astrid im Unterschied zu Martin gemerkt, dass irgendetwas in der Gruppe vor sich ging. Sie gab sich einen Ruck. »Du hast recht, Astrid hat sich bemüht, uns zu helfen. Wir sollten uns für sie einsetzen, aber zum Glück können wir das ja auch ohne den Whistler.«

»Ich hab immer gedacht, dass du das bist.«

Das erklärte ihre komischen Anspielungen in Zadar. »Warum?«

»Manchmal hast du so was Selbstgerechtes. Du wirkst so, als würdest du nie an dir zweifeln.«

So etwas Ähnliches hatte Nina auch gesagt, aber wie kamen die beiden nur darauf?

»Kann ich dich was fragen, Amy?«

»Klar, wir sind doch hier an Ninas Grab, das ist fast wie bei einer Beichte, oder?«

»Du warst von Nick schwanger, was ist mit dem Baby passiert?«

Amy schwieg lange. Dann hob sie den Kopf, schob eine Strähne in ihren toupierten Haaraufbau.

»Ich hab's verloren, schon zwei Tage nach Nicks Beerdigung.«

»Und warum hast du danach so lange kein Wort mehr mit mir geredet?

»Weil ich mich geschämt habe. Du hast mich in einer ganz unmöglichen Situation erwischt. Ich war so schwach, so verletzt, so unglücklich und auch so schuldig. Ich konnte einfach nicht mit dir reden, es war unmöglich.« Sie hakte sich versöhnlich bei Holly ein. »Aber jetzt ist das ja vorbei, oder?«

Bevor Holly antworten konnte, hellte sich Amys Gesicht deutlich auf. »Schau mal, wer da endlich kommt.« Sie zeigte zum Eingang des Friedhofs, dessen schmiedeeisernen Tore man von Ninas Grab aus gut sehen konnte.

Ju, Sam und Jason liefen über den säuberlich geharkten Kiesweg auf sie zu. Ju winkte ihnen mit dem linken Arm, der rechte Arm hing immer noch in einem Schultergurt, während Sam mit seinen Gehstützen so schnell humpelte, als wäre das ein Wettbewerb. Hinter den beiden wedelte Jason ihnen mit einem Strauß gelber Rosen zu.

»Wartet ihr schon lange?«, fragte er, nachdem sie alle drei an Ninas Grab angekommen waren.

Holly und Amy schüttelten die Köpfe.

»Sind diese Rosen etwa für Ninas Grab?«, fragte Ju erstaunt.

»Yep.« Jason legte den Strauß dem Engel zu Füßen.

»Wegen ihr wären wir beinahe alle gestorben«, sagte Ju.

»Aber wir leben noch«, erwiderte Jason.

»Und dafür kriegt sie Blumen? Das ist eindeutig nicht ihr Verdienst!«, schnaubte Ju.

»Nein, die Blumen sind dafür, dass ich jetzt viel besser weiß, was mir wichtig ist. Übrigens, falls ihr es noch nicht wusstet, ich bin schwul. Und noch was, Ju, Verzeihen ist eine Eigenschaft des Starken, nur der Schwache kann nicht verzeihen, hat jedenfalls angeblich Gandhi gesagt.« Jason grinste. »Und das ist jetzt meine Weisheit für alle, die ein Problem mit dem neuen Jason haben.«

»Dann bin ich halt schwach, denn ich verzeihe ihr nicht«, brummelte Ju, »wegen ihr hab ich diese elenden Schmerzen in der Schulter und nichts als Ärger. Keine Ahnung, wann ich endlich wieder zum Tauchen gehen kann.«

»Ich glaube nicht, dass ich jemals wieder einen Neoprenanzug anziehen werde«, sagte Holly.

»In denen sieht sowieso jeder unmöglich aus.« Amy verdrehte theatralisch die Augen und brachte sie alle zum Lachen.

»Tauchen kann man natürlich auch ohne«, sagte Sam.

»Und es gibt da unten auch noch viele andere Schätze zu entdecken, nicht nur Wracks am Meeresgrund«, sagte Jason.

»Aber den wichtigsten Schatz haben wir doch sowieso schon gefunden, oder?« Holly sah sie alle der Reihe nach an.

»Wir stehen hier am Grab von Nina, sie ist tot, also wie meinst du das?«, fragte Ju.

»Wir wissen jetzt«, Holly räusperte sich, »wir wissen jetzt, dass wir Vertrauen haben müssen, Vertrauen in uns selbst, in andere, in die Welt.«

»Große Worte. Und was ist mit all den Narben, die wir davongetragen haben?«, fragte Amy spöttisch.

»Die werden uns immer daran erinnern, dass Misstrauen all das zerstört, was wir lieben.«

Holly betrachtete den steinernen Engel mit den gelben Rosen und wünschte sich von ganzem Herzen, dass Nina das früher begriffen hätte.

Das Böse hat seine guten Seiten – Die Arena Thriller

Beatrix Gurian

Lügenherz

Mila ist die Freundin, nach der Ally sich immer gesehnt hat. Als Mila sie bittet, ihr bei der Umsetzung eines Racheplans zu helfen, zögert Ally nicht lange. Schließlich handelt es sich dabei um Landgraf – einen ihrer Lehrer, den sie noch nie leiden konnte. Als Mila aber jedes Maß aus den Augen verliert, will Ally ihre Freundin stoppen. Ein tödlicher Wettlauf gegen die Zeit beginnt.

Auch als E-Book erhältlich

Arena

264 Seiten • Klappenbroschur
ISBN 978-3-401-06604-2
www.arena-thriller.de
www.arena-verlag.de

Beatrix Gurian

Liebesfluch

Blue ist überglücklich – sie hat tatsächlich eine Stelle als Au-Pair-Mädchen bekommen! Kaum dass sie in Deutschland ist, taucht auch noch ein Junge auf, der ihr absoluter Traumtyp ist. Doch was als Traum anfängt, verwandelt sich schnell in einen grauenhaften Albtraum. Und das Schlimmste für Blue ist: Nicht nur ihr Leben ist in tödlicher Gefahr, sondern auch das der ihr anvertrauten Kinder.

Arena

264 Seiten • Klappenbroschur
ISBN 978-3-401-06479-6
www.arena-thriller.de
www.arena-verlag.de

Auch als E-Book erhältlich

Das Böse hat seine guten Seiten – Die Arena Thriller

Beatrix Gurian

Auch als Hörbuch

Höllenflirt

Toni ist unsterblich verliebt. Noch nie hat sie einen Menschen getroffen, der sie so fasziniert. Für Valle würde sie einfach alles tun – und das will sie ihm auch beweisen. Die kleine Mutprobe gerät jedoch außer Kontrolle und Toni gelangt an ihre Grenzen. Noch weiß sie nicht, dass dies erst der Anfang ist. Denn Valles Vergangenheit birgt ein düsteres Geheimnis, das nicht nur Tonis Leben in Gefahr bringt.

248 Seiten • Klappenbroschur
ISBN 978-3-401-06386-7
Auch als E-Book erhältlich
www.arena-verlag.de

Arena

Hörbuch
Sprecherin: Andrea Sawatzki
3 CDs im Schuber
ISBN 978-3-401-26386-1